La Mémoire des anges

Martine Delomme

La Mémoire des anges

ÉDITIONS
FRANCE
LOISIRS

Ce récit est une fiction. Toute ressemblance avec des personnages existants, ou ayant existé, serait purement fortuite.

Édition du Club France Loisirs,
avec l'autorisation des Éditions Calmann-Lévy.

Éditions France Loisirs,
123, boulevard de Grenelle, Paris
www.franceloisirs.com

ISBN : 978-2-298-08862-5

Aux lectrices et aux lecteurs du
club France Loisirs, l'émouvante
histoire de Mauve, un ange
à la mémoire blessée et une
jeune femme courageuse et
déterminée face aux épreuves
de la vie.

Avec toute ma gratitude pour
votre fidélité et mes
amitiés sincères.

Martine

À Mauve Hehunstre-Gibaud
et à ma fille Audrey,
avec toute ma tendresse.

1

Comme chaque matin au point du jour, Anthony Dupré effectuait la visite de ses parcs à huîtres. Il s'arrêta devant les claires, ces anciens marais salants alimentés par le cycle des marées. Dans cet environnement particulier, les huîtres s'affinaient en se gorgeant de minéraux et d'oligo-éléments. Appuyé sur le ponton d'embarquement, il s'attarda un instant pour admirer l'horizon. Des bancs de brouillard glissaient vers le rivage qui s'éclairait des premiers rayons du jour. La côte charentaise, bercée par l'océan et baignée par la douceur de l'aube, était l'un des plus beaux paysages au monde. Anthony admit qu'il fallait être né ici pour l'apprécier. Et c'était son cas.

Il revint vers les hangars, retira son caban et ses bottes qu'il rangea dans le local prévu à cet effet. Il remonta le col de sa veste puis se dirigea vers une minuscule pièce qu'il avait aménagée en bureau. La température avait encore chuté de quelques degrés en cette mi-octobre. Il se cala dans son fauteuil et lança son ordinateur. Son regard s'arrêta sur les nombreux Post-it qui dissimulaient la moitié de l'écran.

La première phase d'affinage des huîtres, qui s'échelonnait de mars à octobre, s'achevait. Le cycle suivant débuterait en novembre dans une période d'intense activité, avec l'afflux des commandes à l'approche des fêtes. Et, comme chaque année, Anthony serait confronté à un véritable casse-tête pour organiser le travail de son entreprise. Sur les autocollants, plusieurs messages lui rappelaient qu'il devait embaucher des intérimaires, contacter des sociétés spécialisées, la mairie, sans oublier l'agence de Pôle emploi à Rochefort. Il était soucieux. Comme il ne pouvait se trouver en même temps dans les parcs d'affinage et près des tables de tri dans les hangars, il devait recruter des gens de confiance. En outre, sa plus proche collaboratrice était en congé maternité jusqu'en février prochain. Il se rassura en pensant qu'il pourrait toujours faire appel à sa mère. Retraitée depuis cinq ans, elle ne perdait pas une seule occasion de renouer avec ses quarante-cinq ans de vie professionnelle malgré l'arthrite qui lui paralysait les doigts un peu plus chaque année. Il savait qu'il pourrait compter sur elle pour contrôler le travail des équipes ou les expéditions.

Anthony regarda l'heure. Avant l'arrivée des trois employés permanents, il avait le temps d'aller l'embrasser. Une ou deux fois par semaine, il s'accordait même le plaisir d'un petit déjeuner en sa compagnie. Il apportait les croissants aux amandes qu'elle affectionnait tant et elle lui préparait un grand bol de lait chaud à la cannelle rehaussée d'une petite pointe de cacao. Il aimait partager ces moments avec elle, revivant avec bonheur les matins de son enfance. Le lait, les tartines beurrées avalées à la hâte avant de filer à l'école…

Il choisit une bourriche d'huîtres et referma le hangar, puis regagna sa voiture. Quelques kilomètres séparaient la commune ostréicole de Nieulle-sur-Seudre de la maison de ses parents, à Saint-Sornin. Machinalement, il jeta un coup d'œil vers la panière d'huîtres posée à ses côtés. C'était bien des « fines de claires vertes », les préférées de Carine, la fille des Moraud, les boulangers de Saint-Sornin.

En une dizaine d'années, la boulangerie avait acquis une certaine notoriété. Non seulement pour la diversité de ses pains et la qualité de ses pâtisseries, mais les propriétaires offraient aussi un service traiteur qui leur valait une renommée dans tout le département. Et dans ce volet de leur activité, Anthony fournissait les huîtres. De son côté, Mme Moraud lui avait proposé de collecter les commandes auprès de ses clients. Ainsi, chaque samedi, Anthony livrait plusieurs dizaines de bourriches à la boulangerie.

Il gara sa voiture sur la place, juste devant le magasin. Celui-ci était déjà ouvert, et à travers la vitrine il aperçut Carine s'activant derrière le comptoir. Il ne manqua pas d'apprécier sa silhouette élancée, son joli visage, ses cheveux clairs ramassés sur la nuque en un chignon torsadé. Il savait que la jeune fille avait le béguin pour lui, et il n'avait pas pu ignorer les allusions de Mme Moraud. Sa fille et lui, un si beau couple en devenir, deux affaires complémentaires et florissantes… Carine était charmante, drôle et intelligente. Diplômée d'une excellente école de commerce de La Rochelle, elle travaillait maintenant avec ses parents, bien décidée à développer encore l'entreprise familiale.

Anthony savait aussi que ce mariage comblerait sa mère de bonheur. Et à 34 ans, il se disait parfois qu'il était temps. « Le passé est le passé », se dit-il en descendant de voiture, déterminé à inviter Carine à dîner.

Il saisit la panière d'huîtres et claqua la portière. Au moment où il s'engagea sur la chaussée, deux véhicules de gendarmerie passèrent devant lui à vive allure. En entrant dans la boulangerie, Anthony décela une effervescence singulière. Les clients, rassemblés devant la caisse, parlaient à voix basse avec des airs de conspirateurs. Lorsqu'il s'avança, la conversation s'arrêta aussitôt. Carine fit le tour de l'immense vitrine réfrigérée où s'alignait une profusion de pâtisseries fines. Elle lui prit le bras et l'entraîna à l'écart.

— Tu n'es pas au courant ? Véronique Perdoux s'est suicidée.

Anthony resta bouche bée.

— C'est arrivé quand ?

— Cette nuit, il paraît. Une surdose de médicaments.

Les clients reprirent leur discussion, mais tous les regards étaient tournés vers le jeune homme. Quelqu'un lança :

— C'est incroyable. Elle avait pourtant tout pour elle, l'héritière du château de Bassan. Belle, riche…

C'est vrai qu'elle était jeune et belle, mais si différente de Mauve, songea Anthony. Il se rendit compte qu'il tenait toujours sa bourriche à bout de bras et qu'il avait oublié le but de sa visite. Autour de lui, les questions fusaient.

— Comment a-t-elle pu abandonner son mari et ses deux enfants ? Ils sont si jeunes.

— Il paraît qu'elle était dépressive, comme sa mère.

En choisissant ses pains aux raisins, une dame évoqua une éventuelle mésentente dans le couple.

— Quand on commence un mariage comme ils l'ont fait, ça n'a rien de surprenant !

Nul n'avait oublié l'arrivée de David Perdoux à Saint-Porchaire et son entrée scandaleuse dans la famille Guyon, l'un des plus gros producteurs de cognac de la région. Sur le point d'annoncer ses fiançailles avec Mauve, la fille aînée, il avait finalement convolé avec la cadette.

D'autres clients pénétrèrent dans le magasin et, d'emblée, ils se joignirent à la conversation. Les commentaires se succédaient tandis que Mme Moraud encaissait les ventes. Du pain, des viennoiseries, des commandes pour le dimanche suivant. De part et d'autre du comptoir, Anthony et Carine s'observaient sans dire un mot. Pourquoi personne encore n'avait-il formulé *la* question ?

Ce fut Mme Moraud qui entra dans le vif du sujet, alors qu'elle rendait la monnaie au premier adjoint de la commune.

— Vous croyez qu'elle va revenir ?

Cette question, Anthony se l'était posée à la seconde où il avait appris le suicide de Véronique Perdoux. Mauve reviendrait-elle ? Après tout, elle n'avait même pas assisté à l'enterrement de son grand-père deux ans plus tôt. Mais pourrait-elle ignorer le décès de sa sœur cadette ?

— Depuis combien de temps est-elle partie ? demanda le premier adjoint.

— Depuis dix ou douze ans maintenant, précisa la boulangère après un instant d'hésitation.

Douze ans... pensa Anthony. Il acheta les croissants aux amandes pour sa mère tout en sachant qu'il n'irait pas la voir ce matin. Carine lui tendit le sachet avec un gentil sourire. Elle avait eu la délicatesse de s'abstenir de commentaires, mais il avait deviné son embarras. Un sentiment qu'il partageait. L'invitation à dîner n'était plus au programme.

2

Après avoir quitté le Thalys à la gare du Nord, Mauve Guyon prit le métro pour se rendre à la gare Montparnasse. Trente minutes plus tard, après avoir vérifié le tableau des horaires de départ, elle remonta le quai en courant. Il lui restait quelques minutes pour attraper le TGV Paris-La Rochelle. La grève des aiguilleurs du ciel à l'aéroport de Roissy l'avait contrainte à modifier son itinéraire de voyage. Elle ne décolérait pas. Essoufflée, elle parvint enfin jusqu'à sa voiture et monta dedans juste avant la fermeture des portes. À peine arrivée dans son wagon de première, le train démarrait. Elle trouva la place côté couloir qu'elle avait réservée, hissa son sac de voyage dans le porte-bagages et se glissa enfin dans son siège. Sa voisine, une femme d'une cinquantaine d'années, la salua, tandis que du haut-parleur un steward lançait un message de bienvenue et invitait les voyageurs à se rendre dans la voiture-bar. Un café, pourquoi pas ? Mauve n'avait pas eu le temps de déjeuner au départ de Bruxelles. Son estomac le lui rappelait, mais l'idée d'avaler quelque chose lui répugnait.

— Ils pourraient passer dans les allées avec un chariot, comme dans les avions, dit sa voisine.

Sans avoir franchement interpellé Mauve, elle attendait une réponse. La jeune femme se contenta d'un sourire et se cala au fond de son siège. D'habitude, elle ne repoussait pas ces conversations anodines avec un passager qu'elle ne reverrait jamais. Il lui suffisait d'être attentive, devenant le réceptacle de l'histoire d'une vie en quelques heures. Elle s'en amusait plutôt.

Un petit signal sonore lui indiqua qu'elle avait reçu un SMS. Elle chercha son portable dans son sac et lut un message de son père qui insistait pour l'attendre à l'aéroport de La Rochelle. Elle lui répondit en expliquant le changement de ses plans et en maintenant sa décision de louer une voiture. Elle arriverait au château de Bassan en fin d'après-midi. En anticipant son retour au domaine familial, elle se demanda si elle avait pris la bonne décision. Ce n'était pourtant pas faute d'avoir réfléchi et hésité. Elle ne s'était pas déplacée deux ans auparavant pour les funérailles de son grand-père. Mais aujourd'hui, il s'agissait de Véronique, sa sœur cadette. C'est vrai que l'harmonie n'avait jamais prévalu entre elles, mais elles avaient grandi ensemble. Mauve avait beau y penser, elle ne pouvait pas imaginer que Véro ait pu mettre fin à ses jours sans tenir compte de ses deux enfants. Les enfants de Véronique et David. Et dans quelques heures, Mauve se retrouverait face à David ! Sa famille aussi l'attendait. Douze ans plus tôt, ils s'étaient tous ligués contre elle. Elle avait fui et elle avait tenu la promesse qu'elle s'était faite alors : ne jamais revenir. Et dimanche soir, il y avait eu l'appel affolé de son père. Le seul membre de la famille qui avait maintenu un lien avec elle...

Comment Véronique avait-elle pu faire une chose aussi horrible ? Son père avait parlé de médicaments. Ce ne pouvait être qu'un accident. Une surdose imprudente. Il l'avait suppliée de venir. « S'il te plaît, Mauve, ta mère est effondrée. Elle serait tellement apaisée de te revoir. Et moi aussi, tu sais. » Elle avait fini par accepter. Mais elle n'avait pas pu se libérer avant le mercredi matin.

Sa voisine lui demanda si elle allait jusqu'à La Rochelle. Mauve répondit d'un hochement de tête, et pour mettre fin à une éventuelle discussion, elle sortit un dossier de son sac et le posa sur la tablette devant elle. La Commission de Bruxelles statuait sur un secteur spécifique d'exportation de viande de porc « hors union européenne ». Mauve devait traduire ce dossier en anglais et en allemand.

Trois heures plus tard, le TGV entrait en gare de La Rochelle. Mauve récupéra son sac de voyage et se dirigea vers le comptoir des réservations de véhicules. Après vingt minutes de formalités, elle quitta enfin la ville. Le trajet jusqu'à Rochefort lui sembla court et plaisant. Des marais, une campagne paisible dédiée à l'élevage et aux cultures céréalières. Mais lorsqu'elle contourna Rochefort pour prendre la direction de Saintes, elle ressentit un début de crainte. Ils l'attendaient depuis des années, se répétait-elle. David, ses enfants qu'elle ne connaissait pas. Ses parents, et sa tante... Un seul d'entre eux manquerait : son grand-père. Elle roula encore une demi-heure et obliqua vers Saint-Porchaire. La bretelle dessinait une boucle au-dessus de la voie rapide avant de rejoindre une route de campagne bordée de platanes. Juste avant Saint-Porchaire, Mauve prit à gauche pour rattraper Sainte-Radegonde. À la vue des premiers rangs de vignes, la panique s'empara d'elle. Ses doigts se crispèrent nerveusement sur le volant. Elle se sentait emportée par un tumulte d'images surgies de son enfance. Son grand-père initiant Véronique aux cycles de la vigne, à la magie du cognac, prenant un plaisir manifeste à tenir Mauve à l'écart alors qu'elle ne demandait qu'à l'écouter, à le suivre dans les rangs de vigne, dans le chai de distillation où l'alambic, avec son chapeau de maure, détenait tant de mystères. Peu à peu, elle avait appris à se retrancher dans sa solitude, puis elle avait fini par détester cet univers.

Soudain, elle se sentit fragile. Tous ses souvenirs avaient-ils encore le pouvoir de la blesser ? Des sentiments contradictoires la bouleversaient, comme si le passé qu'elle avait tant voulu oublier lui revenait d'un seul coup, à l'instar d'un mauvais présage.

Elle atteignit enfin Sainte-Radegonde. Le cadre lui était toujours aussi familier. En douze ans, rien n'avait changé. Elle ralentit pour admirer la géométrie des collines aux feuillages rougeoyants. Un paysage subtil, presque arrogant d'austérité. Elle croisa des tracteurs, des machines à vendanger. Octobre, le mois des vendanges. Au bord de la route, un panneau annonçait la direction du château de Bassan à six cents mètres. La voiture emprunta la longue allée plantée de tilleuls dont la frondaison ombrageait le ciel d'une voûte mordorée. Le château apparut entre les feuillages, son architecture dépouillée se dessinant dans le ciel gris bleuté.

Mauve longea les jardins dont les allées rectilignes se croisaient au milieu des plates-bandes de rosiers et des massifs de rhododendrons. La voiture franchit enfin le portique qui ouvrait sur l'atrium où coulait une fontaine.

Mauve gagna le côté droit de la bâtisse et se gara sur l'emplacement aménagé. Elle descendit, prit son sac sur le siège arrière et se dirigea vers l'entrée principale. Elle aurait juré que toute la famille guettait son arrivée derrière les rideaux. Lorsque l'imposante porte de chêne aux ferrures sculptées s'ouvrit, une jeune employée s'avança vers elle pour prendre ses bagages. « Je suis au château de Bassan », pensa-t-elle, mi-amusée mi-agacée. Elle entra dans le hall où ses parents l'attendaient. Un peu intimidée, elle fit quelques pas. Son père, le premier, lui tendit les bras et l'embrassa.

— Mauve, enfin ! Je suis si heureux de te revoir. Quel dommage que ce soit dans de telles circonstances.

Il avait vieilli, et à la courbure de son corps, Mauve devina que sa scoliose avait empiré. La gorge nouée elle lui rendit son baiser, avant de se tourner vers sa mère qui éclata en sanglots.

— C'est un drame épouvantable ! Notre petite Véronique… Nous ne comprenons pas ce qui s'est passé, c'est affreux.

Elle avait le visage bouffi, les yeux gonflés, et Mauve sentit le tremblement de ses doigts lorsqu'elle lui prit la main.

— Je comprends, maman, je suis désolée.

Elle s'apprêtait à poser les questions qui lui brûlaient les lèvres – où était le corps de sa sœur ?

avait-elle laissé un message ? la date des funérailles était-elle fixée ? –, lorsqu'elle entendit des pas au premier étage. Elle allait revoir David. Depuis qu'elle avait décidé d'assister à l'enterrement de Véronique, cela l'obsédait. Et l'angoissait, aussi. Elle se tourna vers l'escalier. La magnifique balustrade de chêne déroulait sa volute, attirant le regard sur les vitraux des deux paliers. Mauve avait la gorge sèche et les mains moites.

David apparut en haut des marches, accompagné de ses deux enfants qui la dévisagèrent, blottis contre les jambes de leur père. Le garçon, plus âgé, observait la jeune femme, avec méfiance, les sourcils froncés. Mauve lui sourit, avant de reporter son attention sur la fillette qui se tenait droite dans sa robe de velours gris, la main lovée dans celle de son père. Avec ses nattes blondes encadrant son visage illuminé d'un beau regard sombre, c'était le portrait de Véronique. Mauve leva enfin les yeux et croisa le regard de David.

La dernière fois qu'ils s'étaient vus, c'était par un bel après-midi d'automne, semblable à celui-ci. David venait de rompre leurs fiançailles pour épouser sa sœur. Elle dut déployer un effort considérable pour dissimuler le trouble de ses émotions. Il n'avait guère changé physiquement. Quelques rides au coin de ses yeux noisette, des cheveux moins épais, peut-être, mais l'épi rebelle se dressait toujours sur son front. Malgré son visage tendu et ses traits tirés, il paraissait plus jeune que ses trente-cinq ans.

— Bonjour, Mauve.

Il ne s'avança pas pour l'embrasser, et elle n'en prit pas l'initiative.

— Les enfants, voici votre tante. Mauve, je te présente Guillaume et Laurie.

Ils s'approchèrent et offrirent leur visage à la jeune femme qui pressa ses lèvres sur leur front lisse et murmura :

— Bonjour, les enfants…

Et elle se tut, soudain gênée. Elle avait failli leur demander comment ils allaient. Les doutes qu'elle avait éprouvés dans le train se firent plus pressants. Pourquoi était-elle revenue ? Elle regarda ses parents et ses neveux tour à tour. Et David. Et elle mesura pleinement son erreur. Puis elle perçut une voix revêche dans son dos.

— Le dîner est servi à 20 heures. Et les funérailles de ta sœur sont prévues demain à 14 heures.

Une détermination nourrie de souvenirs douloureux contraignit Mauve à se retourner et à affronter le regard de sa tante Paule.

— Bonjour, ma tante.

3

— Ton ancienne chambre est prête. Elle ne présente sûrement pas le confort auquel tu es habituée, mais pour deux ou trois nuits, j'imagine que tu t'en accommoderas…

Mauve soutint le regard de sa tante et jeta un bref coup d'œil en direction de ses parents. La famille avait déjà fixé les limites de son séjour.

— Bien sûr, répliqua-t-elle, ce sera parfait.

Dans un geste de défi, elle prit sa valise des mains de la femme de chambre et emprunta l'escalier. La septième marche craquait toujours. Elle longea le couloir. Deux coffres en chêne et une commode étaient encastrés sous les fenêtres, des fauteuils à oreillettes tapissés de tons ocre et rose trônaient dans chaque angle. Des opalines et des bouquets de fleurs sèches reposaient sur deux consoles. Rien n'avait bougé. Comme si le temps la défiait, les portraits de ses ancêtres étaient alignés le long du mur, depuis Eugène Carreau, le fondateur du château de Bassan en 1855. « Le bâtisseur », comme l'avaient nommé les générations suivantes. Tous ses aïeuls figuraient là, parmi les toiles représentant le château à différentes époques de son histoire. Ce château, Mauve y était née, et par deux fois son amour y avait sombré. Elle s'arrêta un instant devant le portrait de son grand-père, Joseph Carreau. L'artiste avait su reproduire chaque trait de son caractère. Autoritaire, impitoyable. Un homme qui avait dominé son entourage et obtenu de chacun la plus totale obéissance. Véronique avait toujours été sa préférée, et Mauve en avait longtemps cherché les raisons.

Mal à l'aise, elle réprima un tremblement et avança de quelques pas. Il n'y avait aucune toile représentant Paule, l'aînée des filles de Joseph Carreau, qui lui ressemblait en tous points, ni Édith, la mère de Mauve. En revanche, un nouveau cadre complétait la galerie. Ce n'était pas une peinture, mais l'agrandissement d'une photographie, le mariage de Véronique et David. Ils posaient dans le parc près de la gloriette, lui en smoking, elle en robe blanche, un bouquet de camélias entre ses mains gantées. Rayonnants, heureux.

Mauve avait fait la connaissance de David treize ans plus tôt, à l'Institut de formation en langues vivantes à Paris. Maîtrisant déjà l'anglais et l'espagnol, elle avait souhaité se perfectionner en allemand et, surtout, apprendre le chinois. David, lui, fasciné par les pays slaves, voulait s'initier au russe. Entre eux, le coup de foudre avait été immédiat. Étonnée de tomber si facilement amoureuse après un premier chagrin d'amour, Mauve s'était sentie heureuse pour la première fois. Elle avait présenté David à sa famille, et une fois de plus son grand-père avait désapprouvé son choix. Les parents de David étaient propriétaires d'un petit domaine dans le Gers, et entre le cognac et l'armagnac, la concurrence perdurait depuis la nuit des temps. Mauve et David n'en avaient pas moins annoncé leurs fiançailles pour le printemps suivant. Puis elle s'était rendu compte des manœuvres de Véronique qui n'avait pas hésité à jeter son dévolu sur David. Mauve avait alors compris qu'il lui faudrait batailler contre sa sœur qui maniait des armes redoutables. Toutes les exigences d'une jeune fille gâtée et possessive. Le sentiment de trahison qu'elle avait éprouvé alors était encore bien présent dans son cœur.

Elle se dirigea vers sa chambre. En ouvrant la porte, elle retrouva d'instinct l'emplacement de l'interrupteur électrique, à gauche, beaucoup plus bas que la normale. Une odeur de renfermé et de lavande séchée imprégnait l'atmosphère. La lumière inonda la pièce et la jeune femme sentit son cœur se serrer. La chambre avait été débarrassée de tout ce qui rappelait sa présence. Ses aquarelles avaient disparu, remplacées par des huiles anciennes représentant des scènes de chasse ou de moisson. Le bureau, la coiffeuse et son cosy-corner, tout le décor Art déco choisi contre la volonté familiale avait cédé la place à un lit à baldaquin, de lourdes tentures aux fenêtres et une armoire en merisier. C'était comme si elle n'avait jamais vécu ici. Elle posa sa valise sur le lit et accrocha ses quelques vêtements dans l'armoire. Elle avait pris le strict minimum. Certes, elle n'avait pas fixé la date de son retour. Lundi ou mardi prochain, probablement, à condition qu'elle puisse tenir jusque-là.

La porte menant à la salle de bains était peinte en vieux rose, une couleur qu'elle détestait. Elle disposa le contenu de son *vanity* sur la tablette au-dessus du lavabo, puis elle s'assit sur le bord de la baignoire. Elle ne cessait de penser à ce jour où son existence avait basculé. Elle éprouvait toujours cette révolte amère au souvenir des explications lamentables de David. « Ça me rend si triste de te faire de la peine, j'aurais tellement voulu qu'il n'en soit pas ainsi. Mais c'est si fort ce qui se passe entre Véro et moi. Pardonne-moi. » Comment aurait-elle pu pardonner une telle trahison ? Elle n'avait pas oublié le visage triomphant de Véronique, ni l'expression de gêne coupable de David lorsqu'elle avait planté son regard dans le sien en lançant : « Espèce d'immonde salaud ! » La famille était demeurée impassible. Seul son père avait tenté de la consoler. « Je sais bien que dans la situation inverse, si tu t'étais sentie attirée par le fiancé de Véronique, tu te serais effacée. Tu es malheureuse une fois de plus, et je comprends que tu aies du mal à accepter cette situation. Mais ta sœur est comme ton grand-père, sa volonté fait loi. Courage, ma petite fille, je serai toujours là pour toi. »

À cette époque, l'un des professeurs de l'Institut où elle étudiait l'avait recommandée à la commission européenne de Bruxelles pour un poste d'interprète. Elle avait accepté, consciente d'aborder seule un tournant important de son existence. Un saut dans l'inconnu. Avant son départ, elle avait fait le tour du château, traversé le parc jusqu'à la gloriette, et de là elle avait contemplé les vignes en gravant chaque détail dans sa mémoire. Autant par tristesse que pour entretenir sa colère. Puis elle avait quitté Bassan, convaincue que, aussi incertain soit-il, l'avenir ne pouvait être pire que le présent. Elle était sûre que toute la famille s'était sentie soulagée par son départ. Comme si on venait d'esquiver un orage de grêle sur le vignoble.

Mauve revint vers le lavabo. Elle se passa les mains sous l'eau tiède et retoucha son maquillage. Elle pensait à la photo de mariage, tout au bout de la galerie de portraits. Véronique et David étaient faits l'un pour l'autre. Prête à tous les artifices, à toutes les manipulations pour arriver à ses fins, sa cadette n'avait-elle pas toujours eu ce qu'elle voulait ? Alors pourquoi s'était-elle suicidée ? Que s'était-il encore passé au sein de la famille ? Mauve retint son souffle. Elle luttait contre un violent désir de courir vers sa voiture et de rouler aussi vite que possible sans un regard en arrière. Elle entendit le vent du soir dans les arbres du parc et, quelque part au premier étage, le cri d'un enfant. Elle inspira profondément, s'exhortant au calme. Puis elle quitta sa chambre, enfin prête à affronter toute sa famille.

Ils étaient déjà rassemblés dans la grande salle à manger lorsqu'elle entra. Sa tante regarda subrepticement sa montre. Le couvert était dressé pour cinq personnes sur l'immense table Empire entourée de douze chaises assorties. Mauve remarqua que sa tante avait pris la place de son grand-père, en bout de table. Elle s'installa à l'endroit qu'on lui avait attribué, à côté de sa mère et face à David. Elle se sentit troublée par l'insistance avec laquelle celui-ci la dévisagea. Elle ne voulait pas se laisser émouvoir par sa présence. Pourtant, son cœur battait plus vite. Puis, le visage de Véronique s'immisça dans son esprit.

— Où sont tes enfants ? demanda-t-elle.

— Avec leur gouvernante, ils ont déjà dîné.

Mauve esquissa une grimace. Les règles instaurées par Joseph Carreau trente ans plus tôt prévalaient toujours. Pas d'enfants à table ! Ils n'ont pas à se mêler des conversations des adultes. Elle avala quelques cuillerées de potage. Sentant le regard de Paule fixé sur elle, elle surveillait ses gestes tout en se rappelant les recommandations sans appel de son grand-père ou de sa tante : se tenir droite, ne pas vider son verre d'un trait, ne pas « saucer ». En revanche, la présence de ses parents lui paraissait réconfortante.

— Nous avons prévu un dîner un peu plus consistant. Après ce voyage, tu as sans doute faim, dit sa mère.

— Merci, maman, mais ce n'était pas la peine de changer vos habitudes pour moi.

Aussi loin qu'elle s'en souvienne, les dîners se résumaient généralement à un potage, quelques légumes râpés en salade ou cuits à la vapeur, un entremets. Une domestique était là pour les servir, sa sœur et elle, et changer les assiettes.

Son père rompit le silence en s'informant de sa vie en Belgique. Elle se prêta gentiment au jeu de ses questions. Son travail lui plaisait, elle était attachée à la commission économique et c'était passionnant... Oui, elle était bien installée, dans un quartier tranquille de la capitale européenne. En parlant, elle devinait le regard de David fixé sur elle. Ils échangeaient un bref coup d'œil de temps à autre. Elle remarqua la Rolex à son poignet, ses lunettes à monture d'écaille griffées, l'étui à cigarettes et le briquet en or posés près de son assiette. Des objets coûteux qui évoquaient des cadeaux féminins. En échange de quoi Véronique lui avait-elle accordé ces largesses ?

Après le poulet rôti aux herbes, une employée servit une salade verte et posa le plateau de fromages sur la table. La conversation reprit. Chaque mot était pesé, contrôlé, et à force d'éviter les sujets délicats, le dîner prit une apparence compassée. Peu à peu, les discussions s'épuisèrent. Mauve se sentait épiée, isolée. Une immense nostalgie la gagna avec, au fond d'elle et toujours plus forte, l'envie de fuir. Soudain, une bûche s'écroula dans la cheminée dans un craquement sourd suivi d'une gerbe d'étincelles. Édith Guyon sursauta. Mauve la regarda, et pendant un court instant le visage de sa mère perdit toute expression, comme si quelque lien ténu de sa conscience s'était rompu.

— Mauve, murmura-t-elle enfin, et si nous essayions de reconstituer notre famille ?

Le silence tomba brusquement autour de la table.

— Quelle famille, maman ? reprit Mauve, Véronique est morte, et je suis partie depuis douze ans.

— Je sais, c'est notre faute à tous ! Nous avons été si injustes avec toi.

— Tu ferais mieux de manger au lieu de proférer des absurdités ! s'écria la tante Paule.

Elle avait toujours cette voix de basse rauque et dure, exercée à intimider son entourage.

— Mais, Paule, je voulais…

— Tais-toi. Ton poulet est froid, et tu es à la traîne, comme d'habitude.

Édith baissa la tête comme un enfant qui accepte une réprimande méritée. Mauve jugea qu'il était temps d'aborder les incohérences et les non-dits liés au décès de sa sœur.

— L'un d'entre vous veut-il bien me dire où est le corps de Véronique ?

— À l'Institut médico-légal, répondit David. Nous avons jugé préférable de l'y laisser pour ne pas perturber Guillaume et Laurie.

— Mais comment a-t-elle pu en arriver là, jusqu'à oublier ses enfants ? A-t-elle au moins laissé une lettre ?

Le silence retomba à nouveau autour de la table. David eut un geste de négation. Mauve les regardait tour à tour, attendant davantage d'explications. Les statistiques prouvaient que la plupart des femmes laissaient un message pour expliquer leur geste.

— Une enquête est-elle en cours ? insista la jeune femme.

— Pourquoi y aurait-il une enquête ? la coupa Paule sur un ton cassant.

— N'est-ce pas toujours l'usage en cas de mort violente ?

— Qu'est-ce que tu en sais ?

— C'est la loi, il me semble.

Les parents de Mauve échangèrent un regard inquiet. Ils comprirent que la conversation s'était muée en une joute entre leur fille et sa tante.

— Tu n'as guère changé ! s'exclama cette dernière, non seulement tu compliques tout, mais tu sais tout, n'est-ce pas ?

Mauve s'apprêtait à répliquer, mais David prit les devants.

— Il y a eu une autopsie, les conclusions du médecin légiste ont écarté le moindre doute. Véro a absorbé une quantité importante d'antidépresseurs associés à une forte dose d'alcool.

— Elle… elle buvait ? bredouilla Mauve, interloquée.

— Non, elle a sans doute bu ce soir-là pour se donner du courage.

— Du courage ? se récria Paule, dis plutôt qu'elle a choisi la facilité, sans hésiter à nous mettre dans l'embarras et à ternir l'image de notre famille. Elle était faible, et en cela, elle avait de qui tenir.

Elle lança un coup d'œil peu amène en direction de sa sœur qui piqua un fard. Édith avala de travers et se mit à tousser.

— Pauvre sotte, murmura Paule entre ses dents.

Et tandis que sa sœur reprenait son souffle, elle regarda sa nièce droit dans les yeux.

— En mettant fin à ses jours, Véronique avait le même dessein que toi lorsque tu t'es enfuie. Nous culpabiliser ! Sous-entendu : « Regardez ce que vous m'avez obligée à faire. » Mais avec moi, ça ne marche pas !

Mauve se raidit, prête à se rebiffer. Mais c'est le moment que choisit sa mère pour poser la main sur la sienne et lui emprisonner doucement les doigts.

— Tu pourrais passer au moins deux ou trois semaines avec nous. Ta présence ferait du bien aux enfants.

Mauve parvint à réfréner la vague de colère qui l'avait un instant submergée. À quoi s'attendaient-ils, donc ? À ce qu'elle soit devenue la fille docile qu'elle n'avait jamais été ?

— Non, je me suis organisée pour rester le week-end. Je partirai mardi matin au plus tard. Veuillez m'excuser, il est tard et je suis fatiguée, ajouta-t-elle en se levant.

Elle quitta la salle à manger en ignorant les sanglots de sa mère et le geste de son père qui avait tenté de la retenir.

4

Après une nuit agitée de rêves embrouillés, Mauve se réveilla courbatue et nerveuse. Le matelas était trop dur et elle n'appréciait pas les traversins. Un frisson la parcourut. Elle n'avait plus l'habitude des pièces à haut plafond où le moindre courant d'air trouvait une fissure pour s'engouffrer. Elle se leva, ouvrit les volets et contempla la campagne qui s'offrait à elle. La vigne avait modelé un paysage singulier fait de décrochements, la lumière réfléchissait les nuances ocre et rouge des feuillages que le vent du matin emportait déjà. Une légère crampe d'estomac l'avertit qu'elle avait faim.

Une demi-heure plus tard, elle gagna la petite salle de séjour où la famille prenait traditionnellement le petit déjeuner et le thé en fin d'après-midi. Une table rectangulaire, des chaises et un vaisselier en noyer bien encaustiqué meublaient la pièce. Un coin salon, avec deux guéridons et des fauteuils crapaud, prolongeait cet espace beaucoup plus intime que la grande salle à manger Empire. Une corbeille de fleurs était dressée au centre de la table, côtoyant l'argenterie et le service de porcelaine. Le jus d'orange était déjà servi dans des verres à pied.

Les portes-fenêtres ouvraient sur les jardins et leurs bordures de buis taillées au cordeau. Au bout de l'allée menant au parc se dessinait la roseraie, le domaine réservé de tante Paule. Elle y cultivait une impressionnante variété de roses. Dès la floraison, elle agençait ses bouquets dans toute la maison. Et, depuis toujours, elle s'entêtait à cueillir des pétales pour concocter une confiture écœurante que personne ne mangeait.

Les enfants de David étaient attablés devant leur petit déjeuner. Mauve les embrassa avant de s'asseoir en face d'eux. Laurie était vraiment très jolie avec son nez retroussé et ses cheveux fins retenus par un serre-tête de velours. Elle buvait son lait à petites gorgées. Sans quitter sa tante des yeux, elle demanda :

— Guillaume, appelle Agathe s'il te plaît, je voudrais une autre tartine.

— Ne dérange pas ta gouvernante, ma puce, je vais te la préparer.

Mauve lui tendit une tartine beurrée, nappée de confiture. La fillette la remercia, avant d'ajouter en baissant la voix :

— Tu sais, notre maman est morte. C'est pour ça qu'on ne va pas à l'école.

Embarrassée, Mauve cherchait ses mots, mais Guillaume ne lui laissa pas le temps de répondre.

— Tais-toi, tu sais bien que nous n'avons pas le droit d'en parler.

Mauve ne put s'empêcher de noter son air sérieux.

— Quelquefois, c'est bien de parler de ce qui nous fait de la peine. On se sent mieux après.

— Tu peux me beurrer une autre tartine à moi aussi ? répliqua-t-il, comme s'il n'avait pas entendu sa remarque.

— Bien sûr, choisis la confiture que tu préfères.

— Pourquoi tu ne veux pas rester avec nous ? demanda Laurie.

Et, devant l'air surpris de Mauve, la fillette ajouta :

— C'est papa qui nous l'a dit.

— Ce n'est pas aussi simple. J'ai du travail et je ne peux pas m'absenter très longtemps.

— Tante Paule dit que tu ne nous aimes pas.

— Ce n'est pas vrai, Laurie ! se récria Mauve. Je ne vous connais pas encore très bien mais je vous aime.

La gouvernante des enfants entra avec une panière débordante de brioches et de galettes charentaises qu'elle posa près de Mauve.

— Mademoiselle a-t-elle besoin d'autre chose ?

— Non merci, Agathe, et vous pouvez m'appeler Mauve.

— C'est interdit, avertit Guillaume sur un ton grave, elle doit dire « mademoiselle », et nous aussi on doit lui dire « mademoiselle ».

Mauve lança un regard navré à la jeune fille qui rougit en rangeant une mèche de cheveux derrière ses oreilles.

— Je suis désolée, mais je préfère ne pas déroger à la règle. Mme Paule ne l'accepterait pas. Venez, les enfants, votre père vous attend.

Aux allées et venues du personnel entre les cuisines et les différentes pièces du rez-de-chaussée, Mauve comprit qu'on organisait l'encas qui suivrait les funérailles de sa sœur cet après-midi. L'estomac noué, elle reposa sa brioche. Elle n'avait plus faim. La méchanceté de sa tante Paule, les propos échangés avec la gouvernante et ce tête-à-tête avec ses neveux l'avaient troublée. Entre ces murs, elle sentait toujours peser le fardeau de son éducation, et elle avait l'impression d'étouffer.

Mauve n'avait rencontré aucun autre membre de la famille et elle ne le souhaitait pas vraiment. Elle décida de se réfugier dans sa chambre pour avancer ses traductions. Mais en passant devant le bureau de son père, elle s'arrêta. Après un instant d'hésitation, elle frappa un coup léger à la porte qui s'ouvrit presque aussitôt. Sans un mot, Georges s'effaça pour laisser entrer sa fille et la prit dans ses bras.

— Comment vas-tu, tu as bien dormi ?

— Plus ou moins bien.

Elle promena un regard circulaire dans la pièce. Son père ne laissait jamais personne entrer dans son bureau, à part elle de temps à autre, avant que la rupture ne soit consommée avec sa famille. L'agencement n'était plus le même que dans ses souvenirs. Elle constata avec plaisir qu'il avait récupéré, après son départ, les aquarelles accrochées dans sa chambre. La vaste bibliothèque murale était tapissée d'étagères qui grimpaient jusqu'au plafond, une table accolée au bureau disparaissait sous les livres et les dossiers. Son père avait aménagé un coin à vivre, avec un canapé-lit où il avait visiblement dormi cette nuit. L'oreiller portait encore la marque de sa joue et l'empreinte de son corps creusait l'édredon. Sur une petite tablette, près du lavabo, une cafetière, un toaster et un four à micro-ondes avoisinaient quelques pièces de vaisselle.

— Je vais te préparer du thé, assieds-toi.

Il débarrassa le fauteuil des livres qui l'encombraient et se saisit d'un chiffon pour épousseter le guéridon. En se relevant il réprima une grimace, comme si son dos le faisait souffrir. Ce qui devait être le cas. Après avoir mis de l'eau à chauffer dans le micro-ondes, il sortit un pot en faïence contenant du thé au jasmin. Émue, Mauve le remercia d'un sourire. Il n'avait pas oublié que c'était son préféré. Elle l'observa tandis qu'il s'affairait avec des mouvements lents. Ses cheveux blancs, ses épaules voûtées lui prêtaient plus que ses 68 ans. Pourtant, il avait gardé son regard rêveur, presque juvénile. Près de lui, Mauve se sentit en paix pour la première fois depuis son retour.

Lorsqu'elle était partie, c'était lui qu'elle avait regretté plus que tout autre. Plus que sa mère. À l'époque, il lui avait dit d'aller de l'avant et d'oublier. Aller de l'avant, c'était ce qu'elle avait fait. Mais oublier avait été une autre affaire. Son père était toujours resté en contact avec elle. Il lui téléphonait une fois par mois, pour la nouvelle année et pour son anniversaire. Ils parlaient de choses et d'autres, comparaient le temps qu'il faisait en France et en Belgique. Et c'était toujours Mauve qui trouvait un prétexte pour raccrocher. C'est lui qui l'avait appelée pour lui annoncer la mort de son grand-père, des suites d'un cancer de la prostate, et la reprise du vignoble par Véronique et David. À cette époque, elle avait pensé que sa mère ou sa sœur lui demanderaient de revenir à Bassan. Mais ce ne fut pas le cas.

Georges servit le thé et avança une chaise. Mauve se leva et exigea qu'il prenne le fauteuil.

— J'ai l'impression que ta scoliose s'est aggravée. Tu te soignes au moins ? demanda-t-elle.

— Oui, mais la position assise est loin d'être idéale.

En parallèle de sa carrière de professeur d'histoire-géographie, Georges Guyon s'était construit une réputation d'excellent historien régional, et ses conférences étaient très appréciées.

— Depuis que je suis à la retraite, je collabore à des revues d'histoire. J'ai participé à l'inventaire des monuments historiques des deux Charentes. Et j'ai écrit des livres aussi.

— C'est vrai ?

Il alla quérir deux ouvrages qu'il lui présenta avec un soupçon de fierté. *L'Origine des noms de villages charentais* et *L'Influence d'Aliénor d'Aquitaine en Poitou-Charentes*.

— Ce ne sont pas des gros tirages, dit-il comme s'il s'excusait.

Mauve feuilleta les livres et nota combien les recherches étaient fouillées.

— C'est fabuleux, papa, et quel travail cela représente !

— Un historien, c'est un peu un journaliste d'investigation, voire un détective privé. Il a la difficile mission d'éclairer le présent à la lumière du passé.

Son père avait toujours vécu en marge de la famille, et c'est en cela qu'ils se ressemblaient.

Georges savait que son beau-père le considérait comme un raté, et Joseph Carreau n'était pas homme à taire ses opinions. Mauve n'avait pas oublié ce que lui avait crié son grand-père lorsqu'il avait chassé Anthony Dupré de sa vie : « Une mésalliance dans la famille, c'est assez ! »

— Et tu donnes toujours des conférences ? demanda-t-elle.

— Oui, je préparais la prochaine sur le thème du mariage d'Isabelle d'Angoulême avec le roi Jean sans Terre, lorsque ta sœur…

Il se tut et son regard s'embua. Était-il donc le seul à éprouver du chagrin dans cette maison ?

— Tu dois être bien malheureux, papa.

— Nous le sommes tous, tu sais.

— Vraiment ? À part les enfants de Véronique, je n'ai pas décelé beaucoup de peine chez les autres membres de la famille.

— Bien sûr que si ! Et toi aussi tu souffres, je le sais.

Mauve but quelques gorgées de thé et accepta la part de biscuit aux raisins qu'il lui tendait.

— Je suis tellement désemparée, papa, je ne suis même plus sûre de savoir ce que j'éprouve. Je n'ai plus aucun repère ici, je crois que je regrette d'être venue.

L'expression de son père changea. Son regard fut envahi par une sorte de compréhension tragique qui poussa Mauve à se demander quels souvenirs elle avait réveillés en lui et quelles blessures il avait endurées. Il emplit de nouveau leurs tasses et lui prit la main. Il savait que ses filles avaient toujours été comme chien et chat. Et que grâce au soutien de leur grand-père, Véronique avait toujours eu le dernier mot.

— Ta mère a raison, nous aurions dû agir différemment à ton égard il y a douze ans. Mais il y avait ton grand-père.

Et, comme tout le monde, Georges avait plié sous le joug du patriarche. Combien de fois avait-il rêvé de lui tenir tête ? Il avait encore en mémoire tout ce qu'il se promettait de lui dire. Des phrases élaborées dans le silence de son bureau et qui ne franchissaient jamais le seuil de ses lèvres.

— Pourquoi Véro s'est-elle suicidée ? David et elle s'aimaient, j'en suis sûre.

— Sans doute. Mais régie par ton grand-père, leur union est vite devenue un mariage de raison.

Il but son thé en détournant le regard. Mais Mauve ne comptait pas en rester là. Si quelqu'un pouvait lui raconter ce qui s'était passé, c'était bien son père.

— Pour Joseph, un mariage était juste un accord dont il pouvait tirer avantage, expliqua-t-il. Il a vu en David un employé qu'il n'aurait pas lieu de rémunérer. Et il avait besoin d'un assistant pour développer la commercialisation du cognac de Bassan.

— Qu'en a pensé David ?

— Il n'a pas eu grand-chose à dire. Ton grand père estimait qu'il était redevable à notre famille parce que son mariage avait amélioré son statut social.

Mauve posa d'autres questions, mais elle comprit rapidement que son père savait peu de choses de la vie privée de Véronique. Elle l'imaginait se retirant dans sa chambre dès les repas terminés, étranger à tout ce qui n'était pas ses livres et ses études.

— Ils semblent si rayonnants sur leur photo de mariage.

Ce n'était pas vraiment une question, aussi resta-t-il silencieux.

— Pourquoi n'y a-t-il pas de portrait de tante Paule dans la galerie, ni de photo de ton mariage ?

— Ton grand-père maudissait ses filles parce qu'elles étaient inaptes à assurer une descendance. « Une vieille fille, disait-il, et une pondeuse incapable de faire un mâle. »

Mauve sourit.

— C'est vrai que grand-père ne donnait pas dans le romantique !

— Il jugeait l'amour et la passion comme des broutilles. Pour lui, la légitimité du mariage se limitait à la reproduction.

Mauve devinait combien la présence de son grand-père régnait encore sur le domaine et sur chacun des membres de la famille. Durant les vingt-deux ans qu'elle avait passés sous sa coupe, il n'avait jamais perdu une occasion de lui rappeler qu'elle était une privilégiée, née dans un milieu favorisé. Elle avait longtemps rongé son frein sous le fardeau des traditions, de ses obligations envers la terre qui produisait le cognac. Très vite, Véronique, elle, avait compris le profit qu'elle pouvait tirer de la situation, et elle s'était conformée aux règles en adoptant l'autorité, les exigences de son grand-père. A contrario, Mauve avait répondu aux diktats du patriarche par son indépendance, sa volonté d'imposer ses choix. Plus il était strict avec elle, plus elle se rebellait. Et elle aimait l'idée d'être une cause de constante irritation pour lui.

Un signal retentit depuis l'ordinateur. Mauve surprit le regard de son père se porter vers l'écran, puis sur les livres épars sur le bureau. « Comme je le comprends, pensa-t-elle. Les tyrans morts il y a cinq cents ans ne pouvaient plus atteindre personne, eux.

— Merci pour le thé, papa. Je te laisse, j'ai quelques coups de téléphone à donner.

Elle s'échappa et la porte se referma derrière elle. Georges entendit son pas léger dans le couloir, à peine couvert par le crépitement de la pluie contre les fenêtres.

5

L'annonce du décès de Véronique Guyon dans les colonnes du quotidien régional et le retentissement médiatique qui avait suivi déplacèrent une foule de curieux aux funérailles de l'héritière du château de Bassan. L'église de Sainte-Radegonde ne pouvait contenir tout le monde et beaucoup restèrent dehors. Le ban et l'arrière-ban du sérail cognaçais étaient rassemblés à l'intérieur, David et ses enfants au premier rang. Guillaume surveillait son père et imitait chacun de ses gestes. Laurie, droite et raide, ne quittait pas le cercueil des yeux. Assise entre ses parents, Mauve observait les enfants, imaginant leur désarroi. Un peu plus tard, l'homélie du prêtre provoqua les sanglots de sa mère. Tante Paule lui pinça le bras en lui intimant l'ordre de « se tenir ». Sa méchanceté ne surprenait plus Mauve, sa tante n'ayant pas manqué de critiquer sa tenue avant la cérémonie. « Tu n'as rien de plus décent que ce tailleur bleu ? Tu as donc oublié toutes les bonnes manières, ma parole ! On s'habille en noir pour un enterrement. »

L'office s'acheva rapidement. Mais au cimetière, la cérémonie des condoléances s'étira pendant une heure et demie. Mauve vécut ce défilé comme une épreuve. Il lui fallut serrer des mains, encore et encore. Les gens s'attardaient devant elle, on la dévisageait, avec la même question sans cesse répétée : « Alors, vous êtes revenue ? »

Dans son costume noir, le visage fermé, David se tenait près du catafalque. À ses côtés, les enfants semblaient las, un peu distraits. Avaient-ils compris et déjà plus ou moins admis que la vie avec leur mère s'arrêtait là ? Mauve scruta longtemps le cercueil avant de se rendre à l'évidence. Dans son cœur aussi une page se tournait. Elle avait aimé sa sœur, même si elles s'étaient déchirées à de nombreuses occasions. Elle n'aurait plus la possibilité de le lui dire, mais elle sut qu'elle lui avait pardonné.

Anthony Dupré était resté en retrait, en queue de cortège. Troublé, il ne quittait pas des yeux la jeune femme. Mauve avait gardé sa coiffure de jeune fille, des mèches qu'elle roulait en boucles, maintenues par de petites pinces. Il éprouva la même fascination pour ses yeux améthyste, la couleur du ciel d'été les soirs d'orage. Il l'avait tant aimée... Il s'approcha.

Lorsque Mauve l'aperçut, elle ne put retenir une petite exclamation de surprise, avant de lui saisir le bras et de l'entraîner à l'écart. Les murmures et les coups d'œil insistants avaient fini par la mettre dans une situation désagréable. Ils s'arrêtèrent près d'un cyprès. Mauve le regarda en essayant de voiler son émotion. Anthony, son premier amour, un amour brisé par la seule volonté de son grand-père. Il était toujours aussi beau, avec ce regard empreint de gentillesse, ce sourire protecteur et ses cheveux en bataille. Il devait se les couper lui-même, les pointes en désordre étaient de toutes les longueurs. Une minuscule cicatrice en forme de demi-lune marquait le coin de ses lèvres. Un coup de sabot de cheval reçu un jour où il avait extirpé Mauve des ruades de l'animal.

Le cortège quittait maintenant le cimetière pour regagner les voitures rangées sur le terre-plein. Mauve et Anthony marchaient un peu en retrait. D'un geste affectueux, il lui entoura les épaules.

— Comment vas-tu ? J'imagine que l'ambiance n'est pas idéale pour des retrouvailles familiales.

— Je crois que le plus terrible, c'est le chagrin des enfants.

— Ils ont leur père, heureusement.

— C'est vrai… Tu es venu seul ?

— Ma mère se sentait fatiguée, et puis pour elle, tu sais, les enterrements…

Mauve ne trouva rien à répondre. Anthony avait perdu son père, puis son oncle, alors qu'il n'avait pas 18 ans. En attendant qu'il atteigne l'âge de reprendre l'entreprise familiale, sa mère avait dû faire face.

— Tu viendras à la collation tout à l'heure ?

— Je ne suis pas invité.

— Pourtant mon grand-père n'est plus là pour t'interdire l'entrée du château !

— Tu crois ? demanda-t-il en lui désignant sa tante d'un clin d'œil, elle me déteste autant que lui.

— Elle *nous* déteste, rectifia Mauve.

Sa tante marchait quelques pas devant eux, se retournant à maintes reprises en leur lançant des regards furibonds.

— Avec son visage maigre et ses paupières tombantes, ses cheveux gris coupés court, elle ressemble de plus en plus à ton grand-père.

— Et la ressemblance ne s'arrête pas au physique, crois-moi !

— Tu restes quelque temps ici ?

— Le week-end, sans doute. J'ai prévu de repartir mardi. J'irai te voir avant, lundi après-midi si tu veux.

Un grand sourire éclaira le visage du jeune homme. Il sortit un carton de sa poche.

— Mon numéro de téléphone. Appelle-moi. Cela te ferait plaisir qu'on se retrouve aux parcs à huîtres et qu'ensuite on aille dîner ?

— Oui, bien sûr ! répondit Mauve d'une voix légère. Promis, je te téléphone.

À 17 heures, une trentaine de personnes étaient rassemblées dans le hall du château de Bassan. Avec la pluie, la température s'était radoucie, puis le soleil était revenu. Ce qui avait permis d'ouvrir la porte-fenêtre donnant sur le jardin d'hiver. Des fauteuils en rotin aux coussins fleuris étaient disposés de part et d'autre de petits guéridons. Une table avait été dressée au milieu du hall, sous l'imposant lustre en cristal. Deux serveurs offraient du thé, du café, des jus de fruits, ainsi que des canapés salés et des petits gâteaux. Un peu de vin aussi. Mauve observait les visages crispés ou absents des membres de sa famille. Seul son père lui adressait des petits signes de temps à autre. La menotte de Laurie se raidit au creux de sa main. Elle ne l'avait pas quittée depuis le début de la collation. Mauve lui avait proposé du jus d'orange, du gâteau, mais la fillette avait refusé d'un signe de tête. Sa tentative pour la faire parler des jeux ou des dessins animés qu'elle aimait avait également échoué.

— Veux-tu que nous allions nous asseoir sur la terrasse ?

Laurie secoua la tête et ne bougea pas, au grand désespoir de Mauve qui ne savait plus que faire. Aussi accueillit-elle l'arrivée de David avec soulagement. Un homme l'accompagnait. Il avait dépassé la trentaine, tiré à quatre épingles dans un costume trois pièces un peu démodé.

— Mauve, je te présente le Dr Mercier, c'est le neveu de notre vieux Dr Dubois. Il a repris son cabinet.

Bruno Mercier enveloppa la jeune femme d'un regard étonné tandis qu'il lui serrait la main. Ainsi, c'était elle. Tous les occupants du château lui avaient parlé de Mauve à un moment ou à un autre, dressant d'elle le portrait d'une révoltée au caractère difficile. Il sut immédiatement qu'il n'en était rien. Insoumise, sûrement, mais avec une intelligence et une sensibilité qu'il pouvait percevoir dans ce regard étrange. Il comprit ce qu'on ne lui avait pas dit, qu'elle était de ces êtres qui n'indiffèrent personne. On l'aimait, on la haïssait. Parfois les deux en même temps. Quant à son oncle, lorsqu'il parlait de la jeune femme, c'était avec circonspection et un soupçon de tristesse. Combien de fois lui avait-il répété que son départ de Bassan était la meilleure chose qui pouvait lui arriver...

— Ainsi, notre bon vieux médecin a enfin pris sa retraite ? J'aurais juré qu'il mourrait son stéthoscope à la main.

Le Dr Mercier sourit.

— Vous n'êtes pas loin de la vérité ! J'ai travaillé avec lui pendant trois ans avant qu'il ne lâche enfin la barre en 2010. Mais j'ai l'impression qu'il a contrôlé mes diagnostics jusqu'au dernier jour.

— Vous êtes donc son neveu.

— Le fils de sa sœur, oui.

— J'imagine que l'inactivité doit lui peser.

— Il est décédé il y a deux ans, quelques mois après votre grand-père.

Un jeune couple accapara le médecin et Mauve s'éloigna. Dans le hall, la chaleur était devenue suffocante. Elle se fraya un chemin vers le jardin d'hiver. Au passage, elle reconnut André Roche, le maître de chai du château. Un verre à la main, il était en conversation avec un propriétaire de Saint-Georges-des-Coteaux, une commune viticole proche. Mauve lui adressa un sourire et il répondit d'un petit signe de la main. Elle avait 11 ans lorsqu'il avait été engagé au château de Bassan, et elle s'était toujours demandé comment il avait pu s'entendre avec son grand-père durant toutes ces années.

Elle choisit quelques canapés, deux petits-fours qu'elle disposa sur une assiette, et se retira dans un coin du jardin d'hiver. Ce matin, elle n'avait pas pu joindre Liang. De là où elle se trouvait, elle pouvait voir l'horloge du hall. Bientôt 18 heures. Il devait être rentré. Elle avait hâte de regagner sa chambre pour lui parler.

— Si tu t'asseyais près de moi afin que nous bavardions un peu toutes les deux…

Mauve se retourna et se retrouva face à Emma Lausan, son professeur de français lorsqu'elle était élève au collège Saint-Paul-de-Rochefort. Elle fut surprise de l'avoir presque oubliée alors qu'elle avait eu tant d'affection pour elle. Longtemps après avoir quitté le collège, Mauve avait continué à lui rendre visite. Emma lui prodiguait des conseils, lui prêtait des livres de grands auteurs. Sans se faire prier, elle s'installa à côté d'elle, son assiette en équilibre sur les genoux.

— Je suis heureuse de te revoir, Mauve.

C'était la première personne qui n'ajoutait pas sur un ton embarrassé qu'elle regrettait que ce soit dans de telles circonstances... Emma portait une veste de lainage bleu marine à boutons dorés frappés d'une ancre. Son visage, marqué de fines rides, vibrait sous l'éclat de ses yeux gris. Elle devina la question muette de la jeune femme.

— J'ai 72 ans. J'ai pris ma retraite un peu après ton départ. Et comme de bien entendu, je n'ai jamais été aussi occupée depuis ! Mais parle-moi de toi. Il paraît que tu as un poste intéressant à la Commission européenne ?

— Comment le savez-vous ?

— C'est ton père qui me l'a dit. Il est si fier de toi !

Elle détourna la tête pour saluer deux personnes puis revint à Mauve.

— Tu nous as manqué. Il y a des personnes qui tiennent à toi ici.

— Ah oui, lesquelles ?

— Cherche un peu. Et essaie de ne pas te laisser aller au ressentiment. Aucun d'entre nous ne peut connaître les voies du Seigneur. Les épreuves qu'il nous contraint à endurer ont souvent un sens, même si nous sommes incapables de le comprendre sur le moment.

Mauve ne répondit pas ; elle se contenta d'adresser à Emma un sourire plein d'indulgence. Son professeur de français ne s'était jamais mariée, elle n'avait pas de famille. Que savait-elle des épreuves infligées par le Seigneur. Ou par le destin ?

— J'espère qu'il y a quelqu'un dans ta vie, ou alors il serait temps d'y remédier.

Avec tristesse, la jeune femme se rendit compte qu'aucun membre de sa famille n'avait manifesté le moindre intérêt pour sa vie privée.

— J'ai un ami, oui. Il est attaché à l'ambassade de Chine à Bruxelles.

— Vous vivez ensemble ?

— Pas réellement, mais nous nous voyons très souvent.

— Donne-moi ton adresse e-mail. J'aimerais beaucoup que nous gardions le contact. Et la messagerie électronique est idéale pour correspondre. Le veux-tu ?

— Oui, cela me ferait plaisir.

Mauve griffonna son adresse sur le carnet qu'Emma lui avait tendu. Soudain, un brouhaha, puis des cris jaillirent du hall. Mauve se précipita et découvrit sa mère qui se débattait de toutes ses forces pour échapper à son père et à sa tante. Ceux-ci s'évertuaient à la faire asseoir dans un fauteuil.

— Laissez-moi, laissez-moi, hurlait-elle, tout le monde doit savoir la vérité… Vous ne pourrez pas m'empêcher de dire que nous sommes des monstres.

Un cercle s'était formé autour d'eux. Tous les invités regardaient la scène avec des yeux effarés tandis que Paule secouait sa sœur avec rudesse.

— Si tu ne te tais pas, je te donne une gifle !

Le Dr Mercier les rejoignit, sa sacoche à la main. En l'apercevant, Édith s'effondra d'un coup. Elle se recroquevilla dans son fauteuil et resta prostrée.

— Il faut l'emmener au calme dans sa chambre, ordonna le docteur.

Aidés d'une employée, ils réussirent tant bien que mal à lui faire monter les escaliers. Secouée par la scène dont elle venait d'être témoin, Mauve se réfugia dans le petit salon qui donnait sur la façade côté parc et se planta derrière la fenêtre. En automne, elle avait toujours admiré l'alignement des arbres et l'éclat du soleil dans les feuillages dorés. David la rejoignit quelques minutes plus tard.

— Ça va, Mauve ? demanda-t-il. Pas trop perturbée ?

— Elle a souvent ce genre de crises ?

— Ta mère a toujours souffert d'une certaine instabilité mentale, tu te souviens ? Mais ses crises sont de plus en plus fréquentes.

Il s'empara d'un verre à cognac sur la desserte et se versa une bonne rasade.

— Je te sers ?

Mauve refusa. Il but une gorgée et, d'un geste souple, fit tourner ce qui restait de cognac dans le verre.

— Si tu as un instant, pourrions-nous nous voir après le dîner ?

— David, je ne crois pas que je partagerai le repas avec vous ce soir, je suis épuisée.

— Alors demain matin ? Il faut absolument que je te parle avant ton départ. C'est important.

Mauve présagea qu'il voulait s'entretenir avec elle de la succession de Véronique. Si cette conversation devait avoir lieu, autant que ce soit le plus tôt possible. Elle aurait encore samedi et dimanche pour sortir, revoir les lieux qu'elle avait aimés autrefois.

— Demain matin sera parfait pour moi, David.

Elle promit de le retrouver dans son bureau à 11 heures.

6

Le vendredi matin, David rejoignit son bureau dès 7 heures. Depuis son fauteuil orienté vers la baie vitrée, il vit les employés arriver les uns après les autres, puis les tracteurs quitter les bâtiments. Les vendanges étaient presque terminées et les dernières bennes déversaient les raisins dans le pressoir. Sous la houlette du maître de chai, la vinification avait débuté. David percevait l'agitation qui régnait autour des cuves, les ordres lancés, le bruit des machines. À présent, la matinée s'étirait. Il essaya de s'atteler aux comptes de la société, mais il eut du mal à se concentrer. Son regard s'attardait sur le cadre posé sur le coin de son bureau. Un portrait de famille en noir et blanc, Véro, lui, les enfants. L'image parfaite du bonheur.

Lorsqu'il repensait aux premières semaines de son mariage, des souvenirs heureux éveillaient toujours en lui nostalgie et regrets. Les sorties au restaurant ou en discothèque Véronique à son bras, belle, attirant tous les regards. Elle avait une façon unique de se maquiller, d'arranger sa coiffure ou d'enrouler une étole autour de ses épaules, affichant cet air ingénu qui l'avait séduit. Cependant, il avait vite découvert son caractère irascible, ses sautes d'humeur, ses exigences. Elle avait ordonné leur vie de couple avec l'assurance impertinente d'une enfant gâtée. Comme s'il lui appartenait. À ses dépens, il avait compris qu'elle n'avait pas la force de caractère de sa sœur aînée. De fait, elle était entièrement soumise à son grand-père.

Deux ans après leur mariage, lorsque Véronique attendait leur premier enfant, Joseph Carreau dressa un rempart autour d'elle, comme une enceinte de protection que lui seul avait le droit de franchir. À la naissance de Guillaume, la fête résonna dans les murs du château, se propageant dans toute la région. Joseph clamait son bonheur à qui voulait l'entendre. Enfin un héritier à Bassan ! Il organisa la vie du domaine autour de sa petite-fille et de son arrière-petit-fils, au point que l'arrivée de Laurie passa presque inaperçue. Et David se sentit confiné dans une place de subalterne au service de la famille, épuisé par les querelles incessantes, les caprices de Véronique, avide d'être admirée, dorlotée. Souvent, il avait l'impression de n'être qu'un miroir renvoyant à sa femme l'image qu'elle attendait de lui. Et il ressassait l'échec de sa vie, les choix qu'il avait faits, ceux qu'il *aurait dû* faire.

D'un geste machinal, il se passa la main dans les cheveux et laissa tomber son stylo sur le sous-main. Il repoussa son fauteuil et s'approcha de la fenêtre d'où lui parvenaient des cris et des rires d'enfants.

La réception des clients et les bureaux de la société occupaient un vaste bâtiment de pierre, à quelques encablures des chais. De là, on embrassait du regard toute l'aile gauche du château. Un peu plus tôt, il avait vu Mauve et les enfants jouer près des balançoires. Depuis deux jours, il l'observait en silence en cherchant des traits communs à la jeune fille qu'il avait aimée autrefois. Elle lui était apparue toujours aussi têtue, exaspérante par moments, mais plus forte encore des qualités qu'il avait autrefois admirées chez elle. La loyauté, la ténacité. Il avait remarqué qu'elle passait beaucoup de temps au téléphone. Avait-elle une vie en dehors de sa carrière ? Ou bien était-elle restée une solitaire au cœur brisé par sa faute ? Depuis qu'elle était revenue, elle occupait constamment ses pensées. Comme le souvenir de leur première rencontre sur les bancs de l'Institut des langues vivantes à Paris. Il avait tout de suite compris qu'elle était de ces êtres d'exception qu'on ne rencontre qu'une fois au cours d'une vie et qui remplissent toute votre existence en quelques instants. Dès lors, il avait tout fait pour la revoir. Rien ne pouvait effacer de son esprit l'image de la jeune fille studieuse assise au premier rang de l'amphithéâtre, sérieuse dans son travail comme en toute chose. Puis tous les deux enlacés dans le lit du deux-pièces qu'elle louait dans le quartier de l'Opéra. Si seulement ses souvenirs avaient pu s'arrêter là. Et un jour, elle avait tenu à l'inviter au château de Bassan et à lui présenter sa famille. Pour terminer par une rupture douloureuse, où elle l'avait traité d'immonde salaud. Mais n'est-ce pas ce qu'il avait été ?

David revint vers le bureau et se pencha sur la montagne de papiers entassés devant lui. Le téléphone sonna. Sa secrétaire lui demanda si elle pouvait lui passer le banquier.

***

Le jardin était baigné du soleil d'automne, bas mais chaud encore. Mauve avait retrouvé la balançoire de son enfance plantée près des massifs d'hortensias. La pelouse alentour était jonchée de jouets d'enfants. Après le petit déjeuner, elle entraîna ses neveux dehors. Visiblement, ils étaient ravis. Elle les poussa à tour de rôle sur la balançoire, puis Guillaume lui offrit une démonstration de cascades sur sa petite moto électrique.

— Fais-moi encore tourner comme un avion, tante Mauve ! supplia Laurie.

La jeune femme la prit par les bras et la fit virevolter dans l'air. Elle s'arrêta à bout de souffle, heureuse de constater que les enfants riaient et s'amusaient. Puis Laurie se mit à courir autour des massifs.

— Essaie de m'attraper, la première qui arrive au chai aura un gâteau !

Mauve prit quelques pas d'avance, puis elle ralentit et laissa sa nièce gagner la course. Celle-ci sautait à pieds joints, les bras en l'air, et Mauve eut beaucoup de peine à la calmer.

— Les enfants, il faut rentrer maintenant.

Le feu aux joues et les yeux brillants, Laurie lui prit la main.

— Je ne veux pas que tu t'en ailles.

Ces mots attristèrent Mauve qui essaya de n'en rien laisser paraître.

— Je suis là pendant trois jours encore. Si papa est d'accord, je vous emmènerai faire une promenade à Rochefort dimanche.

Elle adorait Rochefort. Adolescente, puis jeune fille, elle y avait poursuivi ses études, noué des amitiés. Mais, surtout, elle avait échappé au pouvoir tutélaire de son grand-père. En entrant dans la maison, Laurie entraîna sa tante en direction des cuisines.

— Mon gâteau ! J'ai gagné la course.

Elles se heurtèrent à tante Paule qui sortait de la bibliothèque. Celle-ci toisa sa nièce d'un regard réprobateur, avant d'appeler la gouvernante des enfants.

— Mademoiselle, occupez-vous de Guillaume et Laurie. Qu'ils changent de vêtements et de chaussures. Ils sont répugnants.

À 11 heures sonnantes, Mauve rejoignit David dans son bureau. Il lui avança une chaise et attendit qu'elle soit installée pour retourner s'asseoir en face d'elle.

— Puis-je t'offrir du café, ou un jus de fruits ?

— Non, je te remercie.

— J'ai vu à quel point les enfants étaient heureux de jouer avec toi.

— Si tu es d'accord, je les emmènerai à Rochefort dimanche.

Mauve remarqua le sourire ému sur le visage de son beau-frère.

— Bien sûr ! C'est fou comme ils t'ont bien adoptée. Tu vas leur manquer lorsque tu seras repartie.

Elle croisa son regard et, pour couper court à ce qu'il aurait pu ajouter, elle demanda :

— De quoi voulais-tu me parler ?

— Tu te rappelles les dernières volontés de ton grand-père ?

Mauve n'avait pas été invitée à assister à la lecture du testament et sa sœur lui en avait fait parvenir une copie par voie d'huissier. Joseph Carreau avait laissé quelques biens à ses deux filles, dont la villa de Noirmoutier à Paule si elle survivait à Édith. Il avait surtout fait la part belle à Véronique, réduisant celle de Mauve au cadre légal.

— Ta sœur avait décidé de créer une société civile immobilière afin de gérer l'exploitation. Aujourd'hui, en tant que représentant légitime des enfants, je suis majoritaire. Toutefois, ta mère, ta tante et toi détenez quand même une minorité de blocage.

— C'est parfait, David, mais tout cela ne me dit pas ce que tu attends de moi.

— La société traverse une phase difficile en ce moment. Tu connais l'entêtement de ton grand-père. Il refusait que nous exportions nos produits en Asie. Il n'avait pas confiance. Depuis des décennies, nous cantonnons notre stratégie export aux seuls pays européens. Or ceux-ci subissent de plein fouet les effets de la crise. Le marché allemand a littéralement chuté, tout comme au Royaume-Uni. Et c'est pire dans les pays scandinaves et l'Europe du Sud.

Il semblait attendre une réaction de la part de Mauve, mais celle-ci ne dit rien. Il y avait à peine la largeur du bureau entre eux et elle pouvait presque sentir son souffle. Son pouls s'accéléra.

— Tu sais très bien que je ne connais rien au cognac, répliqua-t-elle enfin. Mon grand-père ne m'a jamais laissé l'opportunité d'apprendre. C'était

Véronique son successeur. Alors en quoi suis-je concernée ?

— Une très grosse maison de négoce nous a fait une excellente proposition de rachat, et…

— Tu as l'intention de vendre le château de Bassan ?

— Seulement les vignes et les stocks.

Il rassembla quelques feuilles éparses devant lui et les glissa dans une bannette.

— Ta tante Paule n'acceptera pas de vendre, et ta mère se bornera à faire ce que lui ordonnera sa sœur. Mais si tu es avec moi, j'aurai de bien meilleures armes.

Il marqua une pause puis il lâcha d'une voix grave, presque anxieuse :

— J'ai besoin que tu restes encore un peu au domaine et que tu me soutiennes dans mes démarches.

Ainsi, il avait peur de tante Paule ! De leur grand-père, passe encore, Mauve pouvait le comprendre. David se dévoilait brusquement devant elle. En surface, il montrait l'assurance inhérente à son éducation, mais il souffrait d'un manque d'autorité. Elle le soupçonna même d'une certaine lâcheté. Ou peut-être était-ce du cynisme ? L'habileté à se tirer des situations les plus délicates, à s'esquiver avec aisance.

— C'est à cause des problèmes de la société que Véronique s'est suicidée ?

— Je ne le pense pas, mais je suis incapable d'expliquer ce qu'il lui a pris. Pourquoi n'ai-je pas compris ce qu'elle s'apprêtait à faire ? Je te jure que je ne l'aurais pas laissée seule. Je suis d'autant plus désolé que nous avons passé notre ultime jour de vie commune à nous quereller. Si j'avais su que c'était nos dernières heures ensemble, je n'aurais jamais déclenché cette dispute.

— À quoi tenait votre différend, les complications dans l'entreprise ?

— Entre autres choses, oui. Inutile de te préciser qu'elle était opposée à l'idée de vendre. Mais il n'y avait pas que ça… Elle était souvent en proie à des crises dépressives. J'avais l'impression qu'elle me cachait des tas de choses.

— Elle prenait beaucoup de somnifères ?

— Elle ne pouvait pas dormir sans cela. Chaque jour, je la sentais plus tendue, irritée. Nous avions beaucoup de difficultés à nous entendre. Plus rien ne marchait entre nous. Sans les enfants, nous nous serions séparés depuis longtemps.

Il détourna les yeux comme s'il n'osait prononcer des mots qu'elle n'était sans doute pas prête à entendre. Elle avait cru que Véronique et David s'étaient aimés durant toutes les années de leur mariage. Et là, David essayait de lui faire comprendre, parce qu'il avait fait le mauvais choix, qu'ils avaient perdu tous les deux douze ans de leur vie. Soudain, il lui prit la main par-dessus le bureau.

— Je regrette tant le mal que je t'ai fait, Mauve. Comment ai-je pu être aussi stupide de ne pas voir à quel point tu es une femme exceptionnelle ?

Mauve sursauta, comme si elle avait reçu un coup. Elle retira vivement sa main et se blottit au fond de son siège. Elle ne supportait pas son regard de chien battu, et surtout elle ne voulait pas qu'il s'imagine pouvoir lui adresser le moindre compliment. Que cherchait-il ? À l'apitoyer, à la reconquérir ? Elle se refusa à poursuivre cette conversation. Aurait-elle envisagé de rester à Bassan, et ce n'était pas le cas, elle savait qu'elle ne le pourrait pas. La mésentente familiale était pire encore que dans ses souvenirs.

— Je suis désolée, David, vous vous êtes passés de moi pendant douze ans, vous continuerez tout aussi bien ainsi.

— J'ai besoin de toi, répéta-t-il, je suis effrayé à l'idée de ce qui pourrait arriver dans l'avenir. Tu ignores tout, Mauve, tu ne connais pas le pouvoir de destruction de cette famille ! Tu serais atterrée si tu savais ce dont ils sont capables.

Mauve se leva. Entendre David implorer son aide, évoquer des projets communs lui était insupportable. Quant à la capacité de nuisance de son entourage, il lui avait prouvé qu'il ne valait pas mieux que les autres.

— C'est trop tard, cette « famille », comme tu dis, ne m'intéresse plus, et le devenir de la propriété non plus.

Il se leva à son tour et l'accompagna jusqu'à la porte qu'il ouvrit devant elle.

— Réfléchis encore, Mauve. Je te supplie de penser à mes enfants.

Des enfants qui auraient pu, qui auraient dû être les miens, songea-t-elle en remontant l'allée vers la maison.

Elle gagna aussitôt le petit salon et passa en revue les bouteilles alignées sur la desserte en acajou. Elle finit par se servir un martini et se laissa tomber dans un fauteuil. Elle comprenait le désarroi de David face à la peine de ses enfants, aux difficultés de l'entreprise. Au fond, elle avait pitié de lui. Pourtant, elle ne pouvait se départir du ressentiment qu'elle éprouvait à son égard depuis si longtemps. Le chagrin et la colère, toutes ces émotions contradictoires qui avaient toujours provoqué en elle ses plus violentes révoltes. Elle but rapidement quelques gorgées du vin cuit en étudiant le pastel accroché au-dessus du piano. Des formes évanescentes sur fond d'océan apaisé. Dans le bois du cadre, sur une lamelle de cuivre, était gravé le mot « bonheur ». Mauve eut une grimace amère. Quel paradoxe un tel tableau dans cette maison ! Une maison où le bonheur n'avait jamais existé.

7

Samedi matin, Mauve s'assura que l'avion Paris-Bruxelles décollerait bien le mardi suivant à 15 heures. Puis elle réserva son billet de train La Rochelle-Paris sur le Net. Elle n'avait pas oublié sa promesse de rendre visite à Anthony avant son départ. Lorsqu'elle réussit à le joindre sur son mobile, il lui proposa une dégustation d'huîtres avant d'aller dîner, et ils convinrent de se retrouver sur son lieu de travail en fin d'après-midi le lundi. Mauve referma son ordinateur portable et le rangea près de son sac de voyage qui était déjà bouclé tant elle avait hâte de repartir. La veille, sa conversation avec Liang avait duré plus d'une heure. Ils avaient longuement évoqué le voyage qu'ils devaient faire en Chine au mois de novembre, et il lui avait confié que Framboise, sa petite chatte, s'ennuyait sans elle. Grâce à ses petites notes d'humour coutumières, il était parvenu à la faire rire. Avant de raccrocher, il l'avait avertie qu'une table les attendait aux Armes de Bruxelles pour le soir de son retour. Un retour qu'elle désirait avec impatience. Elle était à Bassan depuis trois jours et elle avait déjà renoué avec d'anciennes habitudes. Elle se retirait dans sa chambre pour travailler et descendait se préparer un plateau-repas en guise de dîner qu'elle prenait seule en lisant.

Depuis qu'elle avait rejeté sa requête, David se montrait beaucoup plus distant avec elle. Leurs échanges se limitaient aux formules de politesse quotidiennes. En revanche, l'attitude de sa mère l'inquiétait. Elle avait assisté à une nouvelle crise, suivie d'un long moment de prostration. Paule la rudoyait et elle pleurait. Mauve savait à quel point sa tante pouvait se montrer odieuse. Mais, ne souhaitant pas ajouter de conflit, elle rongeait son frein. « Encore quelques heures, se répétait-elle, et je pars. » Dans cette atmosphère pénible, la tristesse des enfants lui semblait plus difficile encore à supporter. Laurie se réfugiait près d'elle le plus souvent possible et lui posait de nombreuses questions sur son travail, l'endroit où elle habitait. Et elle lui demandait si elle reviendrait bientôt.

— Pendant les vacances ! insistait la fillette.

En la regardant, Mauve avait l'impression de retrouver Véronique enfant. Son sourire, la façon dont elle penchait la tête, son petit nez retroussé quand elle réfléchissait. Pour les enfants, il était clair qu'elle était un membre de la famille à part entière, comme un lien ténu qui les rapprochait de leur mère. Avait-elle le droit de rompre cette attache ? Tout au fond de son cœur, une petite voix lui répondait par la négative. Alors pourquoi ne pas revenir une semaine l'été prochain ? En attendant, elle avait promis de les emmener à Rochefort le lendemain, et c'est en songeant à cette sortie qu'elle eut l'idée de demander à sa mère de les accompagner. Elle jeta un châle sur ses épaules et descendit au rez-de-chaussée. Elle la trouva dans la bibliothèque. Assise à une table de bridge installée sous la fenêtre qui donnait sur les vignes, Édith assemblait les pièces d'un puzzle. Une partie des contours était déjà reliée. Sur le cliché de la boîte posée sur un coin de la table, le château de Neuschwanstein, en Bavière, se dressait dans un ciel d'azur. Édith était à peine vêtue d'un corsage léger à manches courtes.

— Tu n'as pas froid, maman ?

Elle retira son châle et l'enroula autour des épaules de sa mère. Puis elle se pencha pour l'embrasser.

— Tu commences par le cadre ? Tu as raison, il paraît que c'est plus facile.

Elle se souvenait d'une amie d'université qui évacuait le stress des examens en reconstituant des puzzles. Mais elle cherchait toujours la difficulté en débutant par le centre de l'image. Mauve s'inclina près de sa mère et repéra deux morceaux qu'elle lui tendit.

— Je crois qu'ils vont ici.

Édith prit une pièce et se figea. Elle demeura immobile, son petit bout de carton entre les doigts, le regard fixé sur les collines pentues et recouvertes de vignes :

— On dit que les maisons ont une âme, celle de cette demeure est bien noire.

Surprise, Mauve observa sa mère dont le visage avait perdu toute expression. Elle lui caressa la joue avant d'y planter un baiser. Mais Édith ne bougea pas, comme si rien ne pouvait ébranler sa placidité. Soudain, elle se retourna vers sa fille, l'examina quelques secondes et murmura :

— Pardon, mon enfant.

Puis, elle fondit en larmes, la tête serrée entre ses mains tremblantes. Mauve essaya en vain de la consoler. Ses sanglots finirent par attirer Paule qui lança un regard hostile à sa nièce.

— Qu'est-ce que tu lui as encore fait ?

— Je me suis contentée de l'aider à chercher les pièces de son puzzle. Je ne m'explique pas sa réaction.

Paule appela une femme de chambre.

— Emmenez-la dans sa chambre qu'elle se repose un peu. Je monterai la voir tout à l'heure.

— David m'a dit que ses crises étaient de plus en plus fréquentes, reprit Mauve après le départ de sa mère. Est-ce qu'elle voit un thérapeute ?

Le visage de sa tante vira au cramoisi, elle donna brusquement l'impression qu'elle allait s'étouffer.

— Tu t'imagines qu'on t'a attendue pour la faire soigner ? Tu ne t'es guère souciée de sa santé durant ces douze années.

Mauve se raidit et haussa le ton.

— Vous étiez pourtant tous ravis que je m'en aille !

— En ce qui me concerne, certainement. Alors à peine de retour tu veux déjà nous donner des leçons ? À propos, quand repars-tu ?

— Mardi. D'ailleurs, si cela peut te rassurer, je viens de réserver mes billets.

— Tant mieux ! Et ne te crois surtout pas obligée de revenir.

Mauve haussa les épaules et sortit en gratifiant sa tante d'un éclat de rire.

***

Premier arrivé au chai, comme chaque matin, André Roche effectuait les contrôles de routine. Un enchaînement quotidien de craintes, d'émerveillements... Quand s'achevaient les vendanges c'était là que se concentrait l'activité majeure : la vinification. Une étape délicate d'où naîtrait le vin et qui plus tard déterminerait la qualité des eaux-de-vie.

Les cuves en Inox s'alignaient sur un pan de mur de l'immense salle au sol carrelé. Il y régnait une odeur de raisin mûr, mi-acide mi-grasse. Malgré les années, André Roche sentait la présence de Joseph Carreau autour de lui. Après sa disparition, la relève s'était opérée sans à-coup. Et pour cause, sa petite fille Véronique lui ressemblait en tous points. Mais qu'en serait-il maintenant ? Il pressentait l'imminence d'un grand changement. Un de plus. Il connaissait bien ces périodes transitoires, préludes à de profonds bouleversements. Comme son départ précipité d'Alger au milieu des valises entassées sur le quai, et lui, âgé de six ans à peine, se faufilant entre les jambes des adultes. Le bateau s'était éloigné du port, laissant au loin la ville blanche où chacun abandonnait un peu de son âme, avec un brin de folie ou de raison. En arrivant en France, sa famille s'était installée dans le Sud-Ouest où ils avaient vécu avec les souvenirs des rues en pente écrasées de soleil, de senteurs d'épices et de fleurs. Et il avait grandi avec les réminiscences d'une enfance tourmentée. Jeune encore, il s'était engagé dans l'armée où il avait assuré de nombreuses missions à l'étranger. Une partie de lui s'était grisée d'aventures tandis que l'autre, endolorie, avait vécu comme un exilé. Jamais ces deux entités n'avaient pu se retrouver dans les méandres de sa vie. En 1990, à 35 ans, il avait pris la décision d'arrêter sa carrière militaire, et il était entré au château de Bassan comme employé de culture. Il y avait franchi toutes les étapes, et était devenu maître de chai en seulement quelques années. Il avait sans doute été le seul à éprouver de l'affection pour Joseph Carreau. Tous deux partageaient cet engouement pour la vigne. Ils regardaient vieillir le cognac avec la même appréhension, la même ferveur. Les années passant, une réelle complicité s'était instaurée entre les deux hommes. André s'était toujours senti en confiance, n'hésitant pas à tenir tête à Joseph, à souligner ses erreurs. Comme le jour où le patriarche l'avait pris à part pour lui demander de former Véronique. Pour sa part, André Roche aurait choisi Mauve pour lui succéder à la tête de la propriété, et il n'avait pas pris de gant pour donner son avis à Joseph. Mais devant l'obstination de son patron, il n'avait pas insisté. Toutefois, il s'était souvent demandé si Joseph n'avait pas regretté son choix par la suite. Combien de fois l'avait-il entendu dire : « Je suis maudit, mon pauvre André. Depuis deux générations, les femmes ne sont plus capables de donner des mâles à notre famille ! » Mais sa petite-fille l'avait comblé en donnant naissance à un garçon. Et soudain, la mort de Véronique semblait tout remettre en question et confirmer le mauvais sort.

André Roche prit conscience d'une présence dans son dos. Il se retourna et aperçut Mauve appuyée sur la rampe menant aux cuviers. Il devina qu'elle devait l'observer depuis un moment.

— Je ne suis pas certaine de vous voir dimanche, André, et je voulais vous saluer avant de repartir. Les vendanges sont finies ?

— Pour ainsi dire. Nous entamons maintenant la phase de la vinification.

Il réglait des boutons sur les cadrans fixés aux cuves.

— Et ça consiste en quoi ?

— Le raisin est égrappé et pressé aussitôt après la récolte. La vinification consiste à les chauffer dans des cuves à une température moyenne, entre vingt et vingt-cinq degrés. À ce moment, les levures contenues dans la peau ainsi que les pépins vont provoquer la fermentation qui transformera le sucre des fruits en alcool.

— Et cela prendra combien de temps pour toutes les cuves ?

— Une dizaine de jours, ensuite le vin entrera dans sa période de stabilisation.

Il s'avança près d'une cuve et emplit deux verres d'un liquide opaque.

— Vous voulez goûter ?

Mauve trempa ses lèvres et réprima une grimace avant de lui redonner le verre.

— C'est acide et pétillant, mais pas désagréable au fond.

— On l'appelle le vin de chauffe. Il titre dix degrés d'alcool cette année. Une belle récolte.

Mauve examinait les lieux avec un regard de néophyte, intriguée par le pressoir, l'alignement des cuves. Les effluves qui les enveloppaient lui plaisaient.

— J'aime bien ce parfum de fruits chauds... Comme s'ils étaient en compote !

Elle avait dit cela en riant et André Roche hocha la tête.

— Alors vous repartez ? David ne vous a pas convaincue de rester quelque temps ?

— J'ai un travail en Belgique.

Il la regarda avec un sourire ému, entre gentillesse et compassion, que Mauve eut du mal à interpréter.

— Je crains que David soit bien en peine de faire face tout seul, dit-il après un instant de réflexion.

— J'ai cru comprendre qu'il avait l'idée de vendre.

— J'essaie de l'en dissuader. C'est risqué de vendre une entreprise en difficulté. Dans ces cas-là, c'est toujours l'acheteur qui fait une bonne affaire.

Ils remontaient l'allée centrale. André Roche s'arrêta pour effectuer un nouveau réglage sur une cuve.

— David m'a expliqué que les problèmes venaient des marchés export, reprit Mauve.

— Ce n'est pas aussi simple. Votre grand-père était doué pour élaborer les meilleures eaux-de-vie. Il avait un véritable nez et un palais...

André avait gardé le souvenir des séances de dégustation qu'ils s'aménageaient le soir, après le départ du personnel. Elles pouvaient durer des heures. Joseph savait supporter les effets de l'alcool qui, disait-il, « n'abattait que les mauviettes ».

— Mais nom de nom, qu'est-ce qu'il pouvait être têtu ! ajouta-t-il sur un ton jovial.

Il vit la jeune femme sourire, puis, très vite, une ombre de tristesse passer dans ses yeux. Elle connaissait mieux que personne les travers autoritaires de son aïeul.

— Il y a plus d'une décennie que nous aurions dû modifier notre stratégie de commercialisation. Aborder les marchés américain et asiatique, par exemple.

— David m'a dit que cela effrayait mon grand-père. Mais il aurait pu commencer par vendre de petites quantités.

— C'est plus complexe que ça. L'Asie s'intéresse surtout aux alcools les plus âgés. Et Joseph refusait absolument de toucher à ses vieux cognacs. Il y tenait comme à sa propre vie !

— Véronique était d'accord avec lui ?

— Hélas, oui. Au grand dam de David, tous les deux s'entêtaient à vouloir développer le marché français en prétextant qu'il était délaissé par les grandes maisons de négoce.

— Et c'était vrai ?

— La déliquescence de la commercialisation en France tient surtout aux lois anti-alcool. Elles sont de plus en plus répressives.

En parlant, il avait ralenti le pas pour regarder la rangée de cuves. Des employés manipulaient de gros tuyaux de caoutchouc. Puis son attention se reporta sur la jeune femme qui marchait toujours près de lui. Quel âge avait-elle, trente-quatre ans, trente-cinq ? De fines ridules cernaient ses yeux d'un bleu incomparable. Mais ces petites marques pouvaient tout aussi bien passer pour le signe d'un tempérament vif et passionné.

— À votre avis, André, est-il trop tard pour changer la stratégie commerciale de l'entreprise ? demanda Mauve.

— Bien sûr que non. Mais je ne pense pas que ce soit l'objectif de David. Je crois qu'il n'aspire plus qu'à une chose : retourner chez ses parents dans le Gers en emmenant ses enfants.

— C'est vraiment dommage pour Bassan. Cela dit, la propriété n'est pas encore vendue. Et face à ma tante, la partie sera rude.

Ils étaient arrivés devant le bureau d'André, à l'entrée du chai de vinification.

— Ce fut un plaisir de vous revoir, dit Mauve en lui tendant la main.

— Pour moi aussi ! Au revoir, mademoiselle Mauve, bonne chance.

***

Le dimanche, à 10 heures sonnantes, les enfants attendaient Mauve dans le hall en compagnie de leur père. Tennis aux pieds et coiffé d'une casquette Batman, Guillaume s'était muni d'un sac à dos. Laurie trépignait d'impatience, si jolie dans son blouson et son bonnet assortis. En voyant David aux côtés des enfants, Mauve craignit qu'il propose de les accompagner. Mais il n'en fit rien.

— C'est gentil de les emmener. Leur gouvernante est absente le week-end, mais grâce à toi, je vais pouvoir travailler.

Mauve jugea plus prudent d'emporter un parapluie. Et cinq minutes plus tard, ils quittaient Bassan. À Saint-Porchaire, elle prit la direction de

Rochefort. Quelques rayons de soleil perçaient les nuages qui montaient du littoral. Avec un peu de chance, le temps serait de la partie. De temps en temps, Mauve jetait un coup d'œil dans le rétroviseur. Guillaume jouait avec sa console tandis que Laurie, sanglée dans le siège enfant, regardait défiler le paysage. Parfois, elle demandait à sa tante si elle était venue là aussi avec sa maman quand elle était petite. Lorsqu'ils arrivèrent à Rochefort, Mauve leur montra les murs d'enceinte de la Corderie royale.

— Nous irons la visiter tout à l'heure.

— Tante Mauve, et le bateau ? demanda Guillaume en désignant l'*Hermione* dont on apercevait les gréements dans la brume.

— Cet après-midi, promis !

Mauve trouva une place dans le parking de l'avenue Marcel-Dassault. Prenant la main de chaque enfant, elle se dirigea vers le centre-ville. Guillaume et Laurie étaient infatigables, Guillaume posait des questions sur tout et emplissait son sac à dos de dépliants touristiques. Après la visite de la Corderie royale, ils s'attardèrent longtemps au conservatoire du littoral qui abritait la ligue de protection des oiseaux. Mauve leur acheta à chacun une collection de cartes postales et un mug décoré de mouettes peintes à la main. Au moment du déjeuner, elle leur proposa d'aller chez McDo.

— Maman ne voulait jamais qu'on y aille, déplora Guillaume avec une moue navrée, et papa non plus.

— On ne dira rien ! suggéra Laurie.

— Ce n'est pas bien de mentir, les enfants. Alors on y va sans se cacher, et nous dirons que c'est moi qui l'ai décidé, d'accord ?

L'après-midi était déjà bien avancé et il n'y avait plus beaucoup de monde dans le restaurant. Les enfants passèrent un temps fou à composer leur menu et à trouver une place. Au final, Guillaume choisit une table près d'une fenêtre d'où ils pouvaient voir l'embouchure du fleuve et les bateaux. Les enfants goûtèrent au plaisir de manger leurs frites avec les doigts, avant d'engloutir une glace nappée de bonbons multicolores.

— Je peux en avoir une autre ? demanda Laurie.

— Ce ne serait pas raisonnable, ma puce. Une autre fois.

— Si tu ne reviens pas, coupa Guillaume, nous n'irons plus jamais au McDo.

Plus réservé que sa sœur, le gamin n'avait pas encore évoqué le retour de Mauve. Mais il l'observait, et son visage d'enfant, tendu, attendait une réponse.

— Je reviendrai pour les vacances d'été, et si votre papa est d'accord, vous pourrez venir me voir à Bruxelles.

Les enfants acquiescèrent en poussant des cris de joie. Ils abreuvèrent leur tante de mille questions sur la ville où elle habitait. Et c'est sur la promesse de ce futur voyage qu'ils quittèrent le restaurant et partirent visiter le chantier de l'*Hermione*. En découvrant la reconstitution de la frégate qui avait emporté La Fayette vers les Amériques, Guillaume s'attarda devant les canons, le grand mât et les voilures. Avant de partir, il ramassa toute la documentation qu'il put trouver. Ils marchèrent encore longtemps ; les enfants étaient épuisés lorsqu'ils regagnèrent la voiture. Mauve n'avait pas encore quitté le contournement de Rochefort qu'ils s'étaient endormis.

Le lendemain, elle profita de sa dernière journée à Bassan pour aller se promener dans le parc où elle prit quelques photos. Puis elle longea les vignes et échangea quelques mots avec les vendangeurs qui s'accordaient une pause. En fin d'après-midi, elle emprunta la route de la côte pour rejoindre Anthony. Le vent, qui s'était levé dans la matinée, s'était encore renforcé. Il soufflait de l'océan vers les terres, repoussant les feuilles mortes et les brindilles le long des chemins. Une obscurité précoce enveloppait la campagne alentour. Lorsque Mauve quitta la départementale, les premières gouttes de pluie se mirent à tomber, éclaboussant son pare-brise.

Elle abordait Saint-Sornin lorsque son téléphone portable sonna. Elle se rangea sur le bas-côté de la route, décrocha, et entendit la voix brisée de son père.

— Mauve, reviens tout de suite ! Un terrible accident s'est produit dans le chai. C'est David. André Roche l'a retrouvé sans vie près des fûts de vieillissement.

8

En arrivant au château, Mauve découvrit un véhicule des sapeurs-pompiers devant le chai de vieillissement. Elle courut sous la pluie battante, guidée par les bruits de voix qui s'intensifiaient au fur et à mesure qu'elle s'approchait. En entrant, elle vit David étendu sur le sol cimenté, une échelle et deux fûts renversés près de lui. Le Dr Mercier et les secouristes s'affairaient autour du corps. Ses parents, sa tante étaient là eux aussi. Les mains jointes, sa mère pleurait à grosses larmes. Elle lançait des coups d'œil terrifiés allant du corps de David aux fûts renversés. Puis elle se tourna vers Paule et ses sanglots redoublèrent. Soudain, elle regarda en direction de la porte comme si elle cherchait une issue. C'est alors qu'elle vit Mauve. Elle fit un pas vers elle, mais Paule lui saisit le bras d'un geste brutal et l'arrêta. Mauve ignora cete attitude tyrannique et se dirigea vers son père qui se tenait à l'écart en compagnie d'André Roche. Elle s'adressa au maître de chai.

— Que s'est-il passé ?

— Je ne sais pas. À partir de 6 heures, il n'y a plus personne dans les chais, mais je devais revenir en soirée régler la température des cuves pour la nuit. En repartant, je me suis assuré que toutes les portes étaient fermées, comme je le fais chaque soir. C'est en entrant dans le chai de vieillissement que je l'ai trouvé, étendu là.

Il s'adossa contre l'embrasure de la porte et marqua un silence, avant de poursuivre d'une voix bouleversée :

— Je me suis précipité, mais il ne bougeait plus. J'ai immédiatement appelé les pompiers, puis j'ai tâté son pouls par acquit de conscience avant de prévenir vos parents.

Il s'arrêta de nouveau, et Georges Guyon posa une main sur son épaule.

— Ce n'est pas votre faute, André. Vous avez agi comme il fallait, c'est un accident.

— Mais que faisait-il en haut de ce monceau de fûts ? demanda Mauve.

— Je n'en ai pas la moindre idée.

À cet instant, le Dr Mercier s'avança vers eux. Il s'adressa directement à Mauve, comme s'il venait de décider qu'elle avait autorité sur les événements.

— Tout donne à penser que c'est une chute accidentelle. Apparemment, il est tombé en entraînant les fûts avec lui. Mais nous n'en sommes pas moins obligés de prévenir la gendarmerie de Saint-Porchaire.

— Nous nous posions justement la question de savoir ce qu'il faisait dans le chai à cette heure-ci, et pourquoi il a grimpé sur une échelle.

De part et d'autre de l'allée centrale, les barriques s'élevaient sur trois étages, toutes fixées les unes aux autres par des cales autobloquantes.

— En principe, ce système de sécurité est fiable, non ? demanda le Dr Mercier.

— Absolument, expliqua André Roche. On pourrait même retirer un fût de la rangée du bas sans que la pile ne bouge d'un centimètre.

Mauve examinait l'empilement des barriques. Que se passerait-il si on en bougeait une tout en haut du monticule ? Mais pourquoi David aurait-il fait cela ? Elle se retourna vers André Roche.

— Avait-il l'habitude de venir dans le chai après le départ des employés ?

— Non, David ne quittait pratiquement pas les bureaux. Les chais étaient davantage le domaine de votre sœur. Peut-être une vérification urgente...

Les pompiers recouvrirent le corps d'un drap et la famille se rassembla à l'entrée en attendant l'arrivée des autorités. Georges Guyon prit le bras de sa fille et murmura :

— Ma pauvre chérie, je crois qu'il va falloir retarder ton départ.

Mauve sursauta sous le coup d'une violente émotion.

— Où sont les enfants ?

— Avec leur gouvernante, précisa Paule.

— Ils savent ce qui est arrivé à leur père ?

— Oui, j'ai demandé à Agathe de leur annoncer la triste nouvelle.

Mauve resta un instant interdite.

— Quoi ? Agathe ? Pas un seul membre de cette famille n'a donc eu le courage de leur parler ?

Elle se rua vers sa voiture en hurlant.

— Bande de lâches !

Elle trouva les enfants dans le petit salon, assis sur le sofa près de leur gouvernante. Lorsqu'elle entra, ils se précipitèrent vers elle et elle reçut deux corps agités de gros sanglots contre sa poitrine.

Le lendemain aux aurores, Mauve annula son billet de train et son vol pour Bruxelles prévu l'après-midi. Puis elle téléphona à Liang qui fit de son mieux pour la réconforter. Il proposa de venir la rejoindre, mais elle refusa. À Bassan, la situation était déjà assez confuse sans y ajouter l'arrivée d'un étranger. Lorsqu'elle appela son bureau au siège de la Commission européenne, elle n'eut aucune difficulté à prolonger son séjour en Charente-Maritime. Son supérieur lui exprima ses condoléances en lui recommandant de prendre tout le temps nécessaire. Et pour cause. Au cours des trois dernières années, elle s'était contentée de quatre semaines de vacances pour découvrir l'Inde en compagnie de Liang. Elle avait bien cumulé deux ou trois mois de congés.

Pour la seconde fois en quelques jours, une ambiance de deuil planait sur le château de Bassan. Durant les heures qui suivirent ce nouveau drame, les enfants ne quittèrent pas Mauve d'une semelle. Ils ne posaient pas de questions, comme s'ils n'appréhendaient pas vraiment ce qui venait de se passer, accomplissant les gestes quotidiens comme de petites automates. Puis ils s'asseyaient côte à côte, et Guillaume prenait la main de sa sœur. De son côté, Georges Guyon errait dans la demeure, cherchant à se rendre utile. Mais il était détaché de la vie domestique depuis si longtemps qu'il ne trouvait rien à faire. Sa femme, elle, restait assise devant son puzzle en regardant fixement les vignes et les arbres du parc. Quant à Paule, elle passait son temps à surveiller sa sœur et houspiller les employés.

L'autopsie du corps de David confirma le diagnostic du Dr Mercier. La chute des fûts avait provoqué l'enfoncement de la cage thoracique et de graves traumatismes crâniens. Mais l'adjudant de gendarmerie jugea qu'un accident arrivant une semaine après un suicide était une coïncidence qui méritait des investigations approfondies. Chaque membre de la famille dut répondre à diverses questions, et les enquêteurs continuèrent de chercher et d'interroger le personnel.

Ce même mardi, dans la matinée, alors que Mauve aidait ses neveux à s'habiller, sa tante fit irruption dans la chambre.

— Mauve, il paraît que les parents de David arrivent cet après-midi, tu es au courant ?

— Non, mais dans ce cas il faudrait donner des consignes pour leur préparer une chambre, tu ne penses pas ?

— Certainement pas ! Ils n'ont qu'à aller à l'hôtel.

Mauve fit un signe de tête à Agathe afin qu'elle finisse d'enfiler la robe de Laurie. Puis, se tournant vers sa tante :

— Tu plaisantes, j'espère ? Le moins que nous puissions faire est de les accueillir à Bassan. Ils viennent de perdre leur fils ! Ils ont sans doute envie de passer un peu de temps avec leurs petits-enfants.

— Il n'en est pas question ! Nous n'assumerons pas encore une cérémonie de deuil dans cette maison.

Mauve sentit qu'elle ne pourrait pas se dominer plus longtemps.

— Et moi je te dis qu'il n'est pas question de laisser les parents de David seuls dans un hôtel.

— Dans ce cas, va t'installer avec eux ! répliqua Paule en se dirigeant vers la porte.

En deux enjambées, Mauve lui barra le passage.

— Tu pourras faire ce que tu veux, espèce de chipie, tu ne me chasseras pas de cette maison ! Fiche le camp, laisse-nous finir la toilette des enfants.

Elle ouvrit la porte et poussa sa tante dehors. Paule se retrouva dans les bras de Georges qui avait accouru en entendant les éclats de la dispute.

À 16 heures, Mauve accueillit les parents de David à la gare de Rochefort. Malgré ses objections amicales, ils s'installèrent dans un petit hôtel de Saint-Porchaire et refusèrent de venir à Bassan. Ils lui expliquèrent qu'ils avaient pris des dispositions pour ramener le corps de leur fils dans le Gers afin de l'enterrer dans le caveau familial. Le lendemain, elle emmena Guillaume et Laurie à Rochefort, dans un restaurant près de la Corderie royale où ils déjeunèrent avec leurs grands-parents. Ils regagnèrent Bassan dans l'après-midi, et Mauve les confia à Agathe.

— Vous pouvez les laisser regarder un DVD, mais restez avec eux, surtout.

Elle s'apprêtait à rejoindre son père lorsque des hurlements jaillirent de la bibliothèque. Édith était en proie à une crise de nerfs qui laissa tout le monde pétrifié sur le seuil de la porte. Des albums de photos s'étalaient sur la table basse. Édith tenait entre ses doigts crispés un portrait de Mauve à cheval et sanglotait affreusement. Soudain, elle se rua vers la table de bridge et jeta tous les morceaux de son puzzle à travers la pièce. Puis ce fut le tour des albums. Mauve sentit une boule lui bloquer la gorge. Elle avait du mal à accepter cette idée, mais sa mère était en train de perdre la raison. Elle regarda son père et sa tante l'emmener hors de la pièce tandis qu'elle se débattait en criant comme une furie.

Son attention fut soudain attirée par la photo qui avait bouleversé sa mère. C'était un portrait d'elle à quinze ans, un peu plus peut-être, montant un superbe alezan. Comme elle était jeune ! Et si différente avec son visage plus rond et ses tresses qui lui tombaient jusqu'au milieu du dos… Elle eut un léger frisson. Depuis la chute qui avait bien failli lui coûter la vie des années plus tôt, elle éprouvait une peur irrationnelle des chevaux.

Mauve glissa le cliché à sa place dans l'album et spontanément tourna les pages, avec le sentiment de remonter le temps. Que de portraits de Véronique ! À tous les âges, dans toutes les postures. Depuis ce premier instantané à la maternité où sa mère serrait le bébé contre son cœur. Véro âgée de quelques heures à peine, et si jolie déjà. Mauve eut un pincement au cœur. Elles n'avaient jamais feuilleté ces recueils de souvenirs ensemble, en riant aux éclats comme doivent le faire toutes les sœurs. Et elle, à quoi ressemblait-elle à sa naissance ? Elle parcourut les autres pages de l'album mais ne trouva aucune photo d'elle avant ses premiers pas dans les allées des jardins. Intriguée, elle rassembla les albums et les posa sur l'un des plus hauts rayonnages de la bibliothèque. Puis elle entreprit de ramasser les pièces du puzzle en se demandant ce qui avait pu déclencher une telle crise chez sa mère.

Après cet incident, Paule ne quitta plus sa sœur qu'elle maintint dans sa chambre où on leur apportait leur repas. Ce qui procura à Mauve la quiétude dont elle avait besoin pour s'occuper de ses neveux. Elle essayait tant bien que mal de les distraire mais sentait bien leur profond désespoir. Et depuis la mort de David, elle se posait une question que personne n'avait encore soulevée : qui allait prendre soin de Guillaume et de Laurie désormais ?

***

Les parents de David avaient arrêté la date des funérailles de leur fils pour le surlendemain à 11 heures. Mauve décida d'y assister en emmenant ses neveux, et elle fut reconnaissante à son père de les accompagner. Elle venait de régler quelques détails avec lui, lorsqu'une employée l'informa que le maître de chai la demandait au téléphone.

— Mademoiselle Mauve ? André Roche. Les parents de David sont dans mon bureau, ils voudraient vous parler.

Dix minutes plus tard, la jeune femme les rejoignit. André avait installé M. et Mme Perdoux à une petite table et leur avait servi du café. Il posa la cafetière et une tasse devant Mauve avant de se retirer.

— Nous avons rendez-vous au centre médico-légal dans une heure, expliqua M. Perdoux. On nous remettra le corps de David, puis nous suivrons le véhicule des pompes funèbres jusque chez nous, à Manciet.

— Je viendrai à la cérémonie avec mon père et les enfants.

— Est-ce que vous voudrez rester deux ou trois jours ? demanda la maman de David en tirant les plis de sa robe, ça nous ferait plaisir. Et nous pourrions profiter des enfants.

— Bien sûr !

Mauve se rendit compte qu'elle avait répondu spontanément, sans avoir consulté son père. M. et Mme Perdoux avaient terminé leur café et elle leur proposa de les resservir. Ils se regardèrent d'un air gêné. Ce fut la mère de David qui se décida à parler.

— Mauve, nous avons quelque chose à vous demander. Nous allons entamer une procédure pour obtenir la garde de nos petits-enfants. D'après notre avocat, nous avons de bonnes chances de l'emporter.

Devant l'étonnement de Mauve, elle eut un instant d'hésitation avant de poursuivre :

— Pardonnez-moi d'aborder ces sujets sensibles avec vous, mais vous habitez à l'étranger et nous savons très bien que ce ne sont pas vos parents qui pourront s'occuper des petits. Nous sommes au courant de la maladie de votre mère. David nous en parlait depuis des années.

Mauve avait toujours su que sa mère avait un tempérament fragile. Toutefois, elle n'avait jamais envisagé que ce pouvait être aussi grave. Soudain, la mère de David lui saisit les mains.

— La procédure risque de durer des mois. Par pitié, ne laissez pas nos petits-enfants seuls ici en attendant.

Mauve demeura interdite. Elle n'avait pas pleuré depuis des années et pourtant c'était bien des larmes qu'elle sentait venir. Elle eut aussi l'impression qu'un vaste piège se refermait sur elle. Combien de temps pourrait-elle s'absenter de son poste ? Quelques mois peut-être, guère plus. Et le voulait-elle ? Sa vie était à Bruxelles désormais. Son travail, l'appartement qu'elle avait acheté. Et Liang, l'homme qu'elle aimait et qui, aujourd'hui, la comblait de son amour et de sa gentillesse. Elle pensa même à Framboise, la petite chatte qui devait s'ennuyer sans elle. Comme s'il avait suivi le cours de ses pensées, M. Perdoux murmura :

— C'est vous que David aurait dû épouser.

Mauve sursauta.

— C'est pourtant ma sœur qu'il a choisie.

— Oui, mais sans votre tante…

Son épouse lui adressa un froncement de sourcils que Mauve remarqua.

— Qu'est-ce que ma tante a à voir avec cette histoire ?

Ils ne répondirent pas et se contentèrent d'échanger un regard embarrassé.

— S'il vous plaît, insista la jeune femme, vous en avez trop dit.

— C'est votre tante qui a jeté Véronique dans les bras de David, arguant que c'était elle qui gérerait le domaine plus tard, que vous n'auriez jamais aucun pouvoir. C'est en tout cas ce que David a toujours prétendu.

Ainsi, Paule était encore bien pire qu'elle ne l'avait cru jusque-là. Pourquoi tant de haine ?

— Il a toujours refusé de nous en dire plus, reprit M. Perdoux. Les rares occasions où il nous a rendu visite nous l'avons trouvé anxieux, et nous étions sûrs qu'il était malheureux.

Mauve se retint de poser d'autres questions. Ce n'était pas vraiment le moment. D'ailleurs, ils s'étaient levés et s'apprêtaient à prendre congé. Mme Perdoux embrassa la jeune femme.

— Prenez soin de nos petits-enfants, je vous en prie. Nous sommes très inquiets pour eux.

— Vous savez qu'en ce qui concerne leur héritage, un problème de tutelle va obligatoirement se poser au sein de ma famille.

— Nous n'avons pas besoin de cela pour élever nos petits-enfants. Croyez-nous, Mauve, la fortune de votre famille nous importe peu. Elle ne vaut pas le prix que notre fils a payé.

9

Mauve se déshabilla, suspendit ses vêtements dans l'armoire et enfila un de ces longs tee-shirts qu'elle aimait porter en guise de chemise de nuit. Liang lui en avait offert toute une collection pendant leur voyage en Inde. Elle jeta un châle sur ses épaules avant d'entrer à pas feutrés dans la chambre de Guillaume. Depuis le drame, on y avait ajouté un second lit pour Laurie. La fillette s'était endormie, sa peluche serrée contre elle. Elle avait encore l'air d'un bébé avec ses boucles blondes plaquées sur ses joues. Dans le lit à côté, la respiration de Guillaume semblait paisible et régulière. Elle posa un baiser sur son front et remonta l'édredon sur ses épaules. Elle ne cessait de s'inquiéter pour son neveu et sa nièce. Perdre brutalement leurs deux parents, et à quelques jours d'intervalle ! Comment s'en remettraient-ils ? Et qu'allaient-ils devenir, déchirés entre l'affection de leurs grands-parents paternels et les intérêts financiers liés à Bassan ?

Mauve retourna dans sa chambre. Elle se coucha à son tour et se glissa sous les couvertures. Il pleuvait sans discontinuer depuis deux jours et une humidité désagréable avait peu à peu gagné toute la maison. Elle regarda l'heure avant d'éteindre la lumière.

23 heures 30. Demain, il faudrait affronter le conseil de famille que Paule avait organisé.

Après les funérailles de David, ils étaient restés trois jours à Manciet, dans le Gers. M. Perdoux leur avait fait visiter la propriété viticole. Quinze hectares de vignes en armagnac, un domaine à dimension humaine qu'ils maintenaient dans les traditions familiales. Les parents de David étaient des gens simples et chaleureux. Ils étaient effondrés par la mort de leur fils unique, pourtant ils avaient tout mis en œuvre pour que leurs petits-enfants se sentent bien. Ils avaient invité des cousins de leur âge et Mauve les avait aidés à organiser des sorties et des goûters. Guillaume et Laurie avaient fini par se détendre. Ce fut un plaisir de les voir jouer et rire. En prenant congé des parents de David, Mauve éprouva un certain soulagement. Guillaume et Laurie seraient heureux avec leurs grands-parents.

Mais depuis leur retour à Bassan, leur comportement avait changé. Laurie était plongée dans un profond silence, et rien ne semblait pouvoir l'en extraire. Elle restait prostrée, tenant un livre ouvert qu'elle ne regardait pas. De temps en temps, elle fixait sa tante et murmurait : « Je veux maman et papa… » Guillaume ne disait rien. Il avait compris qu'il devait montrer qu'il était l'aîné, et paraître fort devant sa sœur. Mais à plusieurs reprises, Mauve surprit des larmes au coin de ses yeux. Impuissante, elle sentait peser sur elle le poids de leur chagrin.

Mauve ralluma la lumière. 2 heures du matin. Elle luttait contre la fatigue. Les événements qui s'étaient déroulés en quelques jours l'oppressaient, au point qu'elle en avait perdu le sommeil. Dans quelques heures, elle allait devoir affronter sa tante une fois encore. Au souvenir des disputes qui avaient émaillé leur vie commune, elle se découvrait inquiète et troublée. D'autant plus que la partie serait rude. C'était à elle qu'incombait la corvée d'informer la famille des démarches entreprises par les parents de David.

Après avoir pris connaissance de ses e-mails, Georges Guyon éteignit son ordinateur. Trois jours d'absence, les messages s'étaient accumulés. Il devait confirmer ou non sa conférence historique au palais des congrès de La Rochelle prévue pour le 12 décembre. Il était incapable de se décider. Au cours de leur voyage dans le Gers, il avait découvert combien Mauve était heureuse qu'il soit près d'elle pour s'occuper des enfants. Elle lui avait appris qu'elle comptait rester quelque temps à Bassan et il ne lui avait pas caché la joie que cette nouvelle lui procurait. Mais à peine rentré, il avait trouvé Édith dans un état quasi léthargique. Elle dormait sans arrêt, reprenant conscience le temps de s'alimenter ou de se laver. En aparté, Paule lui avait dit qu'elle perdait complètement la tête.

— À terme, il serait bon d'envisager son admission dans une clinique spécialisée.

Depuis cette conversation avec sa belle-sœur, Georges était rongé par l'angoisse. Qu'était-il censé faire ? Il devenait le seul dépositaire des erreurs qui entachaient cette famille. Sa femme perdait la raison. Paule, emmurée dans un silence impérieux, était prête à tout pour que personne ne sache jamais rien de tous ces secrets. Mais lui, allait-il se taire comme il l'avait toujours fait ? Honte, lâcheté, les mots lui martelaient l'esprit. Il sentait la présence de Joseph partout dans cette maison, et il la redoutait encore.

***

Mauve entra dans la bibliothèque où toute la famille était réunie. Paule avait pris place au bout de la table dans le fauteuil le plus confortable, exprimant ainsi sa volonté de mener la discussion. Mauve répondit au sourire de son père par un clin d'œil complice. Pendant ces jours difficiles, il s'était montré attentionné à son égard et plein de tendresse pour Guillaume et Laurie. Ce qui avait poussé les parents de David à confier à la jeune femme : « Lorsque nous aurons la garde des enfants, votre père pourra les voir aussi souvent qu'il le souhaitera. »

En prenant place autour de la table, Mauve observa sa mère qui semblait somnoler, la tête ballottant contre la poitrine. Elle croisa de nouveau le regard de son père et devina que, comme elle, il appréhendait cette réunion familiale. Paule, en revanche, jubilait dans son rôle de douairière.

— J'ai organisé ce conseil de famille afin de décider de l'avenir des enfants de Véronique. Mauve, tu peux rester, bien que tu ne sois pas concernée puisque tu vas repartir en Belgique.

Une employée entra et déposa un plateau avec du thé, du jus d'orange et des petits gâteaux.

— Bien, reprit Paule après son départ, la loi veut que nous contactions le juge des tutelles afin de désigner qui sera le responsable légal des enfants.

Elle se servit une tasse de thé, but quelques gorgées et posa sur sa sœur et son beau-frère un regard condescendant.

— Édith, tu es bien incapable d'assumer la moindre responsabilité, quant à toi, mon pauvre Georges, mon père disait toujours que tu étais un doux rêveur.

— « Un raté », en réalité, précisa Georges.

— Peu importe. Nous sommes dans une situation qui exige du sang-froid et de la rigueur. J'ai donc l'intention de solliciter le juge des tutelles afin qu'il me nomme tutrice légale de Guillaume et Laurie.

Elle s'appuya sur le bord de la table en croisant les bras et surprit le bref échange entre Mauve et son père.

— Il y a un problème ?

— Oui, répondit Mauve, il faut que tu saches que les parents de David vont entamer une procédure identique. Et d'après leur avocat, leur requête a de grandes chances d'aboutir.

Paule fustigea sa nièce d'un mauvais regard.

— Et depuis quand le sais-tu ?

— Depuis leur visite ici, la semaine dernière.

— Pourquoi ne m'en as-tu rien dit ?

— Eh bien je te le dis maintenant. D'ailleurs, je leur ai promis de rester ici le temps de la procédure.

— Si tu as comploté cela avec eux, tu…

— Mauve n'a rien comploté du tout ! coupa Georges en haussant la voix, et je te prie de t'adresser à elle sur un autre ton.

— Ça ne te regarde pas, trancha Paule, tu n'as pas voix au chapitre.

Depuis le début de la réunion, Georges jouait avec un cendrier qu'il faisait tourner entre ses doigts. Il le reposa brutalement sur la table.

— Pour une fois, c'est toi qui vas te taire.

Ils se toisaient, dressés l'un contre l'autre, dans l'attente du premier qui se risquerait à parler. Stupéfaite, Mauve les observait. Que pourraient-ils se jeter au visage qu'elle n'était pas censée savoir ?

— Tu ressembles de plus en plus à ton père, reprit Georges d'une voix dure. Parfois, j'ai envie de te cracher à la face tout ce que je n'ai jamais osé dire à ce vieux salopard.

Paule se leva en repoussant son fauteuil loin d'elle et s'arc-bouta sur le bord de la table. Mais un coup frappé à la porte l'empêcha de répondre à son beau-frère. Une jeune employée avança de quelques pas dans la pièce.

— Me Kaufmann demande à être reçu, il dit que c'est urgent.

L'homme entra presque aussitôt. Il était de petite taille, engoncé dans un costume rayé qui lui conférait l'austérité d'un ordonnateur de pompes funèbres. D'un signe de tête, il salua les personnes rassemblées avant de se présenter :

— Me Kaufman, notaire à La Rochelle, je voudrais voir Mauve Guyon.

Mauve se leva.

— C'est moi.

— Puis-je vous parler, mademoiselle ?

Aussitôt, Paule lui désigna un siège.

— Merci, madame, mais je souhaiterais m'entretenir avec Mlle Guyon en privé.

— Installe-toi dans le bureau de Véronique, suggéra Georges, sans laisser à Paule le temps de répliquer.

Mauve guida l'homme de loi vers le bureau, tout au bout du couloir. En ouvrant la porte, elle jeta un regard circulaire avec un sentiment de profanation. C'était autrefois le bureau de son grand-père dont l'entrée lui avait toujours été interdite. La pièce était sombre, les fenêtres aux trois quarts masquées par d'épais rideaux de reps rouge et gris. Mauve prit place et Me Kaufman s'installa en face d'elle. Puis il sortit un dossier de sa sacoche.

— J'ai appris le décès de votre sœur et de votre beau-frère à quelques jours d'intervalle. Je vous présente toutes mes condoléances. Je suis mandaté pour vous transmettre leurs dernières volontés.

— À moi en particulier ?

— En effet. Vous êtes la seule concernée, mademoiselle. Véronique et David Perdoux avaient pris rendez-vous à mon étude peu après la naissance de leur deuxième enfant. Ils m'avaient remis leurs testaments et ils ont fait devant moi une déclaration commune stipulant que s'ils venaient à disparaître tous les deux, ils vous désignaient comme tutrice légale de leurs enfants.

Abasourdie, Mauve resta muette. Pourquoi Véro et David s'adressaient-ils à elle pour élever leurs enfants ? Après tous leurs différends, toutes les trahisons qui avaient jalonné leurs relations… Avaient-ils si peu confiance en leurs parents respectifs ? La pluie se mit à tambouriner sur les vitres, troublant le silence qui avait envahi la pièce. L'averse s'accompagnait de brusques rafales de vent qui firent trembler la fenêtre. Pendant cet intermède, Mauve avait gardé les yeux fixés sur le bloc de papier posé sur le sous-main. Des lettres apparaissaient en filigrane sur la feuille blanche. Comme si on avait rédigé un texte en appuyant très fort le stylo sur le papier. Elle croisa enfin le regard du notaire, qui n'avait pas bronché.

— Je suppose que vous n'étiez pas au courant de la démarche de votre sœur et de son mari ?

— Non, pas du tout.

— C'est une erreur de leur part. Il vaut toujours mieux requérir l'assentiment de la personne avant de prendre une décision aussi lourde de conséquences.

— Et qu'en est-il de l'avis des autres membres de la famille ?

— Si le tuteur désigné est d'accord, c'est le choix des parents qui s'impose au conseil de famille.

— Je vous avoue que je ne comprends pas pourquoi ils m'ont choisie. Je ne réside même pas en France.

— Malgré cela, ils vous faisaient confiance. Ils ont sans doute estimé que vous étiez le pilier de la famille.

Comment pouvait-elle être le pilier d'une famille qu'elle avait abandonnée et reniée pendant douze ans ? L'homme de loi retira du dossier une liasse de papiers qu'il lui tendit.

— Voici les documents officiels, mademoiselle.

Il l'observait avec un soupçon de perplexité. Elle semblait tellement surprise ! Elle en éprouvait même des difficultés à le regarder et à s'exprimer.

En réalité, Mauve avait toujours les yeux rivés sur le bloc de papier devant elle.

— Et quels sont les pouvoirs du tuteur ? demanda-t-elle enfin.

— Les mêmes que ceux des parents vis-à-vis de leurs enfants. Assurer leur éducation, gérer leurs biens...

— Ai-je un temps de réflexion ?

— Vous avez même le droit de refuser cette charge. Auquel cas il faudra réunir le conseil de famille qui en appellera au juge des tutelles afin de désigner un nouveau tuteur.

Il lui remit une carte de visite.

— Appelez-moi pour m'informer de votre décision ou si vous avez la moindre interrogation. Mais permettez-moi aussi de vous signaler l'urgence de la situation.

— J'en ai conscience, maître, mais vous comprendrez bien que je ne peux pas prendre cette décision à la légère.

Mauve le raccompagna jusqu'à l'entrée de la demeure. Elle revenait sur ses pas lorsque sa tante essaya de l'arrêter dans le couloir. Sur un ton péremptoire, elle lui demanda les raisons de la visite du notaire. Mauve répondit quelques mots du bout des lèvres et retourna s'enfermer dans le bureau de sa sœur. Elle s'assit et étudia la feuille blanche qui l'intriguait depuis tout à l'heure, avant de fouiller les tiroirs à la recherche d'un crayon. Lorsqu'elle en dénicha un, elle frotta la mine sur le papier. Puis elle effleura les traits de crayon avec un petit morceau de mouchoir jetable en priant pour que ce truc qu'elle avait vu si souvent dans les films soit vraiment efficace. Et il l'était, car le message apparut. Pas vraiment net, mais suffisamment pour que Mauve reconnaisse l'écriture de Véronique.

Je ne peux plus supporter ces horribles secrets et tous ces mensonges. Je suis piégée. David ne veut pas accepter l'idée que je sois amoureuse d'un autre. Il m'a dit qu'il était au courant de ce que grand-père avait fait. Et il menace de tout dévoiler si je le quitte. Je ne sais plus quoi faire, je n'en peux plus. Je préfère en finir. C'est la seule manière de retrouver un peu de dignité et de racheter toutes les fautes de ma famille. Pardon.

Mauve arracha la feuille du bloc et la glissa dans la poche de sa veste. Ainsi, sa sœur avait bien laissé un dernier message. Qui l'avait subtilisé ? Elle était ébahie… Véronique avait formé le dessein de quitter David pour un autre homme ! Qui était-il ? Qu'avait bien pu faire son grand-père, et de quels horribles secrets parlait-elle ? Les questions se bousculaient dans sa tête, mais pour l'instant elle n'avait pas de réponse. En proie aux doutes et à l'incompréhension, elle était décontenancée.

Un peu plus tard, alors qu'elle descendait dîner, sa tante l'apostropha d'un ton revêche.

— Tu vas enfin me dire ce que voulait ce notaire ?

— J'ai besoin de réfléchir avant d'en parler. Mais je crois que tu l'apprendras bien assez tôt.

Le dîner se déroula dans un silence de glace, à peine troublé par le tintement des couverts et le va-et-vient de la bonne. Mauve alla se coucher de bonne heure. Elle ne trouva pas le sommeil, et après avoir passé une nuit blanche à réfléchir, elle décida de refuser la mission que lui avaient confiée Véro et David. Pourtant, le lendemain matin, il lui suffit de quelques minutes passées avec les enfants autour du petit déjeuner pour reconsidérer sa décision. Ils manifestaient de telles attentes à son égard ! C'était évident qu'ils avaient besoin d'elle. Leur immense tendresse avait suffi à provoquer ses remords et accentuer sa confusion. « Je ne peux pas », pensa-t-elle. Elle ne pouvait tout simplement pas les abandonner. Elle était sûre que Paule ne laisserait jamais les parents de David assumer la tutelle. Elle créerait les pires conflits dont Guillaume et Laurie seraient l'enjeu. Mauve tournait et retournait la situation dans tous les sens, envisageant des solutions qu'elle rejetait aussitôt. Mais à force de réfléchir, elle imagina une tutelle qu'elle pourrait exercer conjointement avec les parents de David. Un peu comme une garde partagée après un divorce. Elle appela le notaire et il convint que la situation n'était pas banale.

— Mais après tout, pourquoi pas ? ajouta-t-il. Ce pourrait être un bon compromis pour l'intérêt des enfants.

Après ce coup de fil, Mauve en parla à son père. Il tomba des nues en apprenant les dernières volontés de Véronique et David. Et il s'empressa de rassurer sa fille.

— Quoi que je puisse faire, tu peux compter sur moi. Si tu veux, je pourrai être le lien entre toi et les parents de David. Conduire les enfants dans le Gers par exemple, et les accompagner en train ou en avion quand ils iront te retrouver en Belgique.

Elle accepta et, dans un merveilleux élan de tendresse, se précipita dans ses bras. Puis elle eut un long entretien téléphonique avec les parents de David. Elle parvint à les convaincre que cette solution apparaissait comme étant la meilleure pour leurs petits-enfants. Ne serait-ce que parce qu'elle brisait toute velléité de contestation de la part de sa tante Paule. Toutefois, Mauve savait qu'elle ne pourrait rien concrétiser sans en parler à Liang.

10

Depuis le comptoir d'un bar, à l'aéroport de Bruxelles, Liang scrutait le tableau des arrivées. L'avion en provenance de Paris venait d'atterrir. Il posa de la monnaie à côté de sa tasse et se dirigea vers le hall de débarquement. Mauve l'avait appelé quelques jours plus tôt pour l'informer qu'elle rentrait. « Je serai obligée de repartir très vite », avait-elle précisé. Au son de sa voix, il avait perçu une certaine angoisse mais elle n'avait rien dit de plus. Heureusement, le 10 novembre, ils partiraient ensemble pour Shanghai. Depuis que Liang savait qu'il participerait à une mission d'échanges commerciaux entre la Chine et l'Union européenne, Mauve avait programmé des congés pour l'accompagner. Il en profiterait pour lui faire découvrir sa ville et lui présenter ses parents.

Les premiers voyageurs apparurent au bout du couloir et prirent aussitôt la direction des tapis roulants qui acheminaient les bagages. Dans le flot des passagers, il aperçut enfin Mauve et agita le bras. Sanglée dans son imperméable, elle avançait de sa démarche gracieuse. Il se rappela alors leur première rencontre. C'était trois ans plus tôt, au cours d'un cocktail à l'ambassade d'Allemagne. Elle portait une robe légère qui dénudait ses épaules.

En l'apercevant, il avait cligné des yeux plusieurs fois et il s'était dit : « Voilà la femme avec qui je veux vivre ! », avant de s'approcher d'elle avec une coupe de champagne. Elle lui avait souri et il avait découvert ses yeux d'une beauté saisissante. Mais il s'était dit qu'elle devait sûrement vivre en couple, et sans doute avait-elle des enfants. Ou bien les hommes qui l'entouraient étaient tous des idiots.

Son sac de voyage à la main, Mauve quitta le hall et rejoignit Liang. Elle se jeta dans ses bras et ils s'embrassèrent. D'emblée, il la trouva... différente. Elle avait le visage tendu, les mains agrippées à la poignée de son sac.

— Tu as fait bon voyage ?

— Oui, pour une fois, les trains et les avions n'avaient pas trop de retard.

— Je suis garé sur le parking express.

Tandis qu'ils gagnaient la sortie, Mauve resta muette. Sur le parking, Liang déverrouilla les portières de sa voiture et en sortit un bouquet de fleurs qu'il lui offrit. Des roses, des lys, et des immortelles avec quelques feuillages et un nœud de satin. La gorge nouée, elle le remercia. Cinq minutes plus tard, ils quittaient l'aéroport de Zaventem pour prendre la direction de l'appartement de Mauve, au cinquième étage d'un bel immeuble dans le centre de Bruxelles. Certes, elle était impatiente de rentrer chez elle, de retrouver Framboise, sa petite chatte. Mais elle éprouvait aussi un besoin profond de remettre de l'ordre dans ses émotions. Liang devina qu'elle n'aborderait pas les sujets graves avant leur arrivée. Alors il parla de son travail, de ses collègues, ceux qu'elle connaissait. En descendant de voiture elle faillit oublier le bouquet. Elle qui était capable de s'émouvoir quand il lui offrait une simple rose ! Fallait-il qu'elle soit perturbée ! Lorsqu'ils entrèrent dans l'appartement, la chatte s'avança vers sa maîtresse. Elle resta sur la défensive un moment avant de se laisser caresser. Comme si elle lui en voulait de cette longue absence. Mauve disposa les fleurs dans un vase.

— Tu as faim ? demanda Liang. Et sans attendre sa réponse, il ajouta : Je me doutais que tu n'aurais pas envie de ressortir ce soir. J'ai acheté ce qu'il faut pour le dîner, je m'en occupe.

— Je vais prendre une douche et je te rejoins.

Tandis qu'elle laissait l'eau couler sur son corps, Mauve pensa à son neveu et à sa nièce, à leur détresse quand ils l'avaient vue partir le matin même.

— Tu vas revenir ? avait supplié Laurie en pleurant.

Le visage de Guillaume était crispé et il retenait ses larmes. Elle avait mesuré les efforts qu'il accomplissait depuis deux semaines pour paraître plus fort et rassurer sa sœur. Elle l'avait serré contre son cœur.

— Deux jours, Guillaume. On est mercredi, je reviens vendredi. D'accord ?

— D'accord, mais tu le promets ?

— Oui, et en attendant, c'est grand-père qui s'occupera de vous. Je te les confie, papa, avait-elle ajouté en embrassant son père.

Georges avait enveloppé sa fille d'un long regard ému. Jamais Véronique ne lui avait demandé de veiller sur ses enfants.

Après sa douche, Mauve enfila un pyjama d'intérieur en soie et brossa ses cheveux avant de rejoindre

Liang. Le parfum capiteux des lys embaumait le salon. Elle se dirigea vers la cuisine d'où provenaient des bruits de vaisselle. Il ne l'avait pas entendue approcher. Elle s'arrêta sur le seuil et prit plaisir à l'observer, affairé aux fourneaux. Elle aurait juré qu'elle connaissait déjà le menu. De fines escalopes de porc grillées et des petits légumes poêlés dans lesquels il ferait rissoler ces pâtes chinoises qu'elle aimait tant. Liang n'était pas grand, mais contrairement aux critères asiatiques en général, il n'était pas maigre du tout. Un large buste, une musculature parfaite, tout en lui était harmonieux. Elle aimait sa nuque carrée, ses cheveux de jais qui poussaient toujours si drus ! Il retourna les escalopes et jeta les pâtes dans la poêle avec les légumes frits. Elle suivait chacun de ses gestes, précis, sûrs. Quoi qu'il fasse, il n'hésitait pas et se trompait rarement. Elle saisit alors combien il lui avait manqué.

— Je me demande ce qui est le plus agréable, le parfum des fleurs ou les arômes de ta cuisine ?

— J'ai mis une bouteille de vin blanc au frais, tu nous sers un verre ?

Mauve vint se placer derrière lui et enroula les bras autour de sa taille. Puis elle posa sa tête au creux de son cou et respira son odeur en se laissant aller contre son corps. Il se retourna pour la regarder. Elle semblait mortifiée. Il l'enlaça longuement, tendrement.

— Mauve, je t'en prie, dis-moi ce qui ne va pas ?

Ils gagnèrent le salon. La pièce, tout en longueur, lumineuse, était garnie de canapés en cuir clair et de meubles chinois laqués noir. Des miroirs vénitiens et des lithographies modernes ornaient les murs.

En emplissant les verres de vin frais, elle raconta en détail les événements qui avaient marqué son séjour dans sa famille. Elle lui parla des enfants, de l'accident de David. Liang l'écouta sans l'interrompre en buvant son vin à petites gorgées. Il se contenta de lui prendre la main pour l'encourager à poursuivre. Mais lorsque, la voix brisée, elle lui rapporta que Véronique et David lui avaient confié la tutelle de leurs enfants, le visage de Liang s'anima.

— Que vas-tu faire ?

— Je n'ai pas clairement décidé. Ce qui est sûr, c'est que je ne peux pas les abandonner. Ils sont passés en moins de deux semaines du statut d'enfants privilégiés à celui d'orphelins.

— Comment le vivent-ils ?

— Je ne suis pas sûre que Laurie comprenne bien tout ce qui lui arrive. Guillaume, lui, est très courageux.

Et Mauve revit encore les visages défaits des enfants, leurs regards inquiets lorsqu'elle les avait quittés.

— Personne ne peut s'occuper d'eux dans ta famille ?

— La vie domestique et ses contraintes n'ont jamais été le fort de mon père, et ma tante est une vieille garce. Quant à ma mère…

Elle avait failli dire qu'elle devenait folle ! Liang s'absenta quelques minutes pour vérifier la cuisson de la viande. Il revint avec un plateau garni d'assiettes et de couverts.

— Veux-tu que nous mangions ici ?

Il leur arrivait souvent de dîner sur la table basse du salon, assis l'un contre l'autre, puis de regarder un film ou de parler simplement de leur journée de travail. Mais ce soir, l'heure était grave et la télévision resta muette. Liang servit la viande et les pâtes. Mauve emplit les verres et avala une première bouchée.

— J'ai déjà envisagé une solution, dit-elle en soutenant l'éclat de ses yeux d'un noir profond, je pense que je vais mettre la propriété familiale en vente et organiser la garde des enfants conjointement avec les parents de David.

Tandis qu'elle exposait son plan, elle eut la certitude que ce ne serait pas aussi simple. Elle se surprit à manifester un excès d'optimisme face aux problèmes qui ne manqueraient pas de se poser. Et le premier d'entre eux était le temps.

— Je vais devoir rester en France pour mettre tout cela en place.

— Combien de temps ?

— Au moins trois mois. C'est le minimum qu'il me faut pour tout régler.

— Alors, tu ne m'accompagneras pas à Shanghai ?

Mauve sentit ses forces l'abandonner, elle n'était pas loin de craquer, et Liang s'en aperçut.

— J'ai si peur pour l'avenir de ces enfants, murmura-t-elle.

Il lui tendit les bras. Elle s'y blottit et il ne lui dit rien de sa déception. Il s'était pourtant fait une telle joie de ce voyage, ils avaient tant de projets ! Et tout cela tombait à l'eau pour des parents qu'elle n'avait pas vus depuis douze ans et des neveux qu'elle ne connaissait pas deux semaines plus tôt. Elle qui semblait si peu s'intéresser aux enfants. Une seule fois, il avait évoqué l'éventualité d'avoir un bébé ensemble. Elle avait éludé la question avec une désinvolture qui l'avait choqué. Mauve était une femme qui faisait passer sa carrière avant tout, prenant soin d'écarter tout ce qui risquait de perturber son avancement. Toutefois, il ne s'était pas résigné, certain qu'il finirait par la convaincre de fonder une vraie famille. Ils n'avaient pas touché à leurs assiettes mais ils avaient fini leur verre. Liang les emplit de nouveau.

— Ce n'est pas grave, chuchota-t-il à son oreille, je partirai seul en Chine. J'y vais pour travailler après tout.

— Je suis tellement désolée, Liang.

— Ne sois pas triste, les choses se passent comme elles doivent se passer. Il est plus sage de remercier le destin qui nous a permis de nous rencontrer et qui fait que nous sommes ensemble. Et ce soir, nous sommes là tous les deux.

Elle sourit. Elle l'adorait. Il était capable de garder une sérénité désarmante en toutes circonstances, se montrant d'une honnêteté et d'une solidité infaillibles.

— Tout ira bien, Mauve, nous serons toujours là l'un pour l'autre, et c'est l'essentiel. Tu fais ce que tu dois faire.

— Tu crois ?

— Oui, répondit-il d'une voix ferme. La famille, c'est important.

Mauve releva pourtant l'inquiétude qui passa sur son visage. Il devait se demander combien de temps ils seraient séparés. Et elle n'en avait pas la moindre idée.

— Tu seras de retour de Chine vers le 10 décembre, n'est-ce pas ? Alors tu pourras venir fêter Noël en France ?

— C'est vrai ? Ta famille sera d'accord ?

Mauve se rappela les paroles du notaire… Elle avait tous les pouvoirs ! L'homme qu'elle aimait viendrait à Bassan, elle le présenterait à sa famille, et cette fois rien ne pourrait contrecarrer ses sentiments.

Le lendemain matin, elle se réveilla de bonne heure. Son rendez-vous au siège de la Commission européenne était fixé à 9 heures. À 7 heures, elle était déjà prête, et elle mit ce temps libre à profit pour appeler son père et prendre des nouvelles de Guillaume et Laurie. Il la rassura, les enfants allaient bien, mais ils attendaient qu'elle revienne avec impatience.

— Tu leur manques beaucoup ! Laurie demande sans arrêt à son frère de lui expliquer combien de temps il reste avant ton retour.

Mauve réalisa qu'ils lui manquaient eux aussi. Liang dormait encore lorsqu'elle traversa la chambre pour choisir une écharpe dans la penderie. Demain, elle le quitterait déjà. Et elle était incapable de déterminer la durée de leur séparation. Ce soir, il était invité à un dîner-conférence à l'ambassade de Corée du Sud, elle avait accepté de l'accompagner. Même si, au fond de son cœur, elle était déçue à l'idée que leur dernière soirée ensemble soit vouée à des impératifs professionnels, au milieu de mondanités.

Mauve s'assit au pied du lit et contempla Liang dans son sommeil. Elle aimait à le regarder dormir. Elle eut la certitude qu'elle devait ranger ces images dans un coin de sa mémoire pour les ressusciter plus tard. Un sourire ensommeillé éclaira le visage de Liang tandis qu'il se retournait sur le côté. Elle suivit ses mouvements, empreints de grâce naturelle, presque féline. La veille, il avait accueilli les événements qui chamboulaient leur vie comme il se devait de le faire. Avec sagesse. Elle appréciait tous les traits de son caractère. Il travaillait dur et dormait peu, et elle avait remarqué qu'il ne bavardait jamais pour ne rien dire. Ce qui ne l'empêchait pas de faire preuve de beaucoup d'humour. Il ne cachait pas non plus qu'il aimait l'argent et la réussite, et elle trouvait cela honnête. Soudain, Mauve fut prise d'un désir de planter là tout ce qui la rattachait à sa famille. Elle ne leur devait rien. Ils l'avaient abandonnée, sacrifiée. Mais il y avait Guillaume et Laurie. Deux innocents. Comme elle…

Liang s'éveilla et lui sourit. Deux fossettes éclairèrent son visage et s'effacèrent très vite. Elle le regretta.

Mauve arriva au siège de la Commission quelques minutes avant son rendez-vous avec son supérieur. Avec des paroles contenues, il compatit à ses problèmes familiaux et accepta sa demande de congés prolongés. Au cours de leur entretien, il lui proposa un compromis qu'elle n'avait pas envisagé.

— Je vous remplacerai pour les réunions de commissions et les conférences. En revanche, et si vous êtes d'accord, nous pourrions travailler à distance pour la traduction des comptes-rendus et de certains dossiers. Qu'en dites-vous ?

Elle accepta et ils établirent un programme de travail sur la base d'un temps partiel. Le rendez-vous avec son supérieur avait duré plus longtemps que prévu. Elle n'aurait pas le temps d'aller voir son amie Fanny. Elle l'appellerait depuis chez elle tout en préparant ses bagages. Mauve regagna son appartement et sortit trois valises de sa penderie. Elle composa le numéro de téléphone de son amie et bloqua le combiné au creux de son épaule.

— Impossible d'aller faire un saut chez toi, je suis désolée.

Elle lui raconta le décès de sa sœur, celui de son beau-frère, leurs dernières volontés. Fanny était psychologue, mariée à un ingénieur et mère de deux enfants. Elle écouta Mauve avec beaucoup d'attention avant de lui demander l'âge de Guillaume et de Laurie.

— 5 et 7 ans.

— Je vois... La situation est délicate. La décision que vous allez prendre peut paraître équitable vue par des adultes, mais ces enfants viennent de vivre le pire des cauchemars en perdant leurs parents. Ils vont être précipités dans un environnement totalement inconnu, avec des grands-parents et une tante qu'ils ne connaissent pas très bien, voire pas du tout.

Mauve garda le silence et Fanny comprit qu'elle était en train de l'effrayer.

— Cela peut fonctionner malgré tout. Mais tu dois prendre le temps nécessaire pour expliquer la situation à tes neveux, obtenir leur assentiment. Et prends garde à ce qu'ils ne ressentent pas ta décision comme un abandon, ou pire, une punition.

En clair, Fanny lui disait : « Attention, danger ! »

— Tu sais que tu peux m'appeler au moindre souci, et aussi souvent que tu le veux, dit-elle avant de raccrocher.

Le vendredi, au point du jour, Liang déposa Mauve à l'aéroport de Zaventem où elle fit enregistrer trois valises et la panière qui abritait Framboise. Puis ils s'installèrent dans la salle d'attente et restèrent enlacés jusqu'à l'ultime appel de l'hôtesse. De sa voix douce, Liang tenta de la réconforter :

— Ne t'inquiète pas, je t'appellerai et nous nous enverrons des e-mails tous les jours. Je te rejoindrai pour les fêtes.

N'ayant plus le choix, Mauve emprunta le couloir d'embarquement et se retourna dix fois en agitant la main. Elle sentait une immense tristesse la gagner. Des craintes aussi. Elle avait connu tant de séparations dont les souvenirs étaient devenus des cauchemars.

11

Mauve arriva à Bassan le vendredi dans l'après-midi. Guillaume et Laurie l'accueillirent en se jetant à son cou tous les deux en même temps. Ils n'en finissaient pas de l'embrasser, de lui poser des questions. Elle mesura alors à quel point ils s'étaient inquiétés de son absence. Et combien ils étaient attachés à elle désormais. Elle en fut bouleversée. Ils étaient tous réunis dans le hall, au milieu des valises. Elle leur présenta Framboise et aussitôt, la chatte partit à la découverte des lieux, furetant partout autour des meubles en miaulant. Les enfants la suivaient pas à pas en essayant de l'attraper.

— Dans un premier temps, expliqua Mauve, elle devra rester à l'intérieur pour s'habituer aux lieux. Quand elle sortira, nous la surveillerons pour qu'elle ne s'égare pas dans le parc.

Guillaume et Laurie délimitèrent un périmètre, de la cuisine au petit couloir qui menait au cellier. Devant leur soudaine gaieté, Mauve ne put réprimer sa joie.

— Je crois que j'ai bien fait de ramener Framboise, dit-elle à son père.

— Tu vois, j'ai bien veillé sur eux, répondit-il en entourant la taille de sa fille.

— Je n'en ai pas douté un seul instant !

— J'ai pris l'initiative de les emmener chez Emma, ta professeur de français.

Mauve releva le ton sur lequel il avait prononcé le prénom d'Emma. Une intonation presque affectueuse. Elle se demanda quels rapports ils entretenaient. Certainement tout ce qui pouvait rapprocher deux enseignants à la retraite férus d'histoire et de littérature.

— C'était super, tante Mauve ! s'écria Guillaume, Emma avait fait un gâteau et le chocolat était tout liquide à l'intérieur.

— Même que j'en avais plein les doigts, ajouta Laurie, mais Emma a dit que c'était pas grave.

Puis ils retournèrent vers la chatte qui jouait avec la peluche que Laurie lui avait donnée.

— Où est maman ? demanda Mauve.

— Dans sa chambre. Elle n'en est pas sortie pendant ton absence, ta tante veille sur elle en permanence.

Mauve monta ses valises et rangea ses vêtements dans l'armoire. Cette fois, elle s'était munie de tout ce qu'il lui fallait pour un long séjour à Bassan. Elle gagna la chambre de sa mère. Paule était assise à son chevet, mais en voyant Mauve entrer, elle sortit sans un mot. Avant son départ pour Bruxelles, Mauve avait informé sa tante des dernières volontés de Véronique et de David. Depuis, celle-ci n'adressait plus la parole à sa nièce, se contentant d'afficher à son égard une indifférence mâtinée d'arrogance.

Assoupie, Édith reposait sur des oreillers entassés derrière son dos. Sur un plateau posé près d'elle, une tasse à demi-pleine tanguait dangereusement. Lorsque Mauve s'approcha, elle ouvrit les yeux.

Un instant, la jeune femme crut qu'elle ne la reconnaissait pas. Il flottait dans la chambre une odeur de pot-pourri provenant de coupelles placées sur la commode. Les fragrances fleuries ne parvenaient pas à masquer les relents de pharmacie et l'air vicié.

Mauve prit place au bord du lit et se pencha pour embrasser sa mère.

— Comment vas-tu, maman ?

— Mauve, tu es de retour ! Je ne t'ai pas vue depuis si longtemps...

— Je me suis absentée à peine deux jours, répondit-elle en prenant les mains de sa mère dans les siennes.

— Ah ! Pourquoi es-tu revenue ?

— Pour m'occuper de Guillaume et Laurie.

Édith sembla faire un douloureux effort de concentration :

— Où est Véronique ?

— Maman, tu sais bien que...

Elle s'interrompit en voyant toutes les boîtes de médicaments entassées sur la table de chevet et sur la cheminée. Édith devait être abrutie par les traitements. Mais étaient-ils tous à ce point nécessaires ? À la première occasion, elle se promit de demander l'avis du Dr Mercier. Sa mère s'était détachée des coussins et se balançait d'avant en arrière en parcourant la pièce des yeux, comme si elle cherchait quelque chose.

— Je te demande pardon, ma petite fille, murmura-t-elle, nous ne t'avons pas assez aimée. Pourtant, ce n'était pas ta faute.

Ses mains tremblaient dans celles de Mauve. Elle se laissa retomber au creux des oreillers.

— C'est le passé, maman, n'y pense plus.

— C'est ton grand-père le coupable, mais c'était mon devoir de ne pas le laisser faire.

— Le laisser faire quoi ?

— Je ne sais pas, chuchota Édith après un moment de silence, je ne sais plus... J'ai tellement sommeil.

Elle tourna la tête de côté. Sur le plateau, le thé était encore tiède. Mauve approcha la tasse des lèvres de sa mère qui se détourna en la repoussant. Les yeux mi-clos, elle ne montrait plus le moindre signe d'intérêt à quoi que ce soit malgré la présence de sa fille. Mauve fut tentée de la secouer. Est-ce que cela suffirait à briser son apathie ? « C'est ma mère », pensa-t-elle dans un brusque sursaut de panique. Son sang coulait dans ses propres veines. Et si la névrose qui la consumait un peu plus chaque jour était héréditaire ? Au cours de leur brève entrevue, David avait évoqué la dépression de Véronique. Mauve retapa les oreillers, elle s'empara de la couverture en patchwork roulée au pied du lit et la remonta jusque sur les épaules de sa mère. Vaguement chamboulée, elle quitta la chambre. Paule attendait dans le couloir. Raide, les mâchoires serrées, le regard froid, elle avait tout d'une gardienne de prison.

Le lendemain, la jeune femme rencontra le banquier du domaine. Ce dernier lui exposa la situation financière de la société en lui montrant quelques chiffres. Et ce n'était guère brillant.

— Les déficits accumulés au cours des dernières années sont vertigineux. Ce sera très compliqué de les résorber.

À son tour, Mauve lui fit part des responsabilités qui lui incombaient désormais.

— Donc, vous êtes la seule décisionnaire aujourd'hui ?

Elle n'entra pas dans les détails du testament de son grand-père ou celui de sa sœur et se borna à parler des enfants.

— En tant que tutrice de Guillaume et Laurie, oui.

— Je ne vous cacherai pas qu'il est urgent de fixer une stratégie et d'arrêter des choix, mademoiselle. Il m'est de plus en plus difficile de défendre ce dossier auprès de ma hiérarchie. Qu'avez-vous l'intention de faire ?

— Je ne sais pas encore. Mon beau-frère avait envisagé de vendre, je crois.

— C'est exact. C'est moi qui le lui avais suggéré. Et je suis en relation avec l'acheteur potentiel.

— Il est toujours intéressé ?

— Certainement, mais il ne faut pas trop tarder. Je peux vous aménager un rendez-vous si vous le souhaitez.

— Pourquoi pas ? Mais laissez-moi quelques jours de réflexion, répliqua-t-elle en se levant.

— Bien sûr, mais n'oubliez pas que la situation continue de se dégrader pendant ce temps. Faites-moi signe rapidement.

Mauve prit congé en promettant de le rappeler. Elle n'aurait su dire pourquoi, mais le personnage lui déplaisait. Elle convenait de la situation périlleuse de l'entreprise, mais le banquier semblait vouloir précipiter la vente. Qu'y gagnerait-il ? De plus, elle avait eu l'impression qu'il se délectait lorsqu'elle avait exposé les déboires de sa famille.

De retour à Bassan, elle gara sa voiture devant les chais et partit à la recherche d'André Roche qu'elle trouva dans la salle de distillation. Mauve éprouva un plaisir confus à y pénétrer. Cet endroit l'avait toujours fascinée. Enfant, elle y entrait en cachette de son grand-père. Elle se dissimulait derrière une pile de barriques afin d'observer l'agitation qui régnait autour des cuves. La salle était lumineuse, entièrement carrelée de briques rouges. Trois alambics se dressaient sur leurs chaudières, avec leur enchevêtrement de chapiteaux et de serpentins.

— Bonjour, André, vous distillez ?

— Oui, nous commençons toujours très tôt à Bassan. Avec les quarante-cinq hectares de vignes, ça prend des mois ! Et il faut tenir compte de la date limite.

— On ne peut pas distiller toute l'année ?

Il la regarda avec un sourire amusé.

— Non, tout doit être terminé le 31 mars au plus tard. La réglementation est extrêmement rigoureuse.

Il manipulait des boutons, prenait des notes sur un cahier. Mauve mourait d'envie de lui demander des explications. Mais elle n'était pas venue pour ça.

— André, je viens de voir le banquier. Il m'a dressé un tableau catastrophique de l'état de la société. Et à l'instar de David, il pense que la meilleure issue serait de vendre.

— C'est ce que vous allez faire ?

— C'est la solution qui me paraît la plus rationnelle. Qu'en pensez-vous ?

— Je vous avais déjà donné mon sentiment à ce sujet. Comme je l'avais dit à David, si vous décidez de vendre, autant le faire dans les meilleures conditions. Je ne saurais que trop vous conseiller de renflouer les comptes d'abord.

— Mais comment ? Les déficits sont abyssaux !

— Il suffirait de vendre quelques vieux cognacs dans un premier temps. D'ailleurs, David avait fini par se ranger à cette idée : sacrifier un peu de stock pour valoriser l'entreprise.

— Mais où sont ces vieux alcools, André ? Il y en a tant que cela ?

Il effectua quelques réglages supplémentaires sur les alambics, avant de lui prendre le bras.

— Venez, je vais vous montrer.

Ils remontèrent la salle de distillation et entrèrent dans le chai de vieillissement. Mauve se figea un instant. Sur le sol, il restait encore quelques traces blanches qui avaient marqué les contours du corps de David et l'impact de la chute des barriques. Elle se demanda si les gendarmes avaient achevé leur enquête. André Roche lui pressa le coude et l'entraîna à l'autre bout du chai. Il saisit un trousseau de clés dissimulé dans une cachette, entre deux moellons du mur. Une porte en ogive ouvrait sur un deuxième chai, plus petit, à peine éclairé par deux lucarnes. Dans cet endroit aussi, les fûts s'élevaient sur trois étages, et chaque fond de barrique portait des nombres inscrits à la craie.

— Voici la réserve de vieux cognacs. Les chiffres indiquent la quantité et les millésimes. Les plus anciens datent de 1920. Ils valent une fortune sur le marché.

— Et mon grand-père ajoutait un peu de stock chaque année ?

— Oui. Sauf quand la récolte était de médiocre qualité.

Fascinée, Mauve détaillait la chronologie des millésimes en suivant l'alignement des barriques. Ainsi, David avait décidé de transgresser les règles établies par son grand-père ! Elle se demanda si cela expliquait sa chute mortelle. Voulait-il comptabiliser les stocks avant de vendre ces précieux alcools ? Elle resta silencieuse. André l'observait en souriant. Elle n'avait rien de l'autorité obstinée de sa sœur. Son visage exprimait plutôt de la détermination. De la douceur et de la fermeté aussi. Quel étrange revirement du destin ! Joseph avait tout fait pour tenir Mauve à l'écart de ses vignes et de son cognac, et aujourd'hui, c'était elle qui détenait les rênes de Bassan !

— Qu'en pensez-vous ? demanda-t-il enfin.

— C'est intéressant, et vous dites que certains de ces alcools représentent un véritable capital ?

— Tout à fait, même s'il n'y a plus vraiment le volume indiqué à l'intérieur des fûts.

— Ah ! Et pourquoi ?

— Le bois des barriques est légèrement poreux. Les essences volatiles s'évaporent au fil des années, et la diminution du volume entraîne une concentration des arômes. C'est ce qui fait la qualité du cognac. Cette infime quantité de cognac qui se diffuse dans l'air, nous l'appelons « la part des anges ».

Mauve regarda l'empilement des fûts et éclata de rire.

— Depuis 1920 qu'ils respirent ces vapeurs d'alcool, ils doivent être sérieusement pompettes, nos anges !

— Venez, dit André en riant à son tour, je vais vous montrer quelque chose d'encore plus intéressant.

Ils longèrent l'allée centrale jusqu'à l'entrée d'une crypte aux murs noircis, où deux appliques diffusaient une faible lumière dorée. La niche, truffée de toiles d'araignées, abritait des petits fûts et des bonbonnes de verre recouvertes d'osier rongé par l'humidité.

— Savez-vous comment on appelle cet endroit ? Le paradis ! Les cognacs entreposés ici sont encore plus vieux que ceux que vous venez de voir. Certains remontent à 1850.

— C'est incroyable ! Quel était l'intérêt de grand-père de garder ces alcools ?

— Pour lui, ça faisait partie de l'héritage. Celui de Véronique, le vôtre.

La lignée était tout ce qui importait pour Joseph, mais André n'avait jamais compris pourquoi ce vieil entêté portait si peu d'affection à l'aînée de ses petites-filles. De son regard extérieur, il avait suivi son enfance solitaire qui l'avait peu à peu poussée à la révolte.

En proie à une multitude de questions, Mauve ne pouvait se décider à quitter la crypte. Que devait-elle faire ? Vendre tout de suite et organiser la garde de ses neveux comme elle l'avait prévu, ou suivre les conseils d'André ? Renflouer d'abord la société pour en tirer le maximum. Si elle optait pour cette deuxième solution, combien de temps devrait-elle rester en France ? Elle pensa à Liang. Dans quelques jours il partirait en Chine. Les dernières quarante-huit heures avec lui semblaient si loin déjà. Elle avait vécu l'exaltation de leurs étreintes avec une kyrielle de merveilleuses émotions. La sérénité, le plaisir, un certain abandon aussi. À présent, elle éprouvait surtout la vague inquiétude d'un bonheur en péril.

Comme s'il devinait ses doutes et le cheminement de ses pensées, André lui dit d'une voix douce :

— Me permettez-vous une autre recommandation ?

— Elle sera la bienvenue, je vous assure.

— Ne vous laissez pas impressionner par l'avis, voire les menaces sous-jacentes du banquier. Faites-vous votre propre analyse. En consultant un expert-comptable extérieur au domaine par exemple.

— Oui, mais le temps presse, et je dois prendre en compte les intérêts des enfants avant tout. C'est tellement compliqué ! Je n'ai pas le droit de me tromper.

— Je sais, compatit André, c'est pour cela que vous devez prendre le temps de réfléchir.

En silence, ils contemplaient le trésor qui reposait dans la crypte.

— Comment s'y prend-on pour vendre des vieux alcools ? demanda soudain Mauve au maître de chai.

— Il existe un cours officiel sur le marché et des négociants dont c'est le métier de suivre les tendances et de trouver des acheteurs. La plupart d'entre eux sont établis à Cognac.

— Et ils sont connus ?

— La collection des vieux cognacs de Bassan est une légende sur la place. Si on apprend que certains d'entre eux sont disponibles, croyez-moi, on va se bousculer devant votre porte ! Et vous pourrez même vous permettre de faire grimper les enchères.

— Vous pouvez entrer en contact avec un négociant ou deux pour moi ?

— Bien sûr, mademoiselle Mauve. Et si vous voulez, je vous aiderai à négocier.

— Alors allez-y ! Et faites-moi plaisir, si nous devons travailler ensemble dans les semaines à venir, appelez-moi Mauve tout court.

Tandis qu'ils rebroussaient chemin, Mauve réfléchit aux conseils d'André. Elle devait trouver un expert-comptable. Mais comment dénicherait-elle un professionnel en qui elle pourrait avoir confiance ? Elle ne connaissait personne. Soudain, elle pensa à Anthony. Si quelqu'un pouvait l'aider, c'était bien lui. Elle avait dû annuler leur premier rendez-vous le jour de la mort de David, c'était l'occasion de le rappeler.

12

Acheter du pain. C'était la dernière touche à ce dîner qu'Anthony voulait parfait. Il s'arrêta devant la boulangerie et sortit de son coffre les douze bourriches d'huîtres représentant la commande du week-end. Le magasin était bondé. Mme Moraud n'était pas là, et en son absence Carine tenait la caisse. Lorsqu'elle aperçut Anthony, son visage s'éclaira d'un délicieux sourire. Il venait moins souvent depuis quelque temps, et ils n'avaient plus ces petites conversations amicales au fond de la boutique. Anthony choisit trois sortes de pain que la jeune fille glissa dans un sac en papier en y ajoutant une fougasse aux olives. Elle savait qu'il en raffolait.

— C'est tout ce qu'il te faut ?

Il acquiesça et elle fit le tour de la caisse pour le rejoindre. Elle lui tendit le pain et l'embrassa sur la joue en murmurant :

— Prends soin de toi, Anthony.

Il se troubla devant ce geste charmant et plein de tendresse. Elle lui sourit et tourna les talons, craignant elle aussi de montrer son émotion.

De retour chez lui, Anthony prit le temps de vérifier chaque détail. Les huîtres étaient ouvertes et les filets de rougets enrobés d'huile d'olive au thym prêts à passer sur le gril. Mauve n'allait plus tarder et il avait du mal à contenir son impatience. Tant de souvenirs refluaient en lui. Il était convaincu qu'on pouvait être amoureux à 10 ans. Et à 10 ans, il aimait déjà Mauve. Elle avait été son amie pendant des années, avant de devenir sa petite amie. Lorsqu'ils avaient franchi le pas, c'était tout de suite devenu sérieux entre eux.

Mauve tomba en admiration devant la vieille maison de campagne nichée dans une petite crique en bord de mer. En ce début de soirée, la côte était déserte. La marée montait et la nuit était presque tombée. À la lueur des derniers reflets de lumière, on apercevait les bateaux voguant vers le port. Mauve n'eut pas le temps de sonner, Anthony ouvrit la porte comme s'il la guettait de l'intérieur. En le voyant, elle éprouva un sursaut de gaieté. Elle avait souvent remarqué qu'on recherchait sa compagnie pour la gentillesse qui transparaissait dans son regard.

Elle le suivit dans la pièce à vivre. Un feu crépitait dans l'immense cheminée. Pour la décoration, Anthony avait choisi la simplicité des bois naturels. Des tapis aux couleurs vives recouvraient le parquet ciré. Les meubles, en chêne clair, côtoyaient harmonieusement les fauteuils recouverts de chintz fleuri. De l'ensemble émanait une impression de tranquillité.

— J'adore ta maison ! s'écria-t-elle en lui tendant le dessert qu'elle avait promis d'apporter.

La table était dressée pour deux personnes, avec des bougies et un joli bouquet de fleurs posé au centre. Anthony portait un pantalon de velours, une chemise blanche et une veste de laine grise. Mauve remarqua un petit morceau d'étiquette accroché au col de la chemise.

— Des fleurs et une chemise neuve ! C'est fou ce que tu as dû penser à moi aujourd'hui, dit-elle en riant.

— J'ai toujours pensé à toi toutes ces années, Mauve.

Mauve crut déceler un brin de nostalgie dans sa voix.

— Tu as raison de souligner le temps, dit-elle.

— J'ai un excellent cocktail aux pêches de vigne. Tu veux le goûter ?

Elle acquiesça et il servit deux verres. Ils trinquèrent avant de boire la première gorgée.

— Installe-toi ! Il faut que je vérifie le gril dans la cuisine.

Mauve fit le tour de la pièce. Le feu diffusait une agréable chaleur. La bibliothèque débordait d'ouvrages sur la mer, la conchyliculture, des romans de Simenon et des recueils de poésie. Elle s'arrêta devant le bahut où des cadres étaient alignés. Des photos de la mère d'Anthony, de son père décédé. Et un portrait d'elle au bord des parcs à huîtres. Elle céda à l'émotion et remonta le temps. C'était là qu'ils avaient partagé leurs espérances et leurs rêves. Ils se retrouvaient toujours dans les cabanes de pêcheurs avant leurs balades en mer. Anthony, son premier amour… Son premier amant aussi. Jusqu'au jour où sa tante Paule avait découvert leur secret. Mauve se rappelait la fureur démesurée de son grand-père. Les disputes avaient pris des proportions épouvantables. Un jour, elle avait quitté le salon en claquant la porte et Joseph l'avait rattrapée dans le couloir en la secouant violemment. Il avait été à deux doigts de la frapper. Il lui semblait encore l'entendre hurler à ses oreilles. Elle lui avait tenu tête pour la première fois. Il lui avait ri au nez en rappelant qu'à Bassan, c'était lui et lui seul qui détenait l'autorité. Finalement, c'est la mère d'Anthony qui avait mis fin au conflit, interdisant à son fils de revoir la jeune fille. Mauve avait toujours eu la conviction que Mme Dupré éprouvait du ressentiment à son égard. Elle s'était sûrement imaginé qu'elle était l'initiatrice de leur idylle. Pourtant, c'est Anthony qui avait accompli le premier geste.

Ils s'étaient dit adieu au bord de la mer. Et ils ne s'étaient plus revus. Puis, plus tard, David était entré dans sa vie.

— À quoi penses-tu ?

Mauve sursauta. Appuyé contre le manteau de la cheminée, Anthony l'observait. Il se rapprocha d'elle, presque à la toucher. Subitement, elle se sentit nerveuse.

— Tu avais l'air soucieuse.

— Je me rappelais la colère de mon grand-père lorsqu'il a appris notre aventure.

— Il a eu le culot de me lancer à la figure que je n'étais pas ton égal, ni intellectuellement ni socialement. Je l'ai détesté, et je n'ai jamais cessé depuis.

— C'est si loin, Anthony, et il est décédé aujourd'hui.

— Et alors ? Ce n'est pas parce qu'il est mort qu'il est devenu un saint !

— Je n'irai pas jusque-là. Et si nous changions de sujet, se força-t-elle à dire sur un ton enjoué.

Tu te souviens ? Au téléphone je t'ai dit que j'avais quelque chose à te demander.

— Alors, passons à table et nous pourrons discuter.

Mauve fit honneur au plat d'huîtres. Anthony déboucha une bouteille d'entre-deux-mers.

— J'aime ce vin, je trouve que ses arômes d'agrumes et de fruits exotiques s'accordent bien avec les huîtres. D'ailleurs, je connais un petit producteur près de Bordeaux...

Elle l'écoutait en dégustant le vin blanc. Il s'animait en parlant, les yeux brillants, les cheveux un peu plus en bataille qu'à l'accoutumée. Il s'arrêta, presque à bout de souffle.

— J'arrête de parler d'œnologie, dit-il en souriant, j'ai l'impression de déployer une science que je ne possède pas. Dis-moi ce que je peux faire pour toi.

Elle lui exposa les problèmes auxquels elle était confrontée et sa rencontre avec le banquier. Anthony glissa les dernières huîtres dans son assiette tandis qu'elle lui faisait part de sa conversation avec André Roche et de ses recommandations.

— Lui pense que ce serait judicieux de consulter un expert-comptable extérieur au château.

— Mais pourquoi est-ce à toi de t'occuper de tout cela ? Je croyais que lorsque des enfants se retrouvaient orphelins on nommait un tuteur à qui il appartenait de gérer leurs biens.

— Justement ! Véronique et David m'ont désignée comme tutrice légale de Guillaume et Laurie.

— Grands dieux ! Comment vas-tu t'organiser avec ton job à Bruxelles ?

— J'ai pris un congé de trois mois, et s'il le faut, je le prolongerai.

Le visage d'Anthony s'illumina et un grand sourire détendit ses traits.

— Je suis tellement heureux que tu restes en Charente. Nous pourrons nous revoir plus souvent.

À la façon qu'il avait de la contempler, de prononcer son prénom avec une voix passionnée mais douce, elle fut parcourue d'un frisson. Soudain, le téléphone d'Anthony sonna et il se retira dans un coin de la pièce. Elle comprit qu'il bataillait avec un client et elle en profita pour consulter ses messages sur son portable. Liang avait promis de lui envoyer un SMS dès son arrivée et de l'appeler quand le décalage horaire le permettrait. Elle aurait dû faire ce voyage avec lui, il était si fier de lui présenter sa famille. Tout en la prévenant que sa mère ne manquerait pas de lui demander si elle était enceinte et combien d'enfants elle voulait ! « N'y prête pas attention, lui avait-il dit en l'embrassant, dans notre culture, la famille est le fondement de la société. » Lorsqu'Anthony revint à table, elle ramena la conversation sur l'objet de sa visite.

— Je me suis demandé si tu pouvais me conseiller un expert-comptable ?

— Absolument ! Je connais un excellent cabinet à Rochefort. Il est géré par une femme, Élisabeth Ligner. Je vais te donner ses coordonnées. Appelle-la de ma part.

— Ses honoraires sont raisonnables ?

— Je me charge de t'obtenir un tarif spécial. Excuse-moi, je dois retourner en cuisine. Tu m'accompagnes ?

Il entreprit de faire griller les filets de poisson. Mauve l'observait depuis l'embrasure de la porte. Elle ressentait beaucoup de tendresse à son égard, une tendresse amicale, presque fraternelle. Mais ses sentiments n'avaient plus rien à voir avec la folle passion de leur adolescence. Elle sentait confusément qu'elle devait lui parler de Liang, et lui faire comprendre qu'il ne devait rien espérer de leurs retrouvailles. Il disposa les rougets dans un plat.

— Je me suis souvenu combien tu aimais le poisson, c'est toujours le cas ?

Elle acquiesça et ils repassèrent à table.

— Tu te souviens de nos parties de pêche dans les marais ? Tu ne me prenais jamais au sérieux ! Tu t'amusais à faire tanguer la barque pour effrayer les poissons et on finissait toujours par s'embrasser.

— Ce sont des souvenirs, Anthony, rien que des souvenirs.

— Pour moi c'est beaucoup plus que cela… J'ai prévu du riz au safran en accompagnement, ça ira ?

— C'est parfait, j'adore. Mais je suis confuse, tu t'es donné beaucoup de mal pour ce dîner. Tu dois avoir autre chose à faire, surtout à l'approche des fêtes.

— Rien n'est assez bien pour toi, Mauve.

Elle se concentra sur la dégustation des filets de rougets qui étaient délicieux. Mais elle sentait le regard d'Anthony disséquant chacun de ses gestes. Et elle eut l'intuition d'un danger. Elle jugea opportun de revenir à la comptabilité de Bassan.

— Merci de me donner l'adresse de ce cabinet comptable, tu m'enlèves une belle épine du pied.

Je vais devoir négocier, parler de cognac, moi qui n'y connais rien du tout.

— André Roche va t'aider, j'imagine.

— Oui, mais c'est quand même un saut dans l'inconnu, et je suis tracassée.

Anthony retira les assiettes vides et lui proposa de la salade verte. En lui passant le plat, il frôla sa main par inadvertance. Gênée, elle eut un geste de recul.

— Je vais devoir me plonger dans les finances de la société, déchiffrer des bilans, expliqua-t-elle précipitamment.

— David avait bien une secrétaire, non ?

— Certes, mais il est primordial que j'apprenne par moi-même, sinon je ne m'en sortirai jamais.

— J'ai une idée ! Je vais t'aider. Les bilans, je m'y connais un peu. Nous pourrions convenir de nous retrouver deux ou trois fois par semaine. En fin d'après-midi, par exemple.

Il marqua un temps avant d'ajouter :

— Ce serait l'occasion de nous voir et de parler du bon vieux temps. Qu'en dis-tu ?

Mauve le remercia mais n'accepta pas formellement sa proposition. Elle n'avait aucune envie de parler du vieux temps. Pour elle, il n'était pas si bon que cela.

— Tu es gentil, dit-elle enfin, mais je ne veux pas empiéter sur ton temps libre. Tu as ton travail, ta vie privée.

— Je n'ai jamais fait ma vie, Mauve. Peut-être que je t'attendais, ajouta-t-il sur le ton de la plaisanterie. Je vais chercher le café.

Il se leva, prépara le plateau et le posa sur la table basse entre les fauteuils. Puis il attisa le feu et ajouta une bûche. Son visage était écarlate lorsqu'il se retourna vers elle.

— Quelque part au fond de moi, je n'ai jamais abandonné l'idée que tu étais la femme de ma vie.

Mauve demeura silencieuse. Elle réfléchit un moment, mesura ses mots avant de planter son regard dans celui d'Anthony.

— J'ai un ami à Bruxelles, nous sommes ensemble depuis trois ans.

Il versa le café dans les tasses et elle remarqua le léger tremblement de ses mains. Puis il se tapit au creux de son fauteuil et but son café en détournant les yeux. Mauve aurait aimé lui parler de Liang, lui expliquer qu'il était originaire de Shanghai, promu à un bel avenir diplomatique. Mais elle ne dit rien de tout cela, se contentant de lui demander des nouvelles de sa mère. C'est ainsi qu'elle apprit qu'elle avait repris du service sur la chaîne d'emballage des huîtres.

— Nous avons du mal à trouver du personnel, surtout en saison. Tu vas aborder de plein fouet toutes ces difficultés.

— Le problème majeur de Bassan serait plutôt le sureffectif. Nous avons trop d'employés, des économies s'imposent.

Ils parlèrent encore de tout et de rien pendant une demi-heure, puis Mauve prit congé. Anthony la raccompagna jusqu'à sa voiture et la regarda partir. Il regagna le salon et se servit un cognac. Son regard s'arrêta sur la place qu'elle avait occupée à table, le verre qu'elle n'avait pas fini, jusqu'à l'empreinte de son corps dans les coussins du fauteuil. Son parfum flottait encore dans la pièce et se mêlait aux senteurs boisées des bûches qui séchaient à côté de la cheminée. Il louait la franchise avec laquelle elle lui avait parlé de son ami. Pourtant, quelque chose lui disait que leur relation n'était pas sérieuse. Sinon, il serait là pour l'aider à affronter ses difficultés. Comme lui, qui n'avait jamais cessé de penser à elle.

Tout en dégustant son cognac, il chercha à rassembler tous les souvenirs qu'il avait gardés d'elle, les plus infimes, les plus lointains. Malgré la présence d'un autre homme, il se refusait à croire que tout était terminé. Ce n'était pas possible. Après l'avoir attendue si longtemps, il voulait encore espérer…

13

La semaine suivante, Mauve appela la directrice du cabinet d'expertise-comptable à Rochefort et convint d'un rendez-vous. Et le jeudi, elle reçut la visite de l'adjudant de gendarmerie de Saint-Porchaire. Il lui exposa les conclusions de ses investigations et lui confirma que le décès de David était dû à une chute accidentelle. À son tour, elle l'informa des démarches qu'avait engagées son beau-frère pour vendre les vieux cognacs, et son intention de les répertorier. Ce qui pouvait expliquer sa présence dans les chais et son accident. L'enquête était close.

Le lendemain, elle retrouva Élisabeth Ligner à Rochefort. D'emblée, elle éprouva de la sympathie pour cette petite femme aux gestes vifs, qui frisait la soixantaine. Elle gérait son cabinet comptable entourée d'une escouade de jeunes experts. Elle proposa à Mauve un audit de la situation financière de Bassan, complété par un plan de mesures à prendre impérativement pour améliorer la compétitivité et la rentabilité de la société. Elles s'entendirent sur le coût de la prestation et un calendrier de travail.

Au château, les rapports entre Mauve et sa tante étaient de plus en plus tendus. Heureusement, Paule passait beaucoup de temps au chevet de sa sœur qui ne quittait plus sa chambre. Après une longue absence, Guillaume et Laurie avaient repris le chemin de l'école. Leur gouvernante les accompagnait le matin et allait les rechercher le soir. Mais dès qu'ils franchissaient la porte d'entrée du château, c'était vers Mauve qu'ils se précipitaient, comme s'ils étaient soulagés de constater qu'elle était toujours là. Et elle les accueillait les bras ouverts. Mauve avait provoqué les foudres de sa tante en les autorisant à dîner à la table familiale. Au début, ils restèrent bien sages, observant Paule à la dérobée, comme s'ils attendaient d'éventuelles réprimandes. Mais il ne leur fallut pas longtemps pour deviner que l'autorité avait changé de camp. Ils prirent alors l'habitude de raconter à tour de rôle leur journée à l'école, les cours, les copains, se coupant la parole en riant. Tandis qu'ils découvraient tous ces bonheurs interdits, Paule se repliait dans un mutisme dédaigneux, lançant à sa nièce des coups d'œil assassins. Guillaume et Laurie parlaient moins de leurs parents, mais la fillette était encore en proie à des cauchemars qui tiraient Mauve de son lit à n'importe quelle heure de la nuit. Dans cette ambiance, la jeune femme sentait que les enfants s'attachaient de plus en plus à elle. Et c'était réciproque.

Chaque jour, elle passait beaucoup de temps au bureau, plongée dans les chiffres de la société. Sur les conseils d'Élisabeth Ligner, elle avait réclamé les derniers bilans au comptable de l'entreprise. Carole, la secrétaire, lui apporta une aide précieuse en clarifiant des termes qui lui apparaissaient barbares. Le cognac Bassan était bien implanté sur le marché français, et mi-novembre, les commandes des cavistes et des restaurateurs affluèrent.

— C'est toujours comme ça à l'approche des fêtes, expliqua Carole. Nous travaillons aussi avec une chaîne de supermarchés. Leurs ordres ne devraient plus tarder.

— Mais qui assure le lien entre ces clients et nous ?

— Nous avons quatre agents commerciaux pour la France, mais c'est loin d'être suffisant.

Ce fut l'occasion pour Mauve de s'intéresser aux rémunérations du personnel, aux charges inhérentes. Elle s'était imposé le défi d'interpréter clairement l'audit que le cabinet Ligner lui présenterait.

Les premières ventes de vieux cognacs fournirent des subsides conséquents et Mauve se réjouit d'apporter elle-même les traites au banquier. Contre toute attente, il ne la reçut même pas. C'est à peine s'il lui serra la main en la croisant dans le hall. Elle quitta la banque désappointée et, dans l'après-midi, elle fit part de sa déception à André Roche.

— C'est bien la première fois que je vois un banquier qui n'est pas satisfait qu'on lui apporte de l'argent.

— Un financier qui a besoin d'autre chose que de l'argent, ça existe !

Il avait dit cela sur le ton de la plaisanterie, mais elle savait qu'il y a souvent une part de vérité dans ce qu'on dit en plaisantant. Devant son regard intrigué, André expliqua :

— Peut-être attendait-il que vous ne soyez pas en mesure d'améliorer la situation du domaine.

— Vous voulez dire qu'il compte sur la vente de Bassan ?

André grommela en grimpant sur l'échelle adossée aux fûts. Ils se trouvaient dans le deuxième chai de vieillissement où ils répertoriaient tous les vieux alcools en rapprochant le nombre de barriques et les millésimes de la liste des stocks déjà enregistrée. Mauve avait décidé cet inventaire afin d'évaluer la marge de vente dont elle disposait.

— Dans les années 1990, le cognac a connu sa crise la plus grave depuis le phylloxéra de 1875. Les ventes et les exportations ont chuté de vingt à vingt-cinq pour cent en quelques mois. À cette époque, un grand nombre de viticulteurs vendaient toute leur production d'alcool aux négociants. Mais brusquement, les maisons de négoce ont cessé leurs achats. Onze fûts de 1989, vous êtes d'accord, Mauve ?

Elle vérifia sur sa liste.

— Oui, parfait. Et que s'est-il passé pour ces viticulteurs ?

— Vous ne pouvez pas deviner le nombre de faillites que cette crise a provoquées ! Pour certains producteurs, elle fut la cause de drames familiaux épouvantables. D'ailleurs, la région a enregistré une vague de suicides sans précédent. La plupart des grandes maisons de négoce sont passées entre les mains de multinationales étrangères.

— Avec une gestion différente, j'imagine.

— C'est un euphémisme. On n'a plus parlé que de rentabilité, et le mot est devenu à la mode. Les banquiers ont joué un grand rôle dans ces drames.

— Je suppose qu'ils ont refusé d'aider les vignerons.

— Au début, ils les ont soutenus. C'était une tactique. Donner un peu d'oxygène avant de couper brutalement les vivres. Beaucoup de viticulteurs ont dû déposer le bilan, et de grosses sociétés ont pu racheter leurs exploitations à bon prix.

Mauve entrevit alors la stratégie de son banquier. Elle serra les poings sur son cahier. Ils étaient parvenus au bout du chai. André marqua une pause avant de désigner l'entrée de la crypte.

— On attaque le paradis maintenant?

— Attaquer le paradis, comme vous y allez! répliqua Mauve en éclatant de rire.

Elle regarda sa montre, les enfants ne rentreraient pas de l'école avant une bonne heure. Elle devait appeler Anthony pour refuser une nouvelle invitation à dîner. Avec gentillesse elle avait repoussé son aide, bien résolue à s'en sortir toute seule. Par chance, elle pouvait compter sur André. Il la regardait avec un léger sourire qui étirait sa moustache. Elle s'était rarement sentie autant en confiance avec quelqu'un. Elle avait l'intuition qu'il l'appréciait et qu'il ne refuserait pas de l'épauler.

— André, je veux sauver Bassan. Aidez-moi à tout savoir sur le cognac.

— Il y a beaucoup à apprendre, Mauve. Regardez autour de vous, le cognac est avant tout une affaire de temps. On peut avoir les meilleurs cépages au monde, il n'en demeure pas moins que c'est l'homme qui élabore les eaux-de-vie. Vous avez déjà compris le processus du vieillissement, je vous expliquerai la distillation.

— Et les vignes ?

— Ça ne peut s'apprendre que sur le terrain, au fil des saisons. Resterez-vous assez longtemps ?

— Le temps qu'il faudra.

Alors qu'ils rejoignaient le bureau d'André, Mauve relata son rendez-vous avec l'expert-comptable et les mesures qu'elle préconisait pour rentabiliser la société.

— Je ne sais pas ce qu'elle entend par là, confia-t-elle au maître de chai, mais je vous avoue que j'appréhende un peu.

Ils s'installèrent de part et d'autre du bureau et André lui demanda l'autorisation d'allumer une cigarette. Elle accepta, et malgré la température extérieure, il se leva pour entrouvrir la fenêtre. Mauve jeta un regard circulaire. Des tableaux garnissaient tous les murs, des colonnes de chiffres, des notes, des graphiques… Des dossiers s'alignaient sur les étagères aux côtés d'une multitude d'éprouvettes et de petites bouteilles emplies d'alcool. Elle se sentit découragée. Jamais elle ne maîtriserait tout cela. André resta silencieux pendant qu'elle réfléchissait, mais il devina ses préoccupations. Il fut pris d'une profonde admiration pour cette jeune femme accomplie et sérieuse, déterminée à sauver le patrimoine de sa famille envers et contre tout.

— Mauve, tout s'apprend, vous savez. Je suppose que votre comptable va vous proposer un plan de mesures afin d'économiser sur tous les postes de fonctionnement de l'entreprise. Et c'est possible.

Il repoussa les documents qui encombraient son bureau et se saisit d'une feuille de papier vierge.

— Le personnel par exemple. Notre chef de culture prend sa retraite le mois prochain. Et si nous ne le remplacions pas ?

Il griffonna quelques chiffres, tapota sur la calculatrice et lui présenta la feuille.

— Voici ce que vous économiserez sur une année. Salaires et charges.

— Mais si cet employé est là, c'est qu'il est utile, non ?

— Bien sûr, mais je vous propose de le remplacer le temps qu'il faudra. Après tout, chef de culture était mon premier métier lorsque je suis arrivé à Bassan. Je peux tout à fait gérer le personnel agricole en plus de mon travail.

Mauve gardait les yeux fixés sur les chiffres. Elle devina que la comptable détaillerait chaque dépense avec la même minutie. Soudain, elle se dit qu'elle pouvait devancer certains de ses conseils.

À une heure du matin, elle ne dormait toujours pas. Elle avait beau chercher sa position favorite en se recroquevillant en chien de fusil, rien n'y faisait. Elle ne pouvait s'empêcher de remuer des chiffres dans sa tête, de ressasser les événements de ces dernières semaines. De guerre lasse, elle rejeta les couvertures et se leva. Depuis quelques jours, le thermomètre avait chuté de plusieurs degrés et de fines gelées blanches persistaient au lever du soleil. Habituée au confort de son appartement bruxellois, Mauve trouvait la température à peine supportable dans les immenses pièces de la demeure. Elle enfila des chaussettes de laine et une robe de chambre par-dessus son pyjama. Elle s'empara du paquet de biscuits sur sa table de chevet et, sur la pointe des pieds, gagna le bureau de Véronique. Elle n'y avait pas remis les pieds depuis son entretien avec le notaire. Elle fit lentement le tour des lieux. La collection de statuettes de son grand-père et des bibelots de valeur était rangée dans les vitrines. Véronique avait ajouté quelques pièces plus contemporaines, apportant une touche moderne à l'ensemble. En son for intérieur, Mauve décréta qu'à partir de cet instant ce bureau serait le sien, et elle se promit d'en retirer tout ce qui avait marqué la présence de son grand-père et de sa sœur.

Elle craqua une allumette dans la cheminée où s'entrecroisaient les bûchettes et les rondins. Le feu crépita aussitôt et éclaira la pièce. Elle plaça le pare-feu et s'installa au bureau. Imitant André, elle bouscula tout ce qui la gênait, puis s'arma de papier, d'un crayon et d'une calculatrice. Pendant des heures, elle répertoria les coûts du train de vie familial. Des restrictions lui apparurent évidentes. En imaginant la réaction de sa tante Paule, elle sourit. Que de batailles en perspective ! Et ce n'était pas pour lui déplaire. Elle s'accorda une pause et grignota quelques biscuits avant d'ajouter une bûche dans la cheminée. Elle avait noirci des pages entières, mais ce n'était pas suffisant. Elle s'attela aux dépenses de la propriété, mais renonça très vite tant la connaissance du terrain lui faisait défaut. Toutefois, elle avait découvert que les agents commerciaux dont Carole lui avait parlé étaient rémunérés sur la base d'un salaire fixe moyen et d'une maigre commission. Il existait sûrement un moyen de les impliquer davantage dans le chiffre d'affaires. Et que représentaient les ventes de cognac aux particuliers ?

Elle travaillait encore quand Georges se leva. Il vit un rai de lumière filtrer sous la porte du bureau et frappa.

— Tu es déjà réveillée, ma fille ?

— À vrai dire, je n'ai pas dormi.

Il remarqua son visage soucieux et le pli qui s'était creusé au milieu de son front.

— Est-ce que je peux t'être utile ?

— Pas maintenant, papa, je dois me préparer et filer au bureau. Mais sois gentil, préviens tante Paule que j'aimerais vous parler à tous les deux. Ce soir vers 18 heures, si ça vous convient.

14

— Encore une gorgée, il faut avaler tes cachets !

Paule souleva la tête de sa sœur et réussit à lui glisser la tasse dans la bouche. Édith avala difficilement les comprimés en régurgitant. Le lait coulait à la commissure des lèvres. Paule l'essuya en réprimant un haut-le-cœur.

— Dépêche-toi, ou je vais faire attendre ta chère fille.

Georges lui avait transmis le message de Mauve et Paule avait compris ce que cela signifiait. Sa nièce allait créer des discordes, comme elle l'avait toujours fait. Elle s'était souvent demandé ce qui se passerait si Mauve apprenait... Mais tant qu'elle pourrait empêcher le passé de resurgir, cela n'arriverait pas. Pour l'heure, c'est Édith qui l'inquiétait. À l'insu de tous, elle avait doublé la dose de ses médicaments, et elle dormait la plupart du temps. Malgré cela, dans ses rares moments de lucidité, elle devenait de plus en plus dangereuse.

Ils se retrouvèrent en soirée dans le petit salon, assis en demi-cercle devant la cheminée. Paule avait donné des ordres et une employée déposa un plateau avec trois verres à moitié emplis de vieux porto. Il n'y avait pas de bouteille. Une façon subtile de laisser entendre que la discussion n'était pas censée s'éterniser. Mauve refusa le verre et attaqua d'emblée :

— Vous n'ignoriez rien des difficultés dans lesquelles Véronique et David se débattaient depuis des années ? J'ai consulté un expert extérieur au domaine afin d'obtenir une analyse objective de la situation.

Elle se tourna vers sa tante qui leva les yeux au ciel.

— Je tenais à vous faire part de certains changements concernant notre train de vie, reprit Mauve. Nous nous passerons de cuisinière désormais. À 70 ans, Claudette va prendre une retraite bien méritée.

— Elle a toujours travaillé pour nous, s'écria Paule, et sa mère avant elle. Je suis sûre qu'elle refusera de partir.

— Détrompe-toi. Je lui ai parlé, elle est ravie au contraire.

— Et qui fera la cuisine ?

— Nous sommes six à table chaque jour, nous pouvons nous en occuper nous-mêmes, ce n'est pas insurmontable. Néanmoins, si tu juges que cette basse besogne n'est pas digne de ton rang, nous mangerons des conserves ! En outre, nous devrons nous contenter d'une seule femme de ménage à temps plein.

— Pour entretenir quinze pièces ?

— Justement, celles qui sont inoccupées seront fermées. Et nous concentrerons le chauffage dans les pièces où nous nous tenons. Je me demande comment les enfants n'attrapent pas la mort. On gèle dans cette maison.

— Alors retourne d'où tu viens ! Tu t'imagines que je vais accepter tes directives ? Pour qui te prends-tu ?

— Pour celle qui essaie de sauver le domaine, répliqua Mauve en faisant un effort pour garder son calme.

Elle chercha le soutien de son père, qui lui sourit. Georges était resté silencieux depuis le début, observant l'affrontement entre sa fille et sa belle-sœur d'un regard presque amusé. Pour la première fois, il ne parierait pas un sou sur la victoire de Paule. Et cette idée le comblait. Il avait toujours pensé que, tôt ou tard, la vie se vengerait de mégères comme elle.

— La situation est si désespérée que cela ? demanda-t-il enfin.

— Bien plus que tu ne peux l'imaginer, papa. Il faut absolument renflouer les comptes. J'ai comblé une partie du déficit en cédant quelques vieux alcools, et…

Paule lui coupa la parole avec violence. Dans sa colère, elle ne prit pas garde et renversa son verre de porto sur la table.

— Tu as osé toucher au stock de cognac de ton grand-père ? Et tu as fait cela sans me consulter ?

— As-tu déjà oublié le testament de Véronique ? Je te rappelle que je n'ai pas besoin de ton agrément. Elle se tourna vers son père. André m'a été d'une grande aide dans cette transaction, c'est un collaborateur précieux.

Paule n'avait jamais supporté le respect presque amical que Joseph vouait à son maître de chai.

— Ce n'est qu'un parvenu, trancha-t-elle.

— Un parvenu soucieux de l'avenir du domaine. Bon, je crois qu'il est temps d'arrêter de nous chamailler. Bien que rien ne m'y oblige, je vous tiendrai informés des résultats de l'audit et des décisions qui en découleront. Vous saviez que David avait l'intention de vendre le vignoble ?

— Il ne l'aurait jamais fait sans mon approbation, lui ! siffla Paule, et crois-moi, je ne l'aurais pas laissé faire.

— Sache que le moment venu, je n'aurai pas besoin de ton autorisation. Et je m'en réjouis.

Paule se leva en repoussant violemment son fauteuil.

— Tu as décidé de vendre Bassan ?

— Je ne sais pas encore. C'est l'intérêt de Guillaume et Laurie qui prévaudra quand je prendrai ma décision.

— Je te l'interdis, tu entends ? Je te traînerai en justice.

— Et au final, tu perdras.

— Peut-être, mais en attendant, je ferai durer la procédure. Tes ennuis actuels ne sont rien en comparaison de ce qui t'attend.

Elle quitta le salon en proférant des injures qui se perdirent dans le dédale des couloirs. Sans un mot, Georges sortit et revint peu après avec la bouteille de porto.

— J'en reprendrais bien une lampée. Tu n'en veux vraiment pas un peu ?

Mauve prit son verre en gardant le silence. Il rapprocha son fauteuil et saisit la main de sa fille.

— Ne prête pas attention à ses propos, elle est dans une rage folle de voir que c'est toi qui diriges le domaine aujourd'hui. Sa position n'est pas aisée, alors elle se protège en étant méchante.

— Tu n'as pas pris part à la discussion, papa, je pensais que tu me soutiendrais.

Il avala une gorgée de porto avant de répondre.

— Je serai toujours avec toi. Mais concernant la vente de Bassan, je vais te surprendre en te disant que je suis d'accord avec ta tante.

— Tu plaisantes ?

— Pas du tout. Dieu m'est témoin que je ne portais pas ton grand-père dans mon cœur ! Pourtant, malgré tous ses défauts, je dois lui reconnaître une qualité : il a voué sa vie entière au domaine.

Mauve reposa son verre et s'enfonça dans le creux du fauteuil. Elle repensa à ce que lui avait dit André lors d'une de leurs récentes conversations : « Votre grand-père se serait fait écharper plutôt que de céder un centiare de terrain. »

— C'était son héritage, Mauve, ce que lui avaient légué ses parents et ses grands-parents. C'est aussi celui des enfants de Véronique. Et le tien.

Des bruits de porte claquée et de vaisselle leur parvinrent du rez-de-chaussée. Puis ils entendirent une cavalcade dans les escaliers. Les enfants s'engouffrèrent dans le salon main dans la main.

— Tante Mauve, Agathe s'en va, nous avons fini nos devoirs, annonça Guillaume.

Et sa petite sœur d'ajouter, en enroulant ses bras autour du cou de Mauve :

— À quelle heure on mange ? J'ai faim.

— Dans une demi-heure, filez vous mettre en pyjama en attendant.

Ils se dirigèrent calmement jusqu'à la porte, puis Mauve les entendit courir et rire dès qu'ils furent dans le couloir. Elle regarda son père en souriant puis rassembla les verres vides sur le plateau. Georges sortit son mouchoir pour éponger le vin que Paule avait renversé.

— Tu crois que je peux accepter la conférence que j'avais prévue début décembre à La Rochelle ? demanda-t-il, si peu de temps après le décès de ta sœur et de son mari. J'ai peur du qu'en-dira-t-on.

— Toutes ces convenances ridicules n'ont plus lieu d'être, papa, fais ce qu'il te plaît.

Ils s'apprêtaient à quitter le salon quand soudain, Mauve se ravisa.

— J'ai feuilleté les albums photo de maman. Pourquoi n'y a-t-il pas de portrait de moi avant mes tout premiers pas ?

Le visage de Georges changea de couleur et les rides de son front se creusèrent. Il reprit sa place face à la cheminée et Mauve eut l'impression que la courbure de son dos s'était subitement accentuée.

— C'est délicat, mon petit. Ta mère était déjà malade à l'époque. Ce qu'on appellerait aujourd'hui le stress post natal. La vérité est moins simple. Elle était déprimée, avec des crises psychotiques régulières. Ce n'était pas facile d'affronter la situation. Les photographies n'étaient pas notre priorité. J'en suis désolé pour toi.

— Au fond, ce n'est pas très grave. Mais David m'a dit que Véro aussi était dépressive, tu penses que c'est héréditaire ?

Pourquoi ne parvenait-elle pas à chasser cette crainte de son esprit ? Son père ne répondit pas et le silence persista dans la pièce. Georges ne comprit sans doute pas la portée de ses interrogations, ni la nécessité qu'elle ressentait d'être rassurée. Il céda à un brusque désir de franchise et avoua à Mauve que sa grand-mère aussi était maniaco-dépressive.

— Chez elle, la maladie avait pris des proportions effrayantes. Un jour, elle a failli tuer Paule en voulant la jeter dans les escaliers parce qu'elle n'arrêtait pas de pleurer.

Mauve n'avait gardé aucun souvenir de sa grand-mère, qui était morte alors qu'elle était encore une enfant. Et son grand-père ne parlait jamais de sa femme. Aujourd'hui, cette inconnue s'immisçait dans sa vie, porteuse d'une obscure maladie mentale qui faisait partie de son héritage. Comme une tare.

— Maman est bien suivie par un thérapeute, n'est-ce pas ?

— Pendant des années, nous avons tout essayé. Personne n'avait de réponses satisfaisantes sur les causes de son mal. C'en devenait terrifiant parce que nous avions autant d'explications que de spécialistes consultés. Elle a fini par ne plus vouloir se faire soigner. Pourtant, je dois dire que le jeune Dr Mercier semble avoir une bonne influence sur elle. Elle prend son traitement, elle accepte qu'il s'occupe d'elle.

Georges examinait le visage préoccupé de sa fille. Elle avait quitté une vie stable, une carrière en Belgique. Elle avait assez de courage pour faire siens les problèmes de Bassan, l'univers maudit de sa jeunesse. Et, surtout, prendre en main le destin de son neveu et de sa nièce, ce que personne n'était capable d'assumer au sein de la famille. La maladie de sa mère représentait un fardeau de plus qu'il se devait d'alléger. Il se pencha vers elle et saisit ses deux mains qu'il serra dans les siennes.

— Mauve, la maladie de ta mère n'est en rien comparable à celle de ta grand-mère. Je suis sûr que son mal-être est dû à son éducation, à l'autoritarisme de ton grand-père. Il a toujours entretenu la terreur autour de lui. Ta mère était incapable de se rebeller. Alors elle a subi, se repliant sur elle-même. Mais elle n'a jamais été violente, et au fond, elle ne fait de mal qu'à elle-même.

— Et à toi aussi, j'imagine.

— C'est vrai, son instabilité constante a gâché notre vie. Mais j'ai appris à relativiser. La dépression, c'est banal de nos jours. Ton grand-père, lui, n'y croyait pas du tout. Il accusait sa fille de « faire sa théâtreuse ».

Ses efforts pour alléger la conversation demeurèrent vains. Mauve avait beau se rassurer en se reprochant d'envisager le pire, elle avait peur. Elle s'apprêtait à poser d'autres questions à son père, mais les enfants firent à nouveau irruption dans le salon, vêtus de leur pyjama. Elle les embrassa et leur fit un gros câlin.

— Papa, peux-tu les accompagner dans la cuisine ? Vous aiderez Claudette à finir de préparer le dîner, d'accord ? Je vous rejoins dans cinq minutes.

Dès qu'ils furent sortis, Mauve s'assit sur le pouf devant la cheminée. Pourquoi personne n'avait jamais évoqué le mal qui menaçait les femmes de la lignée ? Encore un grief de plus à l'égard de sa famille. Soudain, elle se retrouva quelques années en arrière, confrontée aux colères froides qu'elle refoulait en les dissimulant dans un sombre mutisme qui n'attirait aucune compassion autour d'elle. Sauf celle de son père, parfois. Mais cette attention lui semblait infime dans son désenchantement d'adolescente.

En regardant le feu s'éteindre doucement, Mauve pensa à sa mère engoncée dans ses coussins, les yeux dans le vague. Était-elle destinée à affronter cette déchéance elle aussi ? Et qu'en sera-t-il pour Guillaume et Laurie ? Et pour ses propres enfants ? Elle frissonna, en proie à une sourde frayeur qui lui nouait le ventre. Elle était d'autant plus troublée qu'elle avait la certitude que son père avait laissé des pans entiers de vérité dans l'ombre. Elle réalisa alors qu'elle savait bien peu de choses sur sa famille.

15

Novembre s'achevait. Chaque soir, Mauve attendait de se retrancher dans son bureau pour lire les messages de Liang. Il lui décrivait ses journées, ses soirées. Quand il n'était pas accaparé par des dîners officiels, sa mère organisait de gigantesques repas de famille. « Hier, écrivait-il, elle a réuni toutes les tantes, les oncles et les cousins. Nous étions trente-cinq ! » Tous s'inquiétaient de savoir quand il se marierait, quand ils rencontreraient la petite fiancée de Paris. Mauve était triste. Et c'était pire quand Liang l'appelait tant il lui était alors difficile de refouler ses regrets de ne pas l'avoir accompagné. Elle qui éprouvait une certaine pudeur à exprimer ses sentiments, raccrochait toujours en regrettant de ne pas lui avoir dit qu'elle l'aimait et qu'il lui manquait. Et c'était vrai. Dans cette séparation qui s'éternisait, elle réalisait à quel point elle tenait à lui.

Le 29 novembre, la directrice du cabinet Ligner invita Mauve à déjeuner. Elles convinrent de se retrouver à Rochefort. L'audit n'était pas encore terminé, mais Élisabeth Ligner souhaitait apporter ses premières conclusions et soumettre quelques pistes à étudier. En arrivant à Rochefort, Mauve tourna en rond pendant un bon quart d'heure avant de trouver une place de parking. Lorsqu'elle entra dans la salle à manger du Tournebroche, elle découvrit Anthony installé à la table réservée par la comptable. Elle ne chercha pas à cacher sa contrariété. Élisabeth Ligner lui adressa un sourire désolé qui signifiait qu'elle était tout aussi surprise qu'elle.

— Élisabeth m'a appris qu'elle déjeunait avec toi, déclara Anthony en lui avançant une chaise, j'ai pensé que je pouvais t'être utile. Mais si tu préfères, je vous laisse.

C'était difficile de le chasser, cependant Mauve lui en voulait un peu. Ils passèrent leur commande et la comptable exposa à Mauve sa première analyse. Elle lui conseilla d'abord de vendre encore quelques vieux alcools.

— Ce nouvel apport de trésorerie vous permettra de négocier un échéancier avec votre banquier. Demandez-lui un délai de deux à trois ans pour résorber le déficit. Mais le plus urgent est de modifier la stratégie commerciale de l'entreprise. À mon avis, ça ne peut pas attendre, c'est pour cela que j'ai tenu à vous rencontrer rapidement.

Mauve avait sorti un carnet et notait tout ce que lui disait Élisabeth Ligner. Elle crut déceler un brin d'amusement dans le regard de la comptable et elle lui sourit.

— Tout cela est si nouveau pour moi. Je me sens obligée de tout noter, comme une écolière !

— Je comprends, mais ne vous inquiétez pas, nous aurons d'autres occasions d'évoquer ces problèmes. Si vous voulez, je vous accompagnerai lors de votre rencontre avec le banquier. En attendant, voici les mesures qui me semblent les plus pressantes.

Pendant plus d'une heure, elle dessina pour Mauve des perspectives de marketing. Créer une gamme de cognacs complétée par d'autres produits, comme le pineau des Charentes par exemple. Chercher de nouveaux marchés à l'export ou sur des secteurs en expansion.

— Enfin, conclut-elle, pourquoi ne pas rentabiliser le château ? Le site est assez extraordinaire, situé entre Rochefort et Saintes, deux villes à fort potentiel touristique.

Mauve écrivait, et de temps à autre Anthony émettait quelques points de vue très pertinents, redoublant de gentillesse. Mauve s'était peu à peu détendue, elle avait même fini par apprécier sa présence. En écoutant ses remarques, elle comprit que gérer une entreprise ne s'improvisait pas. Anthony avait une grande expérience en la matière. Mais plus encore qu'à l'issue de leur dîner de retrouvailles, elle se refusait à faire appel à lui pour l'aider. « J'apprendrai, se dit-elle en dégustant sa tarte aux pommes caramélisées. Et André Roche est avec moi. »

***

Ce même jour, après le dîner, Mauve accompagna Guillaume et Laurie dans leur chambre.

— Est-ce qu'on peut lire un petit moment ? demanda Guillaume.

Mauve jeta un coup d'œil à la pendule décorée d'animaux sauvages.

— D'accord. Une demi-heure, pas plus. Ensuite vous éteignez la lumière, il y a école demain.

Après les avoir embrassés, elle rejoignit son père dans le grand salon et ils vérifièrent la fermeture des portes et des volets. Le dernier bulletin météo avait placé la région en vigilance en raison de violents orages annoncés sur tout le littoral atlantique. Dans l'après-midi, le temps avait fraîchi et de gros nuages s'amoncelaient maintenant au-dessus des vignes. Depuis une heure, la pluie tombait en bourrasques. Mauve gagna son bureau. Le vent s'engouffrait dans la cheminée, amenant un courant d'air glacé dans la pièce. Renonçant à allumer le feu ou à augmenter la puissance des radiateurs, elle reprit son plateau, ses dossiers, et se réfugia dans sa chambre. Elle s'installa dans son lit et se cala contre des coussins, puis elle étala devant elle tous les fascicules qu'André lui avait remis. Ils concernaient la réglementation commerciale du cognac.

Mauve tendit la main vers la bouteille Thermos posée sur sa table de chevet et se servit une tasse de tisane parfumée à la poire et à la mangue. Elle adorait ces cocktails de fruits un peu singuliers qui la ramenaient aux soirées d'hiver dans son appartement bruxellois. La cheminée, le confort douillet du canapé. Le plateau avec la bouilloire d'eau chaude… Et Liang, qui passait un temps fou à choisir un sachet de tisane dans la profusion de parfums contenus dans le coffret qu'elle achetait dans un magasin spécialisé.

Elle but quelques gorgées et se plongea dans les fiches techniques. Le château de Bassan était situé dans l'appellation Fins Bois. Ce n'était pas le cru le plus prestigieux, on était loin de la Grande ou de la Petite Champagne. Il n'en était pas moins très apprécié des amateurs, et selon André Roche, l'âge de leurs alcools valait les meilleures appellations. Elle se servit une deuxième tasse de tisane qu'elle but machinalement en essayant d'y voir plus clair, notamment sur l'âge des cognacs et leurs règles compliquées. Un VSOP[1] devait compter quatre ans de vieillissement, un XO[2] six ans au moins. En revanche, les instances professionnelles laissaient libre cours au propriétaire pour donner à sa production des noms de cuvées spéciales : Réserve, Prestige, ou encore le patronyme d'un ancêtre. Dans l'optique de créer une nouvelle gamme, comme le suggérait Élisabeth Ligner, c'était très intéressant.

Au premier coup de tonnerre, Mauve sursauta. Des trombes d'eau s'abattaient sur la toiture et venaient frapper la façade de la maison. Elle avait toujours détesté les nuits de tempête. Enfant, elle se terrait au fond de son lit pour ne pas entendre la plainte du vent, guettant chaque bruit. Aujourd'hui encore, elle était surprise par le contraste entre l'agitation de la nature, à l'extérieur, et le silence effrayant des grandes pièces du domaine. Elle remonta les couvertures sur elle et se lova au creux des coussins. Soudain, elle entendit un bruit dans le couloir et la porte de sa chambre s'entrouvrit sur Laurie, en pyjama et pieds nus.

— J'ai peur de l'orage, tante Mauve.

Mauve se précipita vers la fillette qu'elle enveloppa dans son châle avant de l'emporter dans

---

1. *Very Special Old Pale.* La production du cognac étant exportée à hauteur de quatre-vingt-douze pour cent, toutes les classifications en usage sont en anglais. (Toutes les notes sont de l'auteur.)
2. *Extra Old.*

sa chambre. Elle était si menue, si fragile entre ses bras. Elle la glissa dans son lit, l'entoura de ses peluches et couvrit son visage de baisers. À côté, Guillaume dormait, son bras replié au-dessus de sa tête. Mauve éteignit le plafonnier et alluma la lampe de chevet. La petite main de Laurie dans la sienne, elle attendit qu'elle soit rendormie avant de se retirer sur la pointe des pieds, laissant la lumière tamisée de la lampe.

En regagnant sa chambre, elle entendit un volet claquer au vent. Le bruit provenait d'une des chambres d'amis, tout au bout du couloir. Elle pénétra dans la pièce inoccupée traversée par un courant d'air glacial. L'une des fenêtres était mal fermée et les contrevents grands ouverts. Mauve s'enroula dans son châle avant de se risquer à ouvrir la croisée. En se penchant à l'extérieur pour attraper le volet que le vent projetait contre la façade, Mauve aperçut sa mère sur la terrasse, côté parc. Comment avait-elle pu échapper à la vigilance de sa tante ? Elle l'appela. Édith ne bougea pas. Le vent soufflait si fort dans les arbres du parc... Jamais elle ne l'entendrait ! Mauve referma la fenêtre et descendit au rez-de-chaussée en courant. Elle enfila un imperméable, des chaussures, et se précipita dehors. Avant d'atteindre la terrasse, elle dut lutter contre les rafales de vent qui lui fouettaient le visage. Sa mère était toujours au même endroit, vêtue d'une robe de chambre et chaussée de mules fourrées. La pluie lui dégoulinait sur la figure, le long de ses cheveux défaits.

— Qu'est-ce que tu fais là, maman ? Si tu n'attrapes pas la mort avec ça !

Une succession d'éclairs illuminèrent les jardins. Des branches de bois mort jonchaient les allées. Mauve eut le temps de voir des morceaux de tuile se détacher du toit de la rotonde. Elle jeta son imperméable sur les épaules de sa mère et l'entraîna à l'intérieur. Puis elles gagnèrent le petit salon, laissant des traînées d'eau derrière elles. Le feu n'était pas complètement éteint dans la cheminée. Mauve ajouta du petit bois sur les braises et donna quelques coups de soufflet pour attiser les flammes.

— Approche-toi, maman, reste devant le feu. Je reviens tout de suite.

La maison était silencieuse, elle jugea inutile de réveiller son père. Et encore moins sa tante. Dans la chambre de sa mère, elle fouilla l'armoire à la recherche de vêtements de nuit et de linge de toilette. En redescendant, elle la trouva recroquevillée devant le feu. Elle était glacée jusqu'aux os. Elle l'aida à se déshabiller avant de la frictionner. Puis elle lui enfila une chemise de nuit, l'installa dans un fauteuil et l'enveloppa dans deux grosses couvertures. Édith se laissait faire, le regard fixé sur les flammes bleutées qui s'échappaient des bûches. Mauve lui sécha les cheveux avec une serviette.

— Ma pauvre petite maman…

Elle s'appuya sur l'accoudoir du siège et serra sa mère contre elle en caressant son visage cyanosé par le froid. Que serait-il arrivé si elle n'avait pas entendu claquer ce volet ?

— Est-ce que tu veux que je te prépare un peu de lait chaud ?

— Oui, merci mademoiselle.

Mauve se figea. Elle fixa sa mère, cherchant sur ses traits un éclair de lucidité. Édith lui rendit un regard vide, un regard d'animal traqué. Et elle eut ce gémissement déchirant qui ne cessait de hanter Mauve depuis son retour.

— Maman, tu me reconnais ?

— Non, je suis tellement fatiguée.

— Je suis ta fille, souffla-t-elle, paniquée.

— Pourquoi veut-on me cacher la vérité ? Je sais que Véronique est morte.

— Je suis Mauve, maman, ta fille aînée.

Le visage d'Édith sembla s'animer un peu. Elle regarda Mauve d'un air ébahi avant de lancer :

— Mais je n'ai qu'une fille !

À cet instant, Paule entra dans le salon.

— J'ai entendu du bruit, que se passe-t-il ?

— Je l'ai trouvée sur la terrasse en robe de chambre et en chaussons.

Paule se laissa tomber dans un fauteuil à côté de sa sœur, et à la grande surprise de Mauve, elle ne manifesta aucune agressivité. Elle semblait épuisée et à bout de nerfs. Elle soupira et appuya la tête dans ses mains.

— Quand je suis allée me coucher, j'étais sûre qu'elle passerait une nuit tranquille.

— C'est certainement l'orage qui l'a réveillée. Je me préparais à lui réchauffer du lait.

— C'est une bonne idée, vas-y pendant que je la recouche.

Mauve s'apprêtait à quitter le salon, mais elle se ravisa et se retourna sur le seuil.

— Veux-tu une boisson chaude toi aussi ?

— Un peu de lait, je veux bien, répondit sa tante avec un regard étonné.

Lorsque, un peu plus tard, Mauve gagna le premier étage avec un pichet de lait et du miel, elle constata que la porte de la chambre de sa mère était restée entrouverte. Elle la poussa sans faire de bruit. Assise au chevet de sa sœur, Paule sortait des comprimés de flacons différents et elle les lui bourrait dans la gorge en la forçant à avaler un peu d'eau. Le visage de Paule se reflétait dans le miroir de la coiffeuse. Une expression indéfinissable de cruauté et de dégoût. Une épouvantable pensée traversa l'esprit de Mauve. Et si sa tante maintenait volontairement sa mère dans cet état léthargique ?

— Est-ce vraiment nécessaire qu'elle prenne tous ces médicaments ? demanda-t-elle en s'avançant dans la pièce.

Paule sursauta, comme prise en défaut.

— Tant qu'elle dort, elle ne fait pas de sottise.

Elle avait retrouvé son visage froid et sa voix cinglante.

— Tu peux laisser le plateau, merci. Je vais rester avec elle cette nuit.

16

Le lendemain matin, Mauve profita du moment où sa tante prenait le petit déjeuner pour se glisser dans la chambre de sa mère. Édith dormait et paraissait calme. Mauve releva le nom de toutes les boîtes de médicaments disséminées sur la table de chevet et la commode. Puis elle posa un léger baiser sur le front de sa mère.

Lorsque la gouvernante arriva pour conduire les enfants à l'école, la jeune femme prit son attaché-case et quitta la maison. La tempête avait provoqué des dommages dans les jardins. Les rhododendrons, mais surtout les camélias, avaient le plus souffert. Une statue était tombée près du bassin. En entrant dans les chais, Mauve trouva André Roche au téléphone, qui haussait le ton. Manifestement, il réglait un différend avec son interlocuteur.

— C'est un comble, s'écria-t-il en raccrochant, nous travaillons avec ce couvreur depuis dix ans et il ne veut pas se déplacer aujourd'hui.

— Il y a eu des dégâts ?

— Quelques tuiles se sont envolées sur le toit du chai de vinification. Ce n'est pas grave, mais si on n'y remédie pas tout de suite, le prochain coup de vent emportera la toiture.

Ils se dirigèrent ensemble vers le fond du chai où l'eau s'infiltrait à travers le toit. André remarqua l'air désemparé de la jeune femme.

— Ce n'est pas grave, Mauve. Je vous promets que l'artisan viendra cet après-midi. Sinon, c'est moi qui irai le chercher !

— André, j'ai rencontré l'expert-comptable hier. Elle m'a soumis quelques idées et je voudrais en discuter avec vous. Mais là, je dois m'absenter un moment. Je serai rentrée vers 10 heures 30.

***

Mauve trouva sans peine le cabinet médical. C'était une construction moderne, sans doute assez récente. Une seule voiture était rangée sur le parking. Elle reconnut le 4 × 4 du Dr Mercier. La salle d'attente était vide. Une pièce bien éclairée aux murs vert pastel, avec des dalles noires et blanches sur le sol. Différents journaux s'entassaient sur la table basse entourée d'une douzaine de chaises en pin naturel. Dans un coin, des bacs en plastique débordaient de jouets d'enfants. Elle prit place et ouvrit une revue en se disant qu'elle aurait peut-être dû appeler avant de venir. Quelques minutes à peine s'écoulèrent et la porte du cabinet s'ouvrit. Le Dr Mercier s'avança vers elle la main tendue.

— C'est un plaisir de vous revoir, Mlle Guyon.

Il remarqua la coiffure sage et la robe en lainage indigo.

— Le bleu vous va bien, vous êtes ravissante.

Ce n'était qu'une formule de politesse mais elle l'accepta avec plaisir. Cela faisait une éternité qu'un inconnu ne lui avait pas déclaré qu'elle était « ravissante ».

Mauve remercia le médecin de la recevoir à l'improviste et s'assit sur le siège qu'il lui désignait. Elle apprécia la sobriété du lieu. Des murs ivoire, une moquette vert amande, des meubles chromés et en verre fumé. De belles reproductions de Monet complétaient le décor. Elle reconnut *Les Coquelicots* et *La Femme au parasol*. Et dans un angle, près de la fenêtre, un portrait du Dr Dubois. La ressemblance avec son neveu était frappante. Mauve reporta son attention sur le jeune médecin en cherchant la meilleure façon d'aborder la conversation. Elle espéra qu'il ne remarquerait pas son instant d'embarras.

— En quoi puis-je vous aider ?

La voix était posée et bienveillante. Mauve se détendit un peu et commença par décrire le comportement de sa mère. Elle finit par avouer qu'elle était de plus en plus inquiète.

— De quoi souffre-t-elle, docteur ? Par moments, j'ai l'impression qu'elle devient folle.

Il prit son temps avant de répondre.

— La folie, telle que l'imagine le commun des mortels, n'existe pas. Il y a des degrés divers dans ce qu'on nomme la raison.

Mauve hocha la tête, tandis que ses doigts se crispaient sur les accoudoirs du fauteuil. Le Dr Mercier l'observait. Depuis qu'il l'avait rencontrée la première fois, des petites rides s'étaient creusées sur son front et ses yeux n'étaient plus aussi rieurs.

Il essayait d'imaginer ce qu'elle vivait aujourd'hui. Il savait que sa famille l'avait rejetée quelques années auparavant. Édith Guyon lui avait fait beaucoup de confidences lors de ses visites.

— Je sais que les rapports avec votre entourage familial ne sont pas idylliques.

Mauve soutint son regard mais ne répondit pas. Elle n'était pas venue pour s'épancher, et son passé n'avait rien d'un assemblage de souvenirs sur lequel bâtir une thérapie. Elle sortit la liste de médicaments de son sac et revint sur le cas de sa mère.

— J'ai vu ma tante lui faire avaler sept ou huit cachets différents. Est-ce bien nécessaire ? Elle paraît complètement assommée.

Elle ne vit pas le haussement de sourcils du médecin. Il ne voulait pas l'alarmer, mais il prit soin de mettre la liste de côté.

— Mon père m'a avoué que ma grand-mère aussi était dépressive. Pensez-vous que ce soit héréditaire ?

— On ne peut pas négliger la composante génétique...

Un instant, elle crut qu'il allait ajouter autre chose, mais il se reprit et la rassura.

— Ne vous inquiétez pas, les symptômes se manifestent toujours très tôt chez les patients. Dans le cas de votre mère, cela a commencé par une instabilité récurrente que personne n'a jugé bon de soigner dans son adolescence.

Mauve accueillit ces mots avec un certain scepticisme. Certes, sa famille lui avait souvent reproché son ingratitude, son cynisme, ses révoltes aussi.

Mais jamais son instabilité. Pouvait-elle se sentir soulagée pour autant ?

— Dans un premier temps, reprit le médecin, votre mère s'est réfugiée dans un monde imaginaire où elle s'est sentie en sécurité. Peu à peu, les contours de la réalité se sont estompés au profit de son propre univers, dont elle est prisonnière aujourd'hui.

— Cette nuit, j'ai eu la certitude qu'elle ne me reconnaissait pas.

Il lui demanda de raconter ce qui s'était passé. Il sembla réfléchir avant de reprendre sa théorie.

— Des vides, des pertes de mémoire, une incapacité à se concentrer ou à achever une action, tous ces symptômes sont manifestes chez les malades. Ils sont aussi le signe d'une grande souffrance. Il suffit parfois d'un facteur aggravant pour déclencher une crise psychotique aigüe. Dans le cas de votre mère, je pense que le suicide de votre sœur a été l'élément déclencheur. Et l'accident de votre beau-frère n'a pas arrangé les choses !

Il se tut. Mauve jeta un coup d'œil sur le portrait du vieux médecin.

— C'est fou ce que vous lui ressemblez !

— Ma mère et lui étaient frère et sœur. Mon oncle avait fait le choix du célibat, et sans famille, il avait reporté son affection sur ma sœur Nadia et moi. Nous passions toutes nos vacances scolaires chez lui. Des moments parmi les plus agréables de mon enfance.

L'évocation de ces souvenirs amena un sourire sur son visage. Puis, très vite, il revint à Mauve et à l'objet de sa visite. Il promit de passer voir Édith en début d'après-midi. Pendant leur conversation, la sonnette d'entrée avait retenti à plusieurs reprises. Des bruits de chaises, des voix leur parvenaient de la salle d'attente. La jeune femme se leva.

— Vos patients vous attendent, docteur. Merci de m'avoir reçue.

— C'est normal. Surtout, n'hésitez pas à m'appeler si vous en ressentez le besoin. Ou à passer au cabinet. Même sans rendez-vous, je vous recevrai.

Il la conduisit vers la sortie qui donnait directement sur le parking.

— C'est bien que vous preniez soin des enfants de votre sœur. C'est la meilleure chose qui pouvait leur arriver. Les enfants ont besoin d'affection pour s'épanouir.

Elle était bien placée pour le savoir. Toutefois, elle se demanda par qui il était informé de ce qui se passait à Bassan. Sa tante ? Sa mère, dans ses rares moments de lucidité ? Sur le seuil de la porte, le Dr Mercier l'arrêta en posant la main sur son coude.

— Concernant votre mère… Il hésita une fraction de seconde. À terme, il faudra peut-être envisager un placement dans une maison spécialisée. Je sais que ce n'est pas quelque chose de facile à accepter, mais je crois qu'il est plus sage de vous y préparer.

Un tremblement d'inquiétude la saisit. Elle fut tentée de lui rétorquer qu'il n'en était pas question. Mais elle revit sa mère en chemise de nuit sous la pluie d'orage à une heure du matin. Rien ne pourrait être pire que cela.

Mauve reprit la route de Bassan. Comme souvent après une tempête, le temps s'était éclairci. Quelques nuages persistaient dans un ciel gris bleuté aux reflets changeants. En quittant Saint-Porchaire, elle passa devant la maison d'Emma qu'elle reconnut aussitôt avec ses murs de brique et le puits au milieu du jardin. Elle s'arrêta. Avant de descendre de voiture, elle prit le temps de téléphoner à André et l'avertit de son retard. Sur la barrière à claire-voie, une petite plaque en faïence indiquait le numéro 11. Au premier coup de sonnette, Emma sortit, enveloppée dans une cape en lainage.

— Mauve, quelle bonne surprise, entre vite ! Cette maudite tempête nous a apporté un froid de canard.

La maison était très accueillante. La salle à manger, attenante à la cuisine, était tapissée d'un papier peint un peu démodé, un tapis élimé recouvrait le sol devant le vaisselier qui croulait sous les bibelots.

— Je viens de faire du café, tu en veux une tasse ?

Mauve acquiesça.

— Alors installe-toi au salon, j'arrive.

Des bougies brûlaient dans des photophores en verre multicolore, diffusant un parfum de citronnelle. Mauve s'assit au milieu du sofa. Le piano était toujours à la même place, dans l'angle, face à la fenêtre qui donnait sur l'arrière de la maison. Comme autrefois, il débordait de partitions.

Tandis qu'elle préparait les tasses et le sucrier, Emma guettait Mauve depuis la cuisine. Elle savait lire sur les visages, les joies autant que les peines. Elle revint au salon avec un plateau qu'elle posa sur la table basse. Elle versa le café, tendit une tasse à Mauve qui ne lui avait toujours pas adressé la parole. La jeune femme trempa ses lèvres dans un pur arabica. Il était délicieux, chaud et fort comme elle l'aimait. Elle savait qu'Emma attendait qu'elle parle. Cela se passait ainsi quand elle se réfugiait chez elle naguère. Emma restait alors silencieuse, dans l'attente de ses confidences. Et, parfois, Mauve repartait sans avoir dit un mot. Mais aujourd'hui, c'était différent. Elle termina sa tasse de café et se mit à lui parler des enfants, de ses craintes de perdre Liang, de ne pas être capable de sauver le domaine. Au bord des larmes, elle finit par évoquer la maladie de sa mère et les sombres pronostics du Dr Mercier.

Emma l'écouta sans l'interrompre. Mieux que personne, elle connaissait la capacité de Mauve à encaisser les coups durs. Bien sûr qu'elle serait à la hauteur. Et elle était d'accord avec le médecin. Qu'elle soit la tutrice de Guillaume et Laurie était ce qui pouvait leur arriver de mieux. Mais pour l'instant, en proie aux doutes, Mauve avait peur. Une peur qu'Emma comprenait bien. Elle vint s'asseoir près d'elle, sur le sofa.

— Ça va aller, Mauve, je suis sûre que tout se passera bien. Ne te sous-estime pas, tu es tout à fait capable de gérer la situation.

Elle lui tendit les bras et Mauve s'y réfugia, se laissant aller comme une enfant qu'on réconforte après un cauchemar. Elle oublia qu'elle avait trente-cinq ans, qu'elle était terrifiée par la direction que prenait sa vie. Et qu'elle n'était pas si sûre que cela de pouvoir la maîtriser. Pour l'instant, elle éprouvait juste le besoin de s'abandonner à un peu de tendresse.

17

Mauve attendait que Liang lui confirme la date de son retour avant d'annoncer à son père et aux enfants sa venue pour les fêtes. Elle mourait d'envie de leur montrer les photos de lui qu'elle gardait dans son portefeuille. En attendant, entourée d'André et de Carole, la secrétaire, elle travaillait d'arrache-pied pour mettre en place la nouvelle stratégie d'exportation des cognacs Bassan. Elle se donnait à fond dans ce projet et découvrit très vite que c'était passionnant. Chaque jour apportait son lot de tracas, compensés par de grandes satisfactions. L'année précédente, le domaine avait produit soixante mille caisses de cognac en VS[1] et VSOP, dont vingt pour cent seulement avait été vendu à l'exportation. Une perte de trente pour cent en quelques mois.

Mauve sollicita les services économiques de la Commission européenne et se procura le guide d'exportation des vins et spiritueux en Amérique et en Asie. Elle connaissait bien le collègue qui gérait ces services. Il proposa de la mettre en relation avec un de ses amis, un importateur belge qui travaillait étroitement avec d'autres acheteurs de spiritueux, notamment en Europe de l'Est et en Amérique du Nord. « Il est doué pour le marketing et les relations

1. *Very Special.*

publiques, lui avait-il assuré. Je suis sûr qu'il te trouvera des contacts intéressants. »

Le surlendemain, elle put s'entretenir au téléphone avec Carl Verbooten, qui lui réclama des échantillons de ses précieux cognacs. Après cette première démarche, elle envoya un long message à Liang, lui demandant s'il pouvait collecter des informations techniques et commerciales sur le marché du cognac en Chine. Il convint avec elle qu'une ouverture sur le secteur asiatique s'imposait. Et il promit de lui trouver un ou deux acheteurs fiables pendant qu'il était sur place. D'ici là, Mauve avait un autre défi à relever. Créer un cognac XO et une ou deux cuvées spéciales. Et, du design de la bouteille au carton d'emballage, elle devrait tout décider.

Accoudés à une table au fond de la salle de distillation, Mauve et André Roche examinaient les différents modèles de bouteilles que leur avait proposés un verrier de la région. Jusque-là, ils n'étaient guère emballés.

— Nous allons mettre sur le marché un cognac d'exception, fit remarquer Mauve, le packaging doit être à la hauteur.

André en convint. Il ouvrit le dernier carton et commença à déballer les flacons.

— Nous pourrons toujours nous adresser à un autre verrier.

— Arrêtez, André !

Il tenait une jolie carafe en verre biseauté. Les contours rappelaient le dessin délicat des feuilles de houx.

— Elle est magnifique ! C'est exactement ce qu'il nous faut.

Mauve chercha le prix dans les tarifs transmis par le fournisseur.

— Évidemment, c'est un peu cher.

Ils étudièrent ensemble le moyen de diminuer les coûts. En faisant une commande importante, ils pourraient négocier un fractionnement des livraisons et des paiements. Mais les étiquettes ? Les bouchons ? Sans parler des coffrets et des cartons. Tout était à faire. Et que de dépenses à engager avant d'engranger la moindre recette ! Saurait-elle relever le défi ? Elle eut du mal à cacher son inquiétude.

— Je vais vous faire déguster quelque chose qui va vous remonter le moral, proposa André, plein de sollicitude.

Il écarta les bouteilles et les emballages du centre de la table et y posa deux verres. Puis il remplit de cognac une éprouvette.

— J'ai commencé les assemblages pour notre XO.

Il versa un peu de liquide ambré dans chaque verre, chauffa un peu le sien au creux de sa main. Il le huma longtemps avant d'y tremper ses lèvres. Mauve imita scrupuleusement chacun de ses gestes. Puis elle reposa son verre avec un air désolé.

— Je ne sais pas quoi vous dire, André. Ça me paraît bon, mais je n'y connais rien.

— Croyez-moi, c'est excellent ! Cet assemblage doit contenir une petite quantité d'alcool de 6 ans d'âge pour avoir droit à l'appellation XO, mais la plupart des cognacs que j'ai utilisés ont 10, 15 ans, voire plus. Votre acheteur belge ne pourra qu'être séduit, et en Asie, on va s'arracher votre XO.

André avait raison. Il fallait d'abord investir et miser sur l'engouement international pour les vieux cognacs. Toutefois, la trésorerie restait un inconvénient majeur. Carole l'avait cependant rassurée. Les commandes des cavistes pour les fêtes de fin d'année étaient plus importantes que l'année précédente.

— Il faudra trouver un nom à la cuvée spéciale, dit André en tirant Mauve de ses pensées.

Il lui avait déconseillé de créer un pineau des Charentes. Tous les producteurs locaux produisaient cet apéritif, et mis à part quelques pays d'Europe, il se vendait principalement en France. André lui proposa de goûter l'assemblage destiné à leur première cuvée spéciale.

— Une cuvée, ce n'est pas beaucoup pour étoffer notre gamme.

— Nous avons déjà nos VS et VSOP. Et lorsque vous aurez lancé le XO, pourquoi ne pas compléter avec des cocktails à base de fruits ?

Mauve se rappela le cocktail cognac-pêche de vigne qu'elle avait dégusté chez Anthony et qu'elle avait trouvé sublime. La suggestion d'André était à retenir. Mais une autre idée lui tournait dans la tête depuis quelques jours. Elle avait remarqué que d'immenses panneaux publicitaires fleurissaient au bord des routes dans les deux départements producteurs de cognac, invitant à la visite des propriétés avec dégustation et vente sur place.

— Pourquoi cela n'existe pas à Bassan ? demanda-t-elle à André.

— Votre grand-père estimait qu'il n'avait pas de temps à perdre. Il n'aurait jamais supporté que des étrangers viennent piétiner ses jardins et casser ses verres pour finalement n'acheter qu'une bouteille.

— Je suis persuadée qu'il avait tort. D'abord, parce que ces ventes sont un apport en trésorerie immédiat et non négligeable. Ensuite nous pourrions constituer un fichier de clients à contacter plus tard pour des ventes par correspondance. Avant les fêtes, par exemple.

— Je suis d'accord avec vous. D'autant plus que Bassan est admirablement situé, assez proche du littoral et au carrefour de villes très fréquentées par les touristes.

Mauve prit la carafe qu'ils avaient sélectionnée et la retourna entre ses mains en caressant les lignes. Quelque chose lui disait qu'elle avait fait le bon choix.

— André, que faut-il faire pour inciter les touristes à visiter Bassan pendant la belle saison ?

— S'inscrire dans les offices de tourisme des villes du littoral et aménager une aire d'accueil pour les véhicules. Peut-être aussi un coin dégustation. Je pense que le plus difficile sera d'engager des stagiaires pour effectuer les visites.

Mauve ne répondit pas mais elle avait sa petite idée. Combien de fois avait-elle vu ses collègues, à Bruxelles, tenter désespérément de trouver un job d'été à leur progéniture…

Elle quitta le maître de chai un quart d'heure plus tard et rejoignit son bureau. Il était presque 23 heures à Shanghai, et Liang avait promis de l'appeler. Carole l'interpella dès son arrivée.

— Anthony Dupré a téléphoné deux fois ce matin. Il cherche à vous joindre.

Mauve lui demanda de rejeter tous les appels afin de libérer la ligne. Elle persistait à repousser l'aide d'Anthony. Elle avait compris qu'il cherchait à se rapprocher d'elle. Sans doute rêvait-il de renouer une relation plus intime. Pour sa part, elle souhaitait juste son amitié. Dix minutes plus tard, Carole lui passait Liang. Enthousiaste, il lui apprit qu'il avait trouvé deux acheteurs potentiels pour ses vieux cognacs. Il lui transmit aussi les conseils qu'il avait recueillis. Il fallait concevoir le packaging dans l'esprit asiatique en privilégiant le noir, le rouge et l'or. Mauve promit de lui envoyer le cliché de la future bouteille par email.

— Tu rentres toujours vers le 10 décembre ? demanda-t-elle enfin.

— Je ne sais pas encore, ma chérie.

Sa voix était à peine moins grave qu'à l'accoutumée, mais elle y décela une imperceptible tension.

— Il se pourrait que je reste un peu plus longtemps.

Il lui expliqua qu'il allait sans doute accepter une autre mission, mais à Pékin cette fois, et qu'il en profiterait pour dénicher d'autres acheteurs de cognac.

— Je ne rentrerai pas avant le début du mois de janvier, je pense.

Mauve avala sa salive avec peine. Elle était au bord des larmes. Je dois être malade si je deviens aussi sensible, pensa-t-elle. Elle lui demanda d'une voix mal assurée :

— Est-ce que tu viendras en France ?

— Oui, et je pourrai même prendre des congés un peu plus longs. Tu n'es pas trop déçue ?

La gorge serrée, elle était incapable de répondre. Elle avait tellement envie d'être près de lui. Bien sûr qu'elle était désappointée, même si elle lui affirma le contraire avant de raccrocher. Elle eut du mal à maîtriser sa déconvenue et resta un moment à contempler le téléphone, comme s'il était la cause de tous ses maux. Elle se sentit submergée par une sensation d'infinie solitude, un sentiment de peur. Elle devait sortir le domaine de la situation périlleuse dans laquelle il se trouvait, il en allait de l'avenir de Guillaume et de Laurie. Mais cela prendrait des mois. Liang attendrait-il aussi longtemps ? Et s'il ne revenait pas de Chine ? Après tout, il était chez lui là-bas, entouré de sa famille, de ses amis… Des larmes se formèrent au coin de ses yeux. Elle les essuya et se replongea dans son travail. S'apitoyer sur elle-même ne servait à rien. À vrai dire, elle était surtout étonnée qu'il lui reste encore des larmes. Elle pensait les avoir épuisées depuis bien longtemps.

***

Mauve se délassait sous la douche, commençant mentalement sa journée de travail. Elle avait rendez-vous avec deux concepteurs qui devaient lui soumettre des ébauches d'étiquettes pour le cognac XO et la cuvée spéciale qu'elle avait d'ores et déjà baptisée « Séduction ». Après s'être séchée, elle enfila une jupe beige et un pull marron. En vérifiant sa tenue devant le miroir, elle constata que la jupe flottait autour de ses hanches. Elle se souvenait l'avoir portée en octobre dernier, lors de la conférence sur l'avenir de l'aide alimentaire européenne. Elle avait maigri depuis. Et ses yeux étaient assombris de cernes que le maquillage ne parvenait pas à dissimuler. Ce n'était pas surprenant. Elle dormait si mal depuis sa récente conversation avec Liang. Son père s'était inquiété à plusieurs reprises de savoir si tout allait bien, mais elle n'avait pas su trouver les mots pour se confier à lui. Des mots qui cognaient en elle avec une telle violence qu'elle se repliait dans le silence. Elle s'était fait une telle joie à l'idée de préparer ces fêtes de Noël dans la perspective de retrouver Liang et de lui faire découvrir Bassan. Elle ressentait un immense besoin de lui, comme sans doute cela ne lui était jamais arrivé.

Ces trois dernières années avaient passé si vite. Parfois, elle avait l'impression qu'avant lui sa vie n'avait été qu'une longue quête pour le trouver. Lorsqu'elle l'avait rencontré, elle venait de vivre une expérience malheureuse. Une de plus. L'homme idéal rencontré par hasard dans la salle d'attente d'un aéroport, l'uniforme de pilote de ligne en plus qui ajoutait une aura de mystère à son charme et justifiait aussi ses absences répétées. Il avait fallu six mois à Mauve pour comprendre qu'il était marié et père de famille. Elle l'avait chassé en jetant ses bagages dans l'escalier de son immeuble. La valise avait éclaté sur les marches avant d'atteindre le palier du quatrième. Une belle revanche quand elle l'avait vu ramasser ses caleçons sous le regard amusé des habitants qui rentraient chez eux. Puis elle s'était préparée à une longue période de tristesse, de regrets. Moins d'une semaine après cette rupture, elle avait fait la connaissance de Liang à l'ambassade d'Allemagne...

Les cheveux coiffés, Mauve descendit prendre son petit déjeuner avec Guillaume et Laurie. Dès qu'il la vit, Guillaume s'assura qu'elle avait bien rempli le papier confirmant sa présence à la réunion parents-professeurs du 10 décembre.

— C'était toujours maman qui venait, dit-il d'une petite voix triste.

Elle surprit le tremblement de ses lèvres, son regard perdu.

— Je sais, mon chéri, répondit-elle en lui donnant la fiche qu'elle avait complétée, je te promets que je viendrai.

Comme leurs parents devaient leur manquer! Même s'ils s'efforçaient de n'en rien laisser paraître. Quelques jours plus tôt, Mauve avait été bouleversée lorsqu'ils lui avaient offert un dessin plein de couleurs, avec un soleil éclatant et des massifs en fleurs. « C'est comme si c'était notre maison d'avant, avait expliqué Laurie, quand maman et papa étaient encore là. » « Je suis là », avait-elle murmuré en les serrant dans ses bras. Envers et contre tout, elle était garante de l'avenir de ces enfants désormais. Il n'était même pas question de se demander si elle le voulait, ou si elle le pouvait.

Elle se servait une seconde tasse de thé lorsqu'elle perçut le bruit d'une dispute en provenance du petit salon.

— Terminez votre déjeuner, les enfants, je reviens.

Dans le salon, Paule hurlait face à la gouvernante. À leurs pieds s'étalaient les débris d'un des deux vases vénitiens ornant le dessus de la commode Empire depuis la nuit des temps. Paule prit Mauve à témoin lorsqu'elle entra.

— Regarde ce qu'a fait cette idiote !

— Je suis désolée, Mlle Mauve. Je ne l'ai pas fait exprès.

— Encore heureux ! aboya Paule.

Mauve s'interposa.

— Ce n'est qu'un bibelot.

— Non, ce n'est pas qu'un bibelot ! Mais un vase qui fait partie d'une paire de grande valeur.

Agathe tenta une nouvelle fois de se justifier.

— Je me dépêchais de préparer les manteaux et les sacs des enfants.

— Et alors ? s'écria Paule. Vous ne pouviez pas faire attention ? Il m'est arrivé de congédier une domestique pour moins que cela ! Qu'allons-nous faire du deuxième vase à présent ? Il n'a plus aucun intérêt.

— Qu'à cela ne tienne ! répliqua Mauve en se dirigeant vers la commode. Elle s'empara du second vase et le laissa tomber sur le sol, où il se brisa.

— Le problème est résolu, non ?

Elle put lire sur le visage de sa tante toute sa haine, son envie de la frapper qu'elle avait du mal à réfréner. Les enfants arrivèrent sur ces entrefaites. Mauve les repoussa dans le couloir avec leur gouvernante.

— Ce n'est pas grave, Agathe, je vous assure.

Mais la jeune fille paraissait choquée.

— Pourrais-je vous parler à mon retour de l'école ?

— Bien sûr, je serai dans mon bureau, près des chais.

Mauve eut beau batailler, elle ne put retenir Agathe qui donna sa démission en invoquant des raisons familiales. Mais Mauve était assez fine pour deviner ce qu'elle n'avait pas dit. Elle avait surpris le regard effaré de la gouvernante lorsque Édith sombrait dans des crises de violente dépression, et elle savait que l'accrochage avec Paule avait eu des précédents. En fait, sa tante ne supportait pas la jeune fille. Et Agathe redoutait sans doute de ne plus pouvoir assumer la responsabilité des enfants dans un tel climat.

Mauve sut qu'elle allait devoir affronter de nouvelles complications. Désormais, il allait falloir accompagner les enfants à l'école, prendre soin d'eux matin et soir, surveiller les devoirs de Guillaume. Et dans quelques jours, la cuisinière abandonnerait son poste. Comment gérer tout cela ? Elle savait qu'elle pourrait compter sur son père pour les trajets scolaires. Mais elle connaissait aussi son besoin de solitude au milieu de ses livres. Soudain, le fait de penser à son père lui fit songer à Emma. Elle décrocha aussitôt son téléphone.

— Que je suis heureuse que tu aies pensé à moi ! s'exclama cette dernière après que Mauve lui eut expliqué son embarras. Je me ferai bien sûr une joie de récupérer les enfants à l'école et de surveiller les devoirs de Guillaume en attendant que ton père ou toi veniez les chercher.

Mauve la remercia avec chaleur. Elle avait résolu un problème, certainement le plus important à ses yeux. Mais trouverait-elle toujours aussi facilement des solutions à tout ?

18

Mauve arrêta sa voiture près de l'école Sainte-Anne. Il était 17 heures et les élèves se dispersaient déjà dans la cour à la recherche de leurs parents. Guillaume l'aperçut alors qu'elle pénétrait dans l'enceinte de l'école et il lui fit un grand signe de la main. La réunion avec les professeurs était prévue dans une demi-heure et elle était là. Elle avait tenu sa promesse !

Arrivée à sa hauteur, elle l'embrassa et lui tendit un pain au chocolat.

— Tu peux m'attendre ici avec tes copains pendant que je conduis Laurie chez Emma ?

Guillaume ne demanda pas son reste et rejoignit ses camarades dans le préau. Au moment où Mauve franchissait les grilles de l'école, il ne put s'empêcher de lui crier de se dépêcher. Elle revint dix minutes plus tard, mais ils durent encore attendre une bonne heure avant d'être reçus par Mme Besson, l'institutrice de Guillaume. Celle-ci remit son bulletin scolaire à Mauve.

— Les résultats sont bons dans l'ensemble, un peu faibles cependant en sciences naturelles. Il faut apprendre tes leçons, Guillaume !

Elle souleva encore deux ou trois points de détail, puis elle demanda à parler à Mauve en privé. Après le départ de l'enfant, elle sortit un cahier du tiroir de son bureau.

— J'ai beaucoup observé Guillaume ces dernières semaines et je me suis permis de prendre quelques notes. Je vous avoue qu'après les drames qui ont frappé votre famille, et les enfants en particulier, j'étais inquiète. Mais j'ai été agréablement surprise de constater que Guillaume avait plutôt bien surmonté les épreuves.

— Vous m'en voyez ravie, répondit Mauve. Et soulagée aussi ! Il est vrai que les deux derniers mois ont été très difficiles pour lui et sa sœur.

— Certes, Guillaume est un enfant un peu timide, reprit l'enseignante, mais malgré les épreuves il semble équilibré et réfléchi. À aucun moment je n'ai décelé chez lui un sentiment de tristesse exagéré, ni de brusques changements d'humeur. Je pense que c'est à vous qu'il le doit. Il parle de vous tous les jours, et avec beaucoup d'admiration. Serait-ce indiscret de vous demander ce qui va se passer pour ces enfants maintenant ?

— Je suis la tutrice légale de Guillaume et de sa petite sœur.

— C'est une très bonne nouvelle pour eux ! Si nous pouvons vous aider en quoi que ce soit, sachez que toute l'équipe pédagogique est là pour ça.

Mauve remercia Mme Besson et prit congé. Dans la voiture, Guillaume s'inquiéta de ce qui avait été dit en son absence. Mauve lui expliqua que son institutrice avait juste signalé les matières où il était un peu faible, mais que dans l'ensemble elle était satisfaite de son travail. Manifestement, l'explication lui suffit car il enchaîna aussitôt sur les copains.

— Tante Mauve, maman préparait toujours un goûter pendant les vacances de Noël. On invitait nos amis et on organisait des jeux. Tu crois qu'on pourra le faire cette année ?

Mauve se sentit prise au dépourvu. Elle n'avait jamais organisé de goûter d'enfants mais elle promit à Guillaume d'y réfléchir. Aussitôt rentrée, elle fit cuire un rosbif en prévision du dîner et sortit des petits pois surgelés du congélateur. Noël resta le sujet de conversation principal autour de la table familiale. Les vacances approchaient, l'excitation des enfants était à son comble et ils échafaudaient déjà mille projets. Ils étaient toujours plus détendus quand Paule n'était pas là. Ce soir-là, elle avait décidé de prendre son repas dans la chambre d'Édith qui avait passé une journée difficile. Appelé à la rescousse, le Dr Mercier était venu rendre visite à sa patiente dans l'après-midi. Il s'était ensuite arrêté au chai et s'était entretenu avec Mauve, lui confiant son inquiétude. Il avait trouvé sa mère très agitée et avait recommandé à Paule de ne pas la laisser seule, ou en tout cas le moins souvent possible. Mauve avait promis au médecin de faire ce qu'elle pourrait pour se rendre disponible et consacrer plus de temps à sa mère. Mais elle se sentait fatiguée après ces interminables journées de travail, elle avait peur de ne pas pouvoir tenir les paris engagés pour sauver Bassan… Et puis il y avait les deux enfants de sa sœur qui attendaient beaucoup d'elle. Tout le monde, d'ailleurs, s'accordait à reconnaître qu'elle était leur bonne étoile.

— Tante Mauve ?

Elle tressaillit et croisa le regard intrigué de son père, avant de reporter son attention sur Laurie.

— Tu n'as pas entendu ce que Guillaume t'a dit ? lui demanda la fillette.

— Excuse-moi, Guillaume. J'avais la tête ailleurs…

— Je voulais savoir si on pouvait décorer le sapin mercredi ?

— Ce n'est pas un peu tôt ? Il va perdre toutes ses aiguilles d'ici Noël !

Georges, qui était en train de couper le rosbif, la rassura.

— Il y a quelques années, Véronique avait résolu le problème en achetant un sapin synthétique. Il faut dire que c'est bien pratique, et on évite le grand ménage.

— Il est dans le grenier avec toutes les décorations et la crèche, précisa Laurie en tendant son assiette à son grand-père.

Guillaume et Laurie attendaient la réponse de Mauve avec une pointe d'inquiétude sur le visage. Mauve, qui ne voulait pas les décevoir, décida de s'accorder une journée de repos. Dans le fond, elle ne l'aurait pas volée.

— C'est d'accord ! Mercredi prochain, on consacrera toute la journée à préparer Noël. Le matin, on décorera le sapin et la crèche. Et l'après-midi on pourrait aller à Rochefort pour choisir vos cadeaux. Ça vous dit ?

— Pour *commander* les cadeaux au père Noël, rectifia Georges avec un clin d'œil à sa fille.

***

Élisabeth Ligner avait demandé un délai supplémentaire avant de communiquer les résultats de l'audit à Mauve. Ce retard n'avait cessé de l'inquiéter. Comme elle le lui avait proposé, la comptable l'avait accompagnée à la banque et elle s'était montrée d'une efficacité redoutable. Face à un nouvel apport de trésorerie, le banquier avait accepté un étalement des dettes tout en stipulant à la jeune femme qu'elle devrait respecter le calendrier avec la plus grande rigueur. Pour conclure, il lui avait rappelé qu'il restait à sa disposition le jour où elle serait prête à vendre le domaine. En sortant, Mme Ligner lui avait conseillé de ne pas s'inquiéter et de prendre ce répit comme une chance d'envisager les problèmes avec toute la distance nécessaire.

Comme chaque matin en arrivant au bureau, Mauve lança son ordinateur. Le premier message qui s'afficha sur sa boîte électronique émanait de Carl Verbooten, l'importateur belge. Il ne tarissait pas d'éloges sur la qualité des échantillons qu'elle lui avait expédiés. D'ores et déjà, il réservait mille cinq cents carafes d'XO dès qu'elle serait en mesure de les lui fournir. « Pour commencer », avait-il ajouté. Il concluait son message en lui proposant de présenter ses cognacs à quelques-uns de ses collègues au grand salon Viniland qui se tiendrait à New York en février prochain. Mauve ne put retenir un cri de joie. Mais d'ici là, il faudrait achever le packaging de la carafe, étudier les tarifs. Et la création d'un dépliant publicitaire bilingue présentant la gamme des cognacs Bassan s'imposait. Elle imprima le message de Verbooten et courut jusqu'au chai pour informer André de cette cascade de bonnes nouvelles. Elle le trouva dans l'entrepôt des expéditions. Avec l'aide d'un employé, il adaptait l'embouteilleuse à la future bouteille d'XO. Il paraissait soucieux.

— Notre carafe vous donne du fil à retordre, André ?

— Rien d'insurmontable, je vous rassure. Tout se passe bien au niveau du goulot. C'est la forme de la bouteille et son acheminement dans les rails de la machine qui posent problème. Nous devrons ralentir la cadence de l'embouteillage afin que les carafes ne s'entrechoquent pas.

André donna quelques instructions à son employé et se tourna vers Mauve. Il remarqua son air radieux.

— J'ai d'excellentes nouvelles ! s'écria-t-elle en brandissant le message de l'importateur belge.

Il partagea son enthousiasme qu'elle tempéra aussitôt par l'avalanche de contraintes qu'il leur faudrait d'abord résoudre.

— Nous allons devoir jouer contre la montre si nous voulons être opérationnels en février !

— Où en sommes-nous pour les étiquettes ? demanda-t-il.

— Le maquettiste m'a soumis des ébauches par e-mail. L'une est sur fond noir, avec le blason de Bassan et les mentions légales en caractères gothiques dorés. L'autre est un peu différente, avec un fond rouge tirant sur le bordeaux. Personnellement, j'aime moins. J'ai demandé à Carole de les imprimer afin que nous en discutions ensemble.

Elle ne lui dit pas qu'elle avait envoyé les maquettes à Liang en le priant de les tester autour de lui. Elle avait souvent éprouvé l'envie de parler de

Liang à André. Elle attendait seulement le moment propice.

Le mercredi, Mauve se réveilla à 8 heures avec le sentiment d'être plus reposée. Et cela ne lui était pas arrivé depuis longtemps. Le début de la semaine avait été éprouvant. Des factures à régler, des devis à négocier, autant de décisions quotidiennes dont elle savait qu'elles engageaient l'avenir du domaine et celui des enfants. Aussi accueillit-elle cette journée de repos comme une bénédiction. Guillaume et Laurie s'étaient levés bien avant elle et ils étaient déjà prêts lorsqu'elle descendit au rez-de-chaussée pour prendre son petit déjeuner.

— On commence par le sapin, s'écrièrent-ils dès qu'elle eut avalé sa dernière gorgée de thé.

Aussitôt dit, ils s'élancèrent dans les escaliers menant dans les combles. À peine éclairé par une lucarne et une ampoule électrique, le grenier ressemblait à une immense brocante. Dans sa partie la plus basse, la soupente abritait des malles recouvertes de toiles d'araignées. Il y avait des étagères un peu partout, ainsi que des meubles alignés le long des murs. Tout au fond, Mauve remarqua un buffet rustique fermé par un cadenas. Les enfants se dirigèrent vers un coin bien précis.

— C'est là, tante Mauve !

Plusieurs cartons étaient empilés dans un coin, portant les mentions « guirlandes », « santons » « boules de Noël ». Le sapin trônait au milieu de la pile, enveloppé dans une housse. Georges, qui avait suivi la joyeuse troupe au grenier, aida Guillaume et Laurie à descendre toutes les boîtes au salon. Restée seule, Mauve examina les vieilleries qui s'accumulaient sur les étagères. De vieilles poupées auxquelles il manquait un bras ou un œil, des appareils photo, une machine à écrire antédiluvienne. Le genre de bric-à-brac qu'on ne peut jamais se résoudre à jeter. Elle remarqua aussi des vêtements d'une autre époque accrochés sur des portants et s'y arrêta un instant. Les souvenirs jaillirent de sa mémoire. Elle se revit avec Véronique à la veille de chaque mardi gras, fouillant dans ces robes en taffetas de dentelle jusqu'à trouver le déguisement le plus original pour le défilé de carnaval de l'école.

Mauve sortit sur le palier les derniers emballages, ceux contenant les santons et les guirlandes. Entre la porte et une armoire, elle remarqua des boîtes à chapeaux entassées au petit bonheur. Elle saisit la première, en haut de la pile, et du bout des doigts frotta la poussière sur le couvercle. Une étiquette apparut avec la mention : « 1975 - Elena ». Mauve savait qu'Elena était le prénom de sa grand-mère. Elle ouvrit le carton et en retira des photos rassemblées par liasses, chacune entourée d'un ruban. Elle feuilleta quelques clichés jaunis où apparaissait sa grand-mère, à des âges différents et toujours en fauteuil roulant. Elle ressemblait beaucoup à Édith. Le même visage bien dessiné, les yeux noisette, et ce petit nez retroussé dont Véronique et Laurie avaient hérité. Sur l'un des clichés, une autre jeune femme se tenait debout, près d'elle, une main appuyée sur son épaule. Comme si elle avait voulu l'empêcher de tomber.

Mauve n'eut pas le temps de pousser ses recherches plus avant, les enfants remontaient déjà en l'interpellant. Elle remit le carton à chapeaux à sa place, mais elle se promit de reprendre ses fouilles un peu plus tard. Aidé de Guillaume, Georges fixa le sapin sur son socle de bois tandis que Mauve et Laurie déballèrent les décorations. Très vite, Mauve devina que les enfants cherchaient à recréer en tous points le décor des années passées.

— Maman installait toujours la crèche ici ! déclara Guillaume en pointant l'espace entre les deux fenêtres à meneaux. Elle enlevait la banquette et elle mettait une petite table à la place.

— D'accord, mon chéri, on va faire exactement de la même façon.

En fin de matinée, tout était en place mais il régnait un désordre incroyable dans le salon. Mauve exigea que les enfants rangent les emballages et les cartons vides pendant qu'elle préparerait le déjeuner.

— Dépêchez-vous, nous partirons à Rochefort à 14 heures !

À une heure et demie, Guillaume et Laurie étaient déjà prêts à partir et attendaient leur tante dans le hall. La fillette trépignait d'impatience.

— J'ai pris mes sous, s'écria-t-elle en montrant un petit porte-monnaie rose à Mauve lorsqu'elle les rejoignit. Grand-père nous a donné un billet de dix euros à chacun !

À la différence de sa sœur, Guillaume ne s'enthousiasmait pas pour un rien. Pourtant, il semblait heureux à l'idée de cette balade en ville. Un éclair passa dans ses yeux bruns, et il eut un sourire que Mauve ne lui connaissait pas.

Elle avait tout prévu pour rendre cette journée agréable et surtout joyeuse. Elle essaya d'oublier le travail qui s'accumulait sur son bureau et découvrit que courir les magasins avec deux enfants surexcités pouvait s'avérer amusant. Et instructif ! En quelques heures, elle n'ignorait plus rien du monde des Barbie et des consoles électroniques dernier cri. Guillaume et Laurie s'étaient munis d'un petit carnet où ils notaient soigneusement leur liste de cadeaux à destination du père Noël. Leur joie faisait plaisir à voir. Tandis que Laurie testait le cabriolet de Barbie, Guillaume s'approcha de Mauve et lui glissa à l'oreille :

— Tu sais, moi, je ne crois plus au père Noël, mais il faut faire semblant pour Laurie.

Mauve acquiesça d'un clin d'œil complice, puis elle leur proposa d'aller déguster une crêpe avant d'aborder une autre boutique de jouets.

Le crépuscule était presque tombé lorsqu'ils reprirent la voiture dans le sous-sol d'un grand magasin. Le temps avait changé au cours de l'après-midi. D'épais nuages se bousculaient dans un ciel plombé. Ils regagnèrent Bassan sous une pluie diluvienne. Le château était plongé dans l'obscurité mais les fenêtres étaient éclairées dans le salon et la petite salle à manger.

— Je suis sûre que grand-père admire notre sapin, assura Laurie avec un hochement de tête.

Mauve s'arrêta devant le perron.

— Filez vite à l'intérieur, je rentre la voiture et je vous rejoins !

En refermant le garage, des paquets plein les bras, Mauve se maudit d'avoir oublié de prendre un parapluie. Elle serait trempée avant d'avoir atteint la maison. Elle releva le col de sa veste en frissonnant. Puis, dans un réflexe enfantin, elle compta jusqu'à trois avant de s'élancer. La pluie glissait le long de sa nuque, débordait dans ses chaussures.

Soudain, au détour du jardin d'hiver, elle vit Guillaume qui revenait vers elle en courant.

— Tante Mauve, viens vite ! Il y a le feu dans le salon et grand-mère va se faire brûler !

19

Mauve se précipita dans le salon et découvrit sa mère devant le sapin en flammes, tenant une boîte d'allumettes dans les mains, le visage hagard. Laurie la tirait par la manche en hurlant. Le feu avait déjà gagné toutes les branches de l'arbre. Mauve poussa sa mère et les enfants dans le couloir et ordonna à Guillaume d'aller chercher son grand-père dans sa chambre. L'extincteur était accroché dans la cuisine, près des compteurs électriques. Elle s'en empara en remerciant le collègue qui l'avait entraînée à un stage de sécurité quelques mois plus tôt. Elle actionna l'appareil, et en quelques secondes les flammes s'estompèrent, puis s'éteignirent. Avec un pincement au cœur, la jeune femme constata les dégâts autour d'elle. Le feu avait attaqué la marqueterie de la commode et la nappe de la table juponnée. Autour du sapin, les murs et les moulures du plafond avaient noirci. À présent, la mousse de l'extincteur s'étalait sur les meubles, les rideaux et les tapis. Une odeur de produit chimique empestait la pièce. Mauve ouvrit grandes les fenêtres avant de rejoindre sa mère et sa nièce dans le couloir. Laurie tenait toujours la main de sa grand-mère. La fillette pleurait à grosses larmes tandis qu'Édith tremblait de la tête aux pieds en répétant que tous allaient mourir. Mauve la prit par le bras et la secoua sans ménagement.

— Calme-toi, maman ! Tu terrorises Laurie.

— Tu as éteint le feu, tante Mauve ? demanda la fillette en se jetant dans ses bras.

— Oui, ma puce, c'est fini.

Guillaume redescendit du premier étage, Paule dans ses pas.

— Je n'ai pas trouvé grand-père dans sa chambre, alors j'ai appelé tante Paule.

Encore sous le coup de l'émotion, Mauve déversa sa colère sur sa tante.

— Maman a mis le feu au sapin ! Si tu n'es pas capable de t'occuper d'elle, nous allons engager une garde-malade. Elle sera beaucoup plus utile qu'une énième femme de ménage.

— Tu ne manques pas de toupet de t'en prendre à moi. Ça fait deux nuits que je ne dors pas pour la surveiller ! Et ton père, il ne pourrait pas prendre le relais de temps en temps ? C'est sa femme après tout.

Mauve la foudroya du regard, et devant le visage atterré des enfants, Paule n'osa pas prolonger la discussion.

— Je la ramène dans sa chambre, déclara-t-elle d'une voix plus posée.

— Garde-la jusqu'à ce que j'aie terminé de nettoyer les dégâts… Venez, les enfants.

Mauve les conduisit dans la bibliothèque et les installa devant la télévision.

— Tout va bien, maintenant, n'ayez plus peur. Vous pouvez regarder un dessin animé.

— Je peux voir *La Petite Sirène* ? demanda Laurie, encore secouée de sanglots.

— Si Guillaume est d'accord, bien sûr. On mangera un peu plus tard. En attendant, vous avez le droit de grignoter un ou deux biscuits.

Mauve regagna le salon et regarda de nouveau autour d'elle. Découragée, elle soupira. Par où commencer pour remettre la pièce en état ? Elle tenta de joindre son père sur son portable et tomba sur sa messagerie. À bout de ressources, elle appela André au secours. Cinq minutes plus tard, il était là.

— Comment vont les enfants ? s'enquit-il en découvrant le désastre.

Mauve le rassura, mais il vit à quel point elle semblait désemparée.

— Nous allons sortir les gravats par la fenêtre, dit-il en prenant les choses en main. Demain matin, j'enverrai un employé qui emportera tout et nettoiera la terrasse.

Pendant une heure, ils empilèrent les déchets carbonisés à l'extérieur. Puis ils épongèrent la mousse qui s'était transformée en une boue noirâtre, collante et nauséabonde. Sur ces entrefaites, le carillon de la porte d'entrée retentit. Mauve s'essuya les mains en pestant contre cette visite inopinée. Elle n'était pas arrivée au bout du couloir que la sonnette résonnait une seconde fois. Elle ouvrit la porte et se trouva face au Dr Mercier.

— Votre tante m'a appelé en urgence. Votre mère a donc fait des bêtises ?

Visiblement très inquiet, il gagna le premier étage. Pendant ce temps, André termina de ramasser les restes calcinés qu'il jeta dans des sacs-poubelle. Puis Mauve l'aida à les déposer sur la terrasse.

— Ça ira pour ce soir, André. Nous verrons le reste demain. Venez, je vous offre un petit remontant.

Ils gagnèrent la cuisine où ils se lavèrent les mains. Presque aussitôt, les enfants déboulèrent. Ils étaient inquiets.

— Est-ce que c'est fini, tante Mauve ? demanda Guillaume.

Elle les rassura, puis se retourna vers André.

— Merci beaucoup, je ne sais pas ce que j'aurais fait sans vous.

Il lui fit un petit clin d'œil amical et embrassa les enfants. Mauve lui proposa un verre de médoc, il offrit de déboucher la bouteille. Guillaume et Laurie se hissèrent sur les tabourets qui entouraient le comptoir et Mauve leur servit un gobelet de jus de fruits. Pour leur plus grande joie, elle ouvrit un paquet de chips. Tant pis pour la diététique, pensa-t-elle. Le plus urgent était que les enfants oublient la scène à laquelle ils venaient d'assister. André lui tendit un verre et ils trinquèrent. Rond, avec un boisé exceptionnel, le vin était sublime.

— Je pioche dans les réserves de mon grand-père, avoua-t-elle. S'il me voyait !

Elle inspecta le contenu du frigo et fit la grimace.

— Il reste de la viande froide et des endives. Si nous préparions des pâtes ?

Les enfants s'empressèrent d'approuver.

— André, voulez-vous partager…

Elle n'eut pas le temps de terminer sa phrase. Georges venait de faire irruption dans la cuisine, l'air paniqué.

— J'ai vu la voiture du Dr Mercier et toutes ces saletés sur la terrasse. Que s'est-il passé ? demanda-t-il d'une voix qui trahissait son anxiété.

Mauve l'entraîna dans le couloir et le mit au courant. Abasourdi, il se laissa tomber sur une chaise.

— Je suis désolé de ne pas avoir été là. J'ai rendu visite à Emma, nous devions faire des recherches pour ma conférence. Je suis parti l'esprit d'autant plus léger que je savais les enfants avec toi cet après-midi.

Le ressentiment que Mauve avait éprouvé lorsqu'elle avait constaté l'absence de son père s'évanouit aussitôt.

— Tu ne pouvais pas prévoir, dit-elle d'une voix douce, ce n'est pas ta faute.

Ils regagnèrent la cuisine et elle lui servit un verre de vin. Puis elle ouvrit un bocal de pâté et prépara des tartines. Les enfants s'étaient détendus. Ils dévoraient maintenant leurs toasts en donnant des petites bouchées à Framboise qui sautait sur leurs genoux et réclamait des caresses. Mauve s'aperçut que son père et André l'observaient.

— Ça va… murmura-t-elle.

Mais il n'était guère difficile de deviner qu'ils étaient tous affectés par cet incident qui aurait pu se terminer en drame. Mauve chassa ces mauvaises pensées d'un geste de la main et invita André à partager leur dîner. Elle fut heureuse qu'il accepte. Elle mit de l'eau à chauffer pour les pâtes. Le Dr Mercier arriva sur ces entrefaites. Il adressa un signe de tête à Mauve et à son père.

— Puis-je vous parler ?

Ils le guidèrent vers la bibliothèque. Mauve éteignit la télévision que les enfants avaient laissée en marche.

— Je viens d'avoir un long entretien avec Paule, déclara le médecin. Elle reconnaît qu'il est de plus en plus difficile de surveiller sa sœur. Je pense qu'un internement provisoire s'impose. J'ai donné quelques coups de fil, il y a une place libre à la clinique Bellevue, à Saintes.

Mauve s'appuya sur le bras d'un fauteuil et regarda tour à tour son père et le médecin.

— Je sais que ce n'est pas une décision facile, dit ce dernier, mais au regard des événements de cet après-midi, il n'y a pas d'autre solution.

Mauve ne protesta pas. Mais elle avait tellement redouté cet instant ! Son père paraissait consterné et ne disait rien. Sa faculté de rester calme en toutes circonstances la rendait nerveuse, parfois. Depuis deux heures, elle ressassait ce qui aurait pu se passer s'ils étaient rentrés plus tard. Si les enfants s'étaient trouvés dans la maison. Si... Sa mère était devenue un danger pour elle-même et pour les autres.

Le surlendemain, en début d'après-midi, Édith quitta le château de Bassan pour la clinique. Sa sœur avait rassemblé quelques vêtements dans une valise et composé son nécessaire de toilette. Le Dr Mercier avait recommandé de prendre également des objets personnels, des repères qui la rattacheraient à son quotidien. Mauve avait tenu à s'en occuper elle-même. Dans un sac de voyage, elle rangea les albums photo, quelques livres, et surtout les puzzles que sa mère aimait tant.

Ils prirent une seule voiture pour se rendre à Saintes. C'est Mauve qui conduisait, son père assis à ses côtés, tandis que Paule et Édith s'étaient installées à l'arrière. De temps à autre, Mauve jetait un coup d'œil dans le rétroviseur. À un certain moment, sa mère lui parut horrifiée, mais tout aussi vite son visage s'éteignit et elle se mit à regarder le paysage qui défilait devant elle.

Ils arrivèrent à la clinique Bellevue vers 14 h 30. Mauve arrêta la voiture devant les grilles. Un gardien était posté à l'entrée. Elle lui présenta le certificat d'admission et il leur indiqua le pavillon administratif. C'était une construction moderne, adossée au manoir où résidaient les patients. Des jardins et un immense parc entouraient les bâtiments. Lorsqu'ils entrèrent, le Dr Mercier les attendait. Édith s'avança aussitôt vers lui.

— J'ai pensé que je pourrais vous être utile, dit-il en regardant Mauve, je connais bien le directeur de la clinique.

Après un temps interminable consacré aux déclarations d'admission, le médecin-chef les accueillit. Mauve laissa sa tante et le Dr Mercier s'entretenir avec lui en aparté. Georges ne chercha pas à s'imposer et il patienta avec Mauve dans la salle d'attente. Il lui proposa un café. Le distributeur était installé près d'une grande baie vitrée qui donnait sur le parc. Les arbres aux branches mortes se dressaient dans un ciel gris. Mauve se tourna vers son père. Il lui sourit, mais selon son habitude il ne dit rien, se contentant d'un regard compatissant et empreint de douceur. Était-ce sa façon de masquer ses sentiments ? Mauve se sentait si triste. Elle fit quelques pas dans le couloir. Même luxueux, ce bâtiment restait un hôpital. Les bruits feutrés, les odeurs de désinfectant, le personnel vêtu de blanc se déplaçant dans les couloirs en chuchotant... Elle sentit un long frisson la parcourir. Elle avait seize ans lorsqu'elle était tombée de cheval. Sans l'intervention d'Anthony, l'animal l'aurait piétinée. La chute avait provoqué une légère descente d'organes et son admission aux urgences de la clinique. Ensuite, elle ne se souvenait plus très bien. Mais depuis cet accident, elle n'avait jamais pu entrer dans un établissement de soins sans éprouver une sourde panique. Cette peur irrationnelle des hôpitaux la déconcertait. Elle fut soudain tentée de courir vers le bureau du médecin, d'annuler les démarches et de ramener sa mère à la maison. Mais elle pensa à Guillaume et Laurie, au sapin en flammes dans le salon... Peu après, le médecin-chef de la clinique vint les rassurer.

— Une infirmière va conduire Mme Guyon dans sa chambre. Soyez assurés que nous prendrons bien soin d'elle. Notre personnel est trié sur le volet, il est très compétent.

Il n'en dit pas plus et s'éloigna, ce qui agaça Mauve qui aurait bien voulu s'entretenir avec lui un peu plus longuement. Puis le Dr Mercier prit congé à son tour. Quelques minutes s'écoulèrent encore, avant qu'une jeune femme ne s'avance vers eux.

— Marie Robert, je serai personnellement chargée de veiller sur Mme Guyon. Voulez-vous m'accompagner ?

Ils la suivirent le long des couloirs où régnait une ambiance de luxe et de confort. La chambre n'était pas très grande mais digne d'un hôtel quatre étoiles. Rideaux épais, poignées de porte ornementées et moquette aux motifs fleuris. Les meubles, de belles copies de style, étaient agencés avec goût. Devant la télévision, un large fauteuil recouvert de tapisserie voisinait avec un repose-pied assorti. Paule s'évertuait à vanter le charme des lieux à Édith.

— Regarde le parc ! Les arbres n'ont pas de feuilles en ce moment, mais en été, je suis sûre que c'est magnifique. Tu seras bien ici.

Édith écoutait les commentaires de sa sœur. À son tour, elle regarda par la fenêtre avec un vague sourire. Avait-elle compris qu'elle resterait là ?

Mauve installa les vêtements dans l'armoire et les objets de toilette dans la salle de bains. Elle espérait que l'internement de sa mère se ferait en douceur. Édith, elle, avait semblé accepter l'idée de quitter Bassan, avec une certaine excitation d'ailleurs, comme un départ en vacances. Mais au moment de la séparation, elle se mit à hurler. Sa sœur essaya de la réconforter, mais c'est au cou de Mauve qu'elle s'agrippa en se débattant.

— Pardon ! J'aurais dû empêcher ce qu'on t'a fait.

Mauve ne comprenait pas l'effroi sur son visage. Faisait-elle référence aux conditions de son départ douze ans plus tôt ? Dans ce cas, la réaction de sa mère semblait tellement disproportionnée ! Après tout, comme les autres membres de la famille, elle avait soutenu Véronique. Pourquoi éprouvait-elle autant de remords aujourd'hui ? Ses hurlements se transformèrent en sanglots. L'infirmière la prit par le bras et recommanda à la famille de partir en affirmant que tout se passerait bien. En quittant la chambre, Mauve croisa le regard désespéré de sa mère. Pour la seconde fois, elle résista à l'envie de la ramener chez elle.

Elle s'aperçut que son père aussi était très éprouvé. Elle chercha sa main et ils regagnèrent la voiture en silence. Ils n'échangèrent pas un mot sur le chemin du retour. Paule somnolait à l'arrière et Georges ne cessait de lancer à sa fille des regards inquiets.

Le soir, au moment du coucher, Laurie, qui s'inquiétait pour sa grand-mère, posa des questions à sa tante.

— Elle est souffrante, ma puce, expliqua Mauve.

— Est-ce qu'elle reviendra ?

— Bien sûr, quand elle sera guérie, mais elle doit d'abord se faire soigner.

La fillette enroula ses bras autour du cou de Mauve et la couvrit de baisers, comme pour se rassurer.

— Des fois, maman pleurait beaucoup, chuchota-t-elle à son oreille. Et papa lui disait aussi qu'elle devait se faire soigner.

Mauve jeta un œil en direction de Guillaume. Elle vit son visage se contracter, mais il fit comme s'il n'avait rien entendu. Il se cala dans son lit et ouvrit une bande dessinée.

20

— Le vin est porté à ébullition, les vapeurs d'alcool se dégagent alors et s'accumulent dans le chapiteau.

Cet après-midi, Mauve prenait son premier cours de distillation.

— Pendant que l'alcool s'écoule dans le col de cygne et le serpentin, le système de refroidissement produit une condensation qui donne le brouillis, poursuivit André.

Il recueillit quelques gouttes d'un liquide trouble dans une éprouvette. Puis il utilisa son alcoomètre afin de vérifier le degré alcoolique.

— 30°, c'est bien.

— C'est du cognac ?

— Oh non ! Le brouillis doit être distillé une seconde fois.

Mauve ouvrit des yeux étonnés.

— Pourquoi deux fois ?

— La double distillation est le secret de la fabrication du cognac, aucun autre alcool au monde n'est élaboré de la même façon. C'est ce qui lui donne cette qualité incomparable.

Mauve avait bien pensé s'armer d'un carnet et d'un crayon avant de rejoindre André au chai. Elle avait si peur de ne pas comprendre. Mais en se souvenant du regard amusé de sa comptable quelques semaines auparavant, elle s'était abstenue. En matière de cognac, André était le meilleur des professeurs. Et il répondait si bien à son insatiable curiosité.

— Le deuxième passage en chaudière s'appelle la bonne chauffe. C'est là que le distillateur exprime tout son talent !

— Alors l'alambic ne fait pas tout, si je vous suis bien ? demanda-t-elle d'une voix espiègle.

André sourit en la regardant. Elle était ravissante dans son tailleur gris et son pull bleu qui rappelait la couleur de ses yeux. Au fil de leurs longues journées de travail, il s'était habitué à sa présence. Il lui arrivait même de guetter son entrée le matin. C'était indéniable, il était en train de s'attacher à elle. Partager cette belle complicité lui avait fait brutalement prendre conscience qu'il avait sacrifié sa vie de famille. Et de se retrouver seul à l'approche de la soixantaine, sans enfant, lui déchirait le cœur.

— C'est le maître de chai qui décide la « coupe », en fonction de son nez et de son savoir-faire, expliqua-t-il, revenant dans le vif du sujet.

— Qu'est-ce que vous appelez la coupe ?

— Il s'agit d'éliminer les premiers condensats[1] qu'on appelle les têtes, et les derniers, baptisés les queues, pour ne garder que le cœur de l'eau-de-vie, c'est-à-dire l'essence même du cognac. À ce moment-là, l'alcool titre entre 65 et 70°.

Il lui présenta une seconde éprouvette qui contenait un liquide transparent et lumineux.

1. Les écoulements de l'alcool à la sortie de l'alambic.

— Ensuite le cognac vieillit dans les fûts ?

— Comme vous êtes impatiente, Mauve ! Il reste plusieurs étapes encore avant d'aborder le vieillissement. Ce sera l'objet de notre prochain cours, d'accord ?

Il remarqua son air embarrassé et s'en émut. Il admirait sa détermination à vouloir tout apprendre.

— Nous pourrons aussi réviser la distillation ! ajouta-t-il avec malice. Et si nous allions vérifier comment se comporte notre carafe XO dans l'étiqueteuse ?

Mauve acquiesça et lui emboîta le pas tandis qu'ils quittaient la salle de distillation pour rejoindre le chai d'embouteillage. Depuis ce matin, elle se sentait l'esprit un peu plus serein. Élisabeth Ligner lui avait communiqué les résultats définitifs de l'audit qu'elle avait commandé. Pas fameux, certes, mais pas aussi catastrophiques qu'elle ne le redoutait. La comptable avait tout fait pour la rassurer. « Mais il faut redresser la barre ! », avait-elle répété plusieurs fois au cours de leur conversation. Le lancement du cognac XO faisait partie de la stratégie. Depuis Pékin, Liang avait approuvé son choix : la carafe était superbe. Ensemble, ils avaient défini le design de la future étiquette.

Dans le chai d'embouteillage, l'étiqueteuse tournait à un rythme mesuré. Du regard, Mauve suivait le cheminement des carafes dans les glissières. De toute évidence, les étiquettes adhésives s'ajustaient avec précision au centre des flacons.

— Ça ira, confirma André. Mais comment être sûrs que nous avons fait le bon choix pour l'étiquette ? Va-t-elle correspondre aux attentes des marchés étrangers ?

Il était temps de lui parler de Liang, ce qu'elle fit alors qu'ils regagnaient le bureau d'André. La jeune femme lui raconta comment elle l'avait rencontré, sa situation à Bruxelles, et combien il s'impliquait dans la création de leur XO.

— Il a testé la carafe et les épreuves des différentes étiquettes autour de lui. Les avis sont unanimes, ce graphisme doré à l'or fin sur fond noir convient tout à fait au goût asiatique.

André l'écouta sans l'interrompre. Dans le fond, il était flatté qu'elle se confie à lui avec autant de spontanéité.

— Et votre relation est sérieuse ? demanda-t-il lorsqu'elle s'arrêta de parler, presque à bout de souffle.

Il regretta aussitôt sa question. Elle pouvait lui répliquer que ça ne le regardait pas. Au lieu de cela, elle lui adressa un grand sourire qui illumina son regard.

— Nous sommes ensemble depuis trois ans. Quant à l'avenir, je ne sais pas…

André saisit une carafe étiquetée et l'examina avec soin. Harmonie, élégance, c'était parfait. Puis il se tourna vers Mauve. Un ami chinois ! Heureusement que Joseph n'était plus là pour voir ça… La jeune femme devina ses pensées.

— Vous imaginez la tête de mon grand-père si je lui avais présenté Liang ? Je l'aurais déçu une fois de plus.

— Ne dites pas cela, Mauve.

— C'est pourtant la vérité.

André n'avait jamais compris pourquoi Joseph s'était montré si odieux avec l'aînée de ses petites-filles. Il lui aurait pourtant suffi de l'observer petite, puis plus tard adolescente, pour deviner qu'elle deviendrait une jeune femme intelligente et brillante.

— Il a toujours préféré Véronique, reconnut-elle d'une voix empreinte de tristesse. Il dénigrait tout ce que je faisais, même l'acte le plus insignifiant du quotidien. J'avais l'impression de ne jamais me trouver à la bonne place au bon moment. Comme si, à chaque fois, je me trompais de rôle.

À quoi bon exprimer ses désarrois d'enfant, l'humiliation du rejet permanent, le chagrin de la solitude... Sa gorge se noua. Elle sentit venir des larmes qu'elle chassa aussitôt. Elle croisa le regard d'André et elle eut la certitude qu'il savait depuis longtemps tout ce qu'elle ne disait pas.

— J'ai pourtant tout essayé, reprit-elle après un instant de silence. Ce qui me faisait le plus de peine, c'était son acharnement à m'écarter des chais. Je le suivais malgré tout. J'aurais tant voulu qu'il m'accepte à ses côtés, comme il l'a fait pour Véro. Mais je vois encore ses sourcils froncés, son regard chargé de reproches... Et ce rictus, quand il m'ordonnait de m'asseoir dans un coin et de me taire, comme s'il refusait mon existence même.

André ne la quittait pas des yeux, observant son visage obstiné, avec parfois des éclairs d'appréhension dans les yeux. La marque des enfants qui grandissent sans amour. Devant son air malheureux, il se sentit gêné et eut subitement envie de changer de sujet de conversation.

— N'y pensez plus, c'est si loin ! Et voyez comme le destin peut s'avérer facétieux. Avouez qu'il vous accorde une belle revanche puisque c'est vous qui dirigez Bassan aujourd'hui.

— J'espère seulement que je serai à la hauteur.

— N'en doutez surtout pas !

Mue par un prompt élan d'affection, Mauve lui planta un baiser sur la joue.

— Merci, André. Si vous saviez comme votre présence et votre aide me sont précieuses.

Elle jeta un dernier coup d'œil sur l'étiqueteuse qui acheminait les carafes, avant de regarder sa montre.

— Je suis sûre que nous faisons du bon travail tous les deux. Maintenant, je file chercher les enfants. C'est leur dernier jour d'école et ils sont surexcités à l'approche de Noël.

Mauve retrouva Laurie à l'infirmerie de l'école, à moitié endormie et les yeux brillants.

— Elle a somnolé et toussé tout l'après-midi, lui expliqua son institutrice, elle n'a même pas voulu partager le goûter de Noël avec ses camarades. Je suis sûre qu'elle a attrapé un bon rhume.

Mauve posa la main sur le front de la fillette. Elle était brûlante. Elle n'avait jamais été confrontée aux maladies infantiles et elle était déroutée. Il valait mieux conduire la fillette chez le médecin. Elle prit le temps de déposer Guillaume au domaine en recommandant à son père de veiller sur lui. Puis elle se rendit au cabinet médical. Il était tard, déjà. Une dame d'un certain âge était assise dans la salle d'attente. Malgré la température confortable de la pièce, celle-ci était emmitouflée dans un gros manteau. Mauve s'installa sur une chaise, Laurie sur les genoux. Elle la sentait frissonner dans ses bras. La petite fille avait blotti sa tête dans son cou et jouait avec ses boucles d'oreilles. Mauve sentait ses doigts fiévreux. Des voix assourdies parvenaient du cabinet du Dr Mercier. Une porte claqua. Quelques secondes s'écoulèrent encore, puis le médecin entra dans la salle d'attente. Il vit Mauve et s'approcha d'elle.

— Eh bien, Laurie, qu'est-ce qui ne va pas ?

— Son institutrice m'a dit qu'elle avait été souffrante toute la journée, expliqua Mauve.

Le Dr Mercier se tourna vers son autre patiente.

— Je vais m'occuper de la petite d'abord. Vous m'attendrez bien un peu, mamie ?

— Jusqu'à demain s'il le faut, docteur !

Il caressa affectueusement la joue de la vieille dame et invita Mauve à entrer dans la salle de soins de son cabinet.

— Je suis confuse, docteur, je ne voudrais pas que ça devienne une habitude d'arriver chez vous sans prendre de rendez-vous ! Nous aurions pu attendre un peu. Cette dame était là avant nous.

— Je vous rassure, je connais Mme Doucet depuis des années. Elle me consulte deux fois par mois mais elle n'est pas malade ! Elle souffre surtout de solitude. Je crois que ses enfants et ses petits-enfants l'ont oubliée dans son appartement du cinquième étage ! Ce qui lui manque, c'est un peu d'écoute.

Mauve sourit, touchée par sa gentillesse. Il installa Laurie sur la table d'examen et commença à la dévêtir. Il ausculta sa gorge, ses oreilles. Puis il écouta sa toux et prit son pouls. Laurie se laissait faire, mais en scrutant chaque geste du médecin. De temps à autre, il échangeait un coup d'œil avec Mauve. Elle remarqua à quel point il était bel homme. Le regard sombre, le front haut et dégagé. Et ce sourire paisible qui devait causer des ravages parmi ses patientes.

— Et vous ? demanda-t-il soudain, vous allez bien ? Vous semblez fatiguée.

— Un peu de surmenage, avoua-t-elle, rien de grave.

Il rangea son stéthoscope et caressa le front de Laurie.

— C'est une bronchite. Elle n'échappera pas aux antibiotiques ! Vous pouvez la rhabiller, je vous prépare une ordonnance.

— Tante Mauve, c'est quoi des abiotiques ? demanda Laurie après le départ du médecin qui les avait laissées dans la salle de soins. C'est des piqûres ?

— Non, ma puce, des cachets, ou peut-être du sirop.

— Tant mieux, parce qu'un jour où maman m'avait emmenée chez le docteur, eh bien il m'avait fait une piqûre... J'aime pas ça !

— Moi non plus, chuchota Mauve dans son oreille.

Laurie habillée, elles retrouvèrent le Dr Mercier dans son bureau.

— La pharmacie doit être fermée à présent. Je vais vous donner quelque chose à lui faire prendre de suite.

Il fouilla dans un placard où s'entassaient des boîtes de médicaments.

— Ce sont des échantillons que nous offrent les représentants des laboratoires. Je pourrais ouvrir une officine !

Il remit à Mauve une bouteille de sirop et des vitamines.

— Deux cuillères de sirop pour Laurie. Si vous avez du paracétamol, ce sera parfait en attendant demain. Et les vitamines sont pour vous, Mauve. Une capsule par jour pendant un mois. Cela vous aidera à tenir le coup.

La jeune femme le remercia et sortit son chéquier. Après lui avoir communiqué le montant de la consultation, il lui demanda si elle avait vu sa mère récemment.

— Je téléphone tous les jours à la clinique. Nous avons voulu lui rendre visite avant-hier mon père et moi. Toutefois, son infirmière nous a recommandé d'attendre un peu.

Elle s'arrêta de remplir le chèque.

— Et vous, docteur, vous avez de ses nouvelles ?

Il inclina la tête et hésita un peu avant de répondre.

— Je devais me rendre à la clinique Bellevue ce matin. J'en ai profité pour aller la voir.

— Comment va-t-elle ?

— Je ne l'ai pas trouvée au mieux de sa forme. Le médecin-chef pense que son état ne pourra qu'empirer. Désormais, ses périodes de lucidité seront de plus en plus rares. Je suis d'accord avec l'infirmière, il est préférable d'attendre qu'elle s'acclimate à son nouvel environnement avant d'envisager une visite.

Mauve fit un signe de la tête qui pouvait passer pour un assentiment. En réalité, elle savait qu'elle irait voir sa mère dès le lendemain matin. Laurie accrochée à son cou, elle prit congé du Dr Mercier. Au moment où elle quitta le cabinet, elle l'entendit lancer un joyeux : « Allez, c'est à vous, mamie ! »

21

À 11 heures le lendemain, Mauve se présenta à l'accueil de la clinique Bellevue et déclara qu'elle souhaitait voir sa mère. La jeune secrétaire décrocha le téléphone.

— Je dois auparavant m'assurer que c'est possible.

— Elle n'est pas en soins intensifs ni en cellule d'isolement que je sache. Je ne vois pas pourquoi une autorisation serait nécessaire.

Elle ignora le geste de la secrétaire qui tentait de lui bloquer le passage et se dirigea vers la résidence des patients. Les couloirs étaient silencieux. Mais en arrivant devant la chambre de sa mère, Mauve entendit un cri. Elle ouvrit la porte et resta pétrifiée sur le seuil. Édith était assise au milieu de la pièce. Une sangle la maintenait dans son fauteuil tandis que son infirmière tentait de lui faire avaler des médicaments. Elle s'interrompit en voyant la jeune femme sur le seuil.

— Bonjour, Mademoiselle. On aurait dû vous avertir à l'accueil qu'il était préférable de remettre votre visite à plus tard. Édith a passé une mauvaise nuit.

Qu'elle désigne sa mère par son prénom étonna Mauve, mais elle n'en laissa rien paraître.

— Pourquoi est-elle ligotée ? demanda-t-elle sèchement.

— Elle est très agitée en ce moment.

— C'est ce que le Dr Mercier m'a dit, en effet.

— Ah ! Vous avez vu le Dr Mercier ?

Mauve posa son sac et son manteau au pied du lit. Puis elle se tourna vers l'infirmière.

— Appelez le médecin-chef, je veux lui parler.

— Je suis désolée, il est absent aujourd'hui.

À cet instant, sa mère poussa un cri. Sa tête retomba sur le côté et elle se tassa dans son fauteuil, donnant l'impression de rapetisser jusqu'à disparaître dans les plis de la couverture.

— Je veux savoir qui a pris la décision de l'attacher ainsi. Trouvez-moi un responsable. Tout de suite !

L'infirmière quitta la chambre et Mauve s'approcha de sa mère. Elle resta debout à ses côtés, incapable de décider ce qu'elle pouvait faire pour l'apaiser. Elle finit par apporter une chaise et s'assit près d'elle. Au moment où elle s'avançait pour l'embrasser, Édith recula d'un air craintif. Son visage était fripé, sa peau translucide. Des mèches de cheveux blancs s'échappaient de sa barrette et restaient plaquées sur son front trempé de sueur. Mauve n'aurait su dire la tristesse qu'elle éprouvait à la voir ainsi. Sa mère était toujours si bien coiffée, avec des chignons sophistiqués, les cheveux teints. Avec des gestes mesurés, elle la prit dans les bras et lui caressa les épaules. Elle remarqua alors la fragilité de ses membres et lui murmura des mots tendres et rassurants dans le creux de l'oreille. Mais elle réalisa à quel point sa voix sonnait faux. Pourtant, sous les caresses de sa fille, Édith secoua la tête, puis elle commença à fredonner une sorte de lamento, comme une longue plainte douloureuse. Mauve prit le verre d'eau que l'infirmière avait laissé sur le plateau et elle le présenta à sa mère qui en but quelques gorgées. En rangeant le verre et le plateau sur le coin de la commode, elle constata que les albums photo et les puzzles avaient disparu.

Des pas précipités et des voix montèrent soudain du couloir, puis la porte s'ouvrit à la volée. Mauve se retourna et se trouva nez à nez avec sa tante qui entrait dans la chambre accompagnée de l'infirmière. Paule était très pâle, et rarement ses traits avaient accusé autant d'aversion. Elle marqua un temps d'arrêt avant de demander à sa nièce :

— Que fais-tu ici ?

Mauve n'eut pas le loisir de répondre. En apercevant sa sœur, Édith se mit à hurler. L'infirmière se précipita vers elle et lança à Mauve un regard réprobateur.

— Je vous avais dit de la laisser, s'écria-t-elle avec dureté.

Mauve surprit les gestes de connivence entre sa tante et l'infirmière. Elle avait prévenu Paule de sa présence, c'était flagrant. Édith se tordait dans son fauteuil, essayant de défaire ses attaches, puis elle hurla à nouveau en regardant sa sœur.

— Non ! C'est elle... Tout est de sa faute à elle !

Ses cris allaient crescendo et devenaient insupportables, comme si une violente douleur la traversait, sans limite, au point de déformer ses traits et de voiler son regard. Presque aussitôt, deux infirmiers firent irruption dans la chambre. L'un d'eux sortit une seringue et l'enfonça dans le bras d'Édith. Puis l'infirmière leur donna l'ordre de l'emmener dans la salle de repos. Un silence de mort retomba dans la pièce après son départ. C'en était presque anormal. C'est Mauve qui prit l'initiative de parler la première.

— De quel droit avez-vous prévenu ma tante de ma présence ?

— C'est moi qui ai exigé d'être avertie de toute visite, répliqua Paule.

— Tu n'as pas à décider de cela toute seule, surtout lorsqu'il s'agit de ma mère.

Paule s'approcha et tendit l'index en direction de Mauve. D'instinct, la jeune femme recula mais sans quitter sa tante des yeux.

— Tu as peut-être la charge de tes neveux et du domaine, mais pas celle de ta mère que tu as abandonnée il y a douze ans !

Mauve reçut le reproche comme un coup.

— Tu n'as pas encore compris que c'est ta présence qui la perturbe ? continua sa tante.

— Vraiment ? J'ai pourtant le sentiment que c'est en te voyant entrer dans la pièce qu'elle s'est mise à hurler tout à l'heure.

Le ton avait monté et l'infirmière s'interposa.

— Mesdames, je vous en prie ! Ce n'est ni le lieu ni le moment pour vous disputer.

Mauve se calma aussitôt. Elle prit son manteau, son sac, et sortit une carte qu'elle tendit à l'infirmière.

— Voici mon numéro de portable. J'exige de rencontrer le médecin-chef dans les plus brefs délais.

Encore sous le choc, Mauve quitta le parking de la clinique Bellevue en hésitant sur la direction à prendre. Elle aurait dû profiter de ces instants où elle était seule pour acheter les cadeaux de Noël des enfants. Son père le lui avait rappelé à deux reprises et Noël était dans cinq jours. Mais elle ne s'en sentait pas le courage et elle s'engagea sur la route de Bassan. L'état de sa mère l'obsédait. Elle ne pouvait effacer de son esprit ses cris, l'incohérence de ses propos. Et les liens qui la maintenaient prisonnière. Le Dr Mercier... Elle fut soudain prise d'une irrépressible envie de se confier à lui. Mais elle se ravisa. Elle n'allait tout de même pas se précipiter à son cabinet à la moindre inquiétude. Anéantie, elle se gara un instant sur le bas-côté de la route. Elle coupa le moteur et se cala au fond du siège. En quelques semaines, sa vie avait été complètement chamboulée. Et rien n'était réglé. Ni l'avenir de Guillaume et Laurie, ni le sauvetage du domaine. Elle frissonna. Le vent du large repoussait les pluies au cœur des terres et une pâle lumière d'hiver éclairait les coteaux où les ceps dénudés s'alignaient à perte de vue. Mauve redémarra la voiture et poursuivit sa route. En entrant dans Saint-Porchaire, elle s'arrêta chez Emma qui l'accueillit avec sa gentillesse coutumière. Elle la guida vers le salon où un feu de bois crépitait. Mauve repéra sur la table un plateau avec une théière et des gâteaux maison qui fleuraient bon la vanille et la cannelle. Comme si Emma l'attendait.

— Je m'apprêtais à boire une bonne tasse de thé. Tu m'accompagnes ?

Elle accepta. Emma se dirigea vers la cuisine. Des roses magnifiques s'épanouissaient dans un vase au-dessus du piano. Mauve s'approcha et plongea son visage dans les fleurs. Quel était le secret d'Emma pour trouver des roses odorantes en cette saison ? Même celles qu'on achetait au cœur de l'été n'avaient aucun parfum. Emma revint et servit le thé. Mauve évoqua la bronchite de Laurie.

— Je sais que tu as du travail. Si tu veux, je peux garder les enfants les après-midi pendant les vacances.

— Merci, Emma. Je vous avoue que j'appréhende un peu ce premier Noël sans leurs parents. J'espère que je serai à la hauteur.

— Tu sais très bien t'y prendre avec eux, répliqua Emma en présentant l'assiette de biscuits. Ils sont heureux avec toi.

Mauve reposa sa tasse et croisa les bras sur le bord de la table. Elle avait l'impression de se retrouver au collège, au temps où elle écoutait Emma, debout devant son bureau. Emma, capable de transformer un cours de philosophie en divertissement ! Elle réalisa qu'à cet instant précis, elle attendait encore quelque chose d'elle. Le réconfort, la quiétude ? Ou la certitude que les choix qu'elle avait faits étaient les bons et que cette vie dans laquelle elle ne se reconnaissait plus était toujours la sienne ? Mais Emma ne dit rien, et Mauve éclata en sanglots.

— Ma mère est folle, murmura-t-elle, elle est en train de devenir folle.

— Elle est dépressive, Mauve, rien de plus.

— C'est bien plus grave que cela ! Ce matin je l'ai trouvée ligotée dans son fauteuil, hurlant comme une forcenée.

Emma prit le temps de manger un biscuit avant de répondre.

— C'est sans doute une crise passagère. La maladie de ta mère a rompu toute réserve. Peut-être accomplit-elle inconsciemment ce que nous rêvons tous de faire à un moment ou à un autre : tout briser autour de soi. Tu n'as jamais éprouvé ce sentiment ?

— Si, quelquefois.

Et c'était toujours lorsqu'elle se trouvait au sein de sa famille. Elle devait bien reconnaître que depuis son retour, elle avait dû se maîtriser pour ne pas céder à de tels débordements. Emma leur resservit une tasse de thé et Mauve grignota trois biscuits d'affilée. Elle se sentait bien dans cette maison où régnait une atmosphère de gaieté paisible. Emma possédait ce don particulier de comprendre les enfants. De les écouter, de les aimer. Combien en avait-elle vu grandir dans sa classe, année après année ? À chacun d'entre eux elle avait su communiquer sa joie de vivre. Mais pouvait-elle pour autant deviner ce que Mauve éprouvait ? Cette hantise de la folie qui ne la quittait plus ?

— J'ai peur pour les enfants, Emma. Quand je les regarde, je me demande quelle forme d'aliénation les attend. Surtout Laurie, puisqu'il semblerait que cette tare familiale touche en priorité les femmes.

Emma prit les mains de Mauve dans les siennes et la jeune femme fut surprise par la vigueur de sa poigne.

— Tu te projettes trop loin dans l'avenir, ma petite fille. Les difficultés que tu dois régler pour Guillaume et Laurie sont beaucoup plus ancrées dans le présent.

— Sans doute. Mais je ne peux pas m'empêcher d'y penser. J'en arrive même à me sentir terrorisée à l'idée de devenir enceinte.

Emma garda le silence un moment, mais Mauve sentait peser son regard sur elle.

— Tu n'as jamais eu le désir d'avoir un enfant jusqu'ici ?

La question surprit la jeune femme. Elle se souvenait du premier studio qu'elle avait loué en arrivant à Bruxelles. À son étage, tous les appartements étaient occupés par des familles avec de jeunes enfants. Elle les entendait pleurer, parfois au beau milieu de la nuit. Le matin, elle croisait des mères courant dans les couloirs avec des bébés dans les bras. Il lui arrivait de ramasser des jouets perdus dans les escaliers. Et lorsqu'elle les restituait, elle recevait les confidences de jeunes femmes au bord de la crise de nerfs. Elle s'était promis de ne jamais tomber dans le piège et elle avait choisi sa carrière. Pourtant, son amie Fanny lui dépeignait la maternité comme la plus belle aventure qui soit dans la vie d'une femme.

Mauve croisa le regard d'Emma qui lui souriait.

— Liang m'a confié qu'il aimerait avoir des enfants, mais pour ma part…

Elle, Liang, et un petit être plein de vie et de promesses. Elle se mit à trembler. Emma se leva et prit un châle sur la patère dans l'entrée. Elle l'enroula autour des épaules de Mauve. La laine lui gratta le cou.

— Je l'ai tricoté avec des restes de pelotes, comme un patchwork, expliqua Emma.

En disant cela, elle effleura la joue de Mauve de son index replié. La jeune femme la remercia d'un grand sourire.

— Tu devrais sourire plus souvent, cela te va bien.

Mauve acheva sa tasse de thé. Elle réalisa qu'elle n'avait toujours pas répondu à la question d'Emma. Des enfants ? Certes, elle avait toujours privilégié son travail. Accomplir pleinement sa vie de femme libre. C'était la raison qu'elle se donnait. Mais elle sentait bien qu'il y avait autre chose en elle de plus profond, de plus obscur qui la poussait à rejeter l'idée de la maternité.

— Je ne suis pas sûre d'avoir les qualités requises pour jouer le rôle de mère, dit-elle enfin.

— As-tu l'impression de jouer un rôle avec Guillaume et Laurie ?

Mauve soupira et sentit son cœur se serrer.

— Je crois que j'ai toujours repoussé l'envie d'avoir des enfants par peur de ne pas les aimer assez.

Rien n'était pire que le chagrin du désamour. Elle le savait mieux que quiconque.

— Si je dois de surcroît les exposer à une sombre déficience génétique, je crois que je ne prendrai jamais ce risque.

La main d'Emma se resserra un peu plus sur la sienne.

— C'est un choix qu'on peut regretter en vieillissant, ma petite fille. Le pire de tous les risques est peut-être de ne pas vouloir en prendre !

Mauve ne trouva rien à répondre, mais elle entrevit l'immense solitude, les regrets d'Emma. Elle eut soudain envie de rentrer à Bassan, de retrouver Guillaume et Laurie, son travail. Elle se leva, rendit le châle à Emma et enfila son manteau.

— Je dois y aller, merci pour le thé. Et je retiens votre proposition de garder les enfants pendant les vacances.

— Tu sais que tu peux compter sur moi.

— Je sais. Emma, voulez-vous vous joindre à nous pour le repas de Noël ? Non seulement les enfants et moi serions ravis, mais je suis sûre que cela ferait plaisir à mon père.

— Ton invitation me touche beaucoup, et j'accepte avec joie.

En se retournant dans l'allée, Mauve surprit une étrange lueur dans le regard d'Emma. Elle lui adressa un signe de la main. Depuis la fenêtre, Emma suivit la voiture des yeux jusqu'à ce qu'elle disparaisse au bout de la route. Puis elle revint dans le salon et décrocha le téléphone.

22

— Tante Mauve, les ouvriers ont presque fini ! s'écria Guillaume.

Mauve avait recruté un artisan local pour remettre le salon en état après l'incendie. Elle avait pris l'avis de son père et d'André avant de confier la commode Empire à un ébéniste, en espérant qu'il pourrait restaurer la marqueterie abîmée. Puis, avec l'aide de deux employés des chais, elle avait descendu un meuble à tiroirs du grenier pour remplacer la commode. Elle s'était amusée de la remarque d'un des ouvriers lorsqu'il avait découvert les vieilleries entassées sous les combles. « On pourrait meubler une maison entière avec tout ce fatras ! »

— Est-ce qu'on peut s'asseoir dans la bibliothèque pour regarder la télévision ? demanda Laurie.

À l'approche de Noël, les enfants ne tenaient plus en place. Elle se refusait à leur poser trop de questions mais elle se demandait comment ils occupaient leur temps libre d'habitude.

— Je préférerais réviser mes leçons, objecta Guillaume, comme ça j'aurai davantage de temps pour découvrir mes nouveaux jeux après Noël.

— C'est une bonne idée, mon chéri. Et toi, Laurie, tu pourrais dessiner en attendant que Guillaume ait fini ses devoirs.

— Je vais plutôt faire des coloriages, répliqua la fillette avec une moue touchante.

Après leur départ, Mauve débarrassa la table du petit déjeuner et inventoria le contenu du réfrigérateur. Elle achevait la liste des commissions lorsque son père la rejoignit.

— Est-ce que tu as un moment, Mauve ? J'aimerais te parler.

— Bien sûr.

En accompagnant son père dans la bibliothèque, elle remarqua son visage crispé. Il semblait inquiet et à bout de forces, comme s'il n'avait pas fermé l'œil de la nuit. Elle appréhenda de découvrir ce qui le contrariait ainsi. Était-ce lié à la santé de sa mère ? Ils prirent place sur le sofa et elle engagea aussitôt la conversation.

— Papa, est-ce que tu vas bien ? Tu parais soucieux.

— J'ai quelque chose d'important à t'avouer, ma fille. Si cela n'avait tenu qu'à moi, il y a longtemps que je t'aurais dit la vérité. Mais ta mère s'y est toujours opposée.

Ses traits se durcirent. Il devint nerveux, presque effrayé.

— D'abord, je peux t'assurer que tu as toujours beaucoup compté pour moi.

— Papa, tu me fais peur ! Je t'en prie, parle !

Il patienta encore, prit une longue inspiration et lâcha dans un souffle :

— Nous t'avons adoptée, ma chérie.

Interloquée, Mauve resta sans voix, fixant son père les yeux écarquillés, la bouche entrouverte.

— Ta mère ne pouvait pas avoir d'enfants. Pendant des années, nous avons tout essayé. J'avais fini par me résigner, mais pour elle il y avait toujours un traitement, et encore un autre traitement.

Mauve enveloppa ses bras autour de son corps et se laissa aller, le buste en avant. Les yeux plantés dans ceux de son père, elle garda le silence. Un instant, il crut qu'elle allait s'effondrer et il hésita à poursuivre. Il le devait pourtant.

— J'étais très inquiet pour Édith. Je la voyais se replier sur elle-même, s'emmurer dans le silence au fur et à mesure des échecs. Puis son comportement a changé. Un jour, elle a décidé d'adopter un enfant. Je crois qu'elle s'était préparée en secret à nous imposer son choix. Et à partir de cet instant, elle n'a eu de cesse de nous parler de cet enfant, comme s'il faisait déjà partie de notre vie. Inutile de te dire que ton grand-père a rejeté cette idée. C'est la seule occasion où j'ai vu ta mère lui tenir tête. Elle a menacé de s'enfuir, d'entrer au couvent… Et même d'attenter à ses jours. À contrecœur, Joseph a fini par céder, et comme à l'accoutumée, il a pris les choses en main.

Toujours blottie dans le coin du sofa, Mauve se cabra pour dissimuler ses tremblements. Une enfant adoptée. Mais pourquoi ne lui avait-on rien dit ? Et elle, n'aurait-elle pas dû le deviner ? Elle essayait de se représenter la scène de son arrivée à Bassan, et tant de questions lui venaient à l'esprit :

— J'avais quel âge ?

— Tu avais six mois.

« Six mois », répéta-t-elle. Et les mots cognaient dans sa tête. Un bébé déboulant dans cette immense maison où vivaient des étrangers. Soudain, elle sursauta. En un éclair, elle comprit l'indifférence de son grand-père à son égard, la haine de sa tante. Elle n'appartenait pas au clan.

— Mauve, je suis désolé, murmura Georges.

Il s'approcha d'elle, mais spontanément elle recula. Il était comme les autres membres de la famille, il lui avait menti durant toute sa vie. La vérité, aussi cruelle fût-elle à supporter, était bien réelle. Ce n'était pas sa famille !

— Que sais-tu de mes vrais parents ?

— Rien. Ni ta mère ni ton grand-père n'ont jugé bon de me tenir au courant. Tu es arrivée un matin dans les bras d'Édith et je t'ai acceptée comme ma fille. Que voulais-tu que je fasse d'autre ?

« Rien, pensa-t-elle, comme d'habitude, tu t'es réfugié dans ta chambre au milieu de tes livres. »

— Il y a pourtant une chose que je peux t'expliquer, ton prénom si peu commun. C'est ta véritable mère qui l'a choisi à ta naissance, une référence à la couleur de tes yeux. Édith m'a raconté que ce fut sa seule exigence lorsqu'elle t'a confiée à elle, que tu gardes ce prénom.

— Tu n'as jamais su pourquoi elle m'avait abandonnée ?

Il eut un mouvement de tête pour exprimer son ignorance.

— Et mon vrai père ?

Georges soupira longuement. Ces aveux lui coûtaient bien au-delà de ce qu'il avait redouté.

— J'ignore tout de lui. Ta tante en sait sûrement plus que moi.

— Tu veux dire que tu n'as jamais posé de questions ? Tu as accepté d'élever un enfant dont tu ne savais rien ?

— J'ai toujours eu si peur de Joseph. Je n'ai jamais pu m'opposer à lui…

— Et après sa mort ?

— C'était trop tard. À quoi bon remuer le passé ? Tu étais partie, et j'ai toujours pensé que tu ne reviendrais pas.

Anéantie par ces aveux, Mauve regarda autour d'elle. Les volets étaient toujours fermés et les rideaux tirés. La bibliothèque était à peine éclairée par une paire de lampes en porcelaine posées de part et d'autre de la cheminée. Des tas de livres reliés garnissaient les rayonnages. Des livres que personne ne lisait jamais. Mais cette collection de beaux ouvrages impressionnait les visiteurs. Les apparences, toujours. Une pensée lui traversa soudain l'esprit et elle se tourna vers son père.

— Véronique est bien votre fille, n'est-ce pas ?

— Quelques mois après ton arrivée, Édith est tombée enceinte. Pour la plus grande joie de ton grand-père et de ta tante. Ton grand-père, surtout. Dès l'instant où il a vu le ventre de sa fille s'arrondir, s'il avait pu l'enfermer dans un cocon ! C'est à peine s'il me laissait l'approcher. Pendant des mois, il l'a comblée d'une bienveillance qui ne lui ressemblait guère. Il était tellement sûr que ce serait un garçon. Il clamait déjà à qui voulait l'entendre « Mon petit-fils par-ci, mon petit-fils par-là… ».

Tout en parlant, Georges fut tenté de se rapprocher de Mauve. Mais il repensa à son mouvement de recul un peu plus tôt et il se ravisa. Jamais il ne lui avouerait qu'à l'instant même où Édith avait eu la confirmation de sa grossesse elle l'avait abandonnée à une gouvernante pour se consacrer au bébé qu'elle portait.

— Quand Véronique est née, reprit-il, la déception de ton grand-père a été à la mesure de ses espoirs. Il s'en est pris à ta mère et elle a vécu alors sa première grande dépression.

— Pourquoi tu ne m'as jamais rien dit, papa ?

Elle se figea. Pouvait-elle encore l'appeler « papa » ?

— J'ai insisté auprès de ta mère pour qu'on te dise la vérité quand tu serais assez âgée pour la comprendre et l'accepter.

— Quand je serais assez âgée ? Je vais avoir 35 ans !

— Je sais. Un jour j'ai compris que c'était trop tard. Sans doute ai-je manqué de courage, je le reconnais.

— Est-ce que Véronique savait ?

— Oui, ton grand-père le lui avait appris après ton départ.

Mauve pensa à toutes ces années qu'elle avait passées avec elle. Elle avait souvent rêvé d'une sœur qui soit aussi sa meilleure amie. Mais elles s'étaient toujours comportées en rivales. Comme si, d'instinct, toutes deux savaient qu'aucun lien charnel ne les unissait vraiment.

— Alors pourquoi me racontes-tu tout cela aujourd'hui ?

— Emma m'a rapporté combien tu étais bouleversée par la maladie de ta mère. Face à ton désarroi, elle a pensé que je devais te dire la vérité.

Même Emma était au courant ! Depuis un moment, Mauve sentait un grand vide en elle. Cependant, elle reconnut qu'elle devait à Emma le seul aspect positif des aveux de son père : le poids de l'hérédité qui pesait sur cette famille s'était allégé d'un coup. Mais elle réalisa aussi qu'elle ne connaissait rien de ses origines. Et elle se fit la promesse de tout mettre en œuvre pour découvrir qui étaient ses parents biologiques. Elle se leva du sofa et entreprit d'ouvrir les volets. Un brouillard dense enveloppait les collines autour du domaine. Une matinée d'hiver grise et triste. Elle perçut la voix de son père dans son dos et eut le sentiment étrange qu'il se trouvait à des années-lumière d'elle.

— Je te demande pardon, Mauve, en mon nom, au nom de ta mère. J'ai fait tout mon possible pour t'apporter mon amour.

Elle mit du temps à réagir. Et lorsqu'elle le regarda, en dépit de la pénombre persistante, elle vit des larmes sur ses joues.

— Je voudrais tant que tu ne me tiennes pas rigueur de tout cela, poursuivit-il.

Le voir pleurer la bouleversa. Comment pourrait-elle lui en vouloir ? Il avait été le seul à réellement éprouver de l'affection pour elle. Et l'unique façon qu'elle avait de soulager son chagrin était de lui dire combien elle l'aimait. Elle revint vers le canapé, passa son bras autour de son cou et posa un baiser sur sa joue humide.

— Je ne t'en veux pas. Je sais que tu m'aimes, je l'ai toujours su. Et je t'aime aussi. J'ai seulement besoin d'un peu de temps… Excuse-moi.

Elle quitta la bibliothèque et referma doucement la porte derrière elle. Après son départ, Georges demeura assis, le regard fixé sur les lampes qui étaient restées allumées. Avait-il bien fait de lui parler ? Il y avait si longtemps qu'il aurait dû le faire. Mais au lieu d'en éprouver du soulagement comme il s'y attendait, il se sentait infiniment malheureux. Il était sûr de n'avoir pas su lui exprimer la profondeur de ses sentiments. Comme toujours, il avait cédé à sa pudeur naturelle. Véronique, marquée par le clan, était sa fille. Il l'avait aimée, mais il avait aimé Mauve plus encore. Avec un sentiment pernicieux de culpabilité dont il souffrait toujours.

Mauve grimpa l'escalier quatre à quatre, longea le couloir où s'alignaient les portraits de famille, comme pour la défier. Elle se précipita dans sa chambre, ouvrit les persiennes. Plus que jamais, elle se sentait une intruse dans cette maison. Elle entra dans la salle de bains et s'aspergea le visage d'eau froide avant de s'asseoir sur le bord de la baignoire. Elle se souvint que le soir de son retour à Bassan, elle était restée longtemps à cette même place avant de descendre dîner. Elle avait résisté à la tentation de s'enfuir. J'aurais dû repartir, pensa-t-elle. Et elle donna libre cours à toutes les larmes qu'elle retenait depuis deux heures. Au bout d'un moment, elle entendit des voix et des pas dans le couloir. Elle eut juste le temps de donner un coup de brosse dans ses cheveux et de s'essuyer le visage avant que les enfants ne fassent irruption dans sa chambre.

— Tante Mauve, on peut regarder la télé maintenant ? demanda Laurie.

Guillaume s'approcha d'elle et lui prit la main.

— On pourra aller au cimetière pendant les vacances ?

— Oh, oui ! s'exclama sa sœur, et peut-être apporter un cadeau à papa et maman.

Mauve eut un sursaut de panique. Elle se reprocha de ne pas avoir appelé son amie Fanny à Bruxelles. Mère de famille, psy, elle aurait pu lui donner quelques conseils pour aborder les fêtes et aménager les vacances des enfants. Ils l'observaient, surpris par son mutisme.

— J'ai invité Emma pour le repas de Noël, dit-elle enfin. Le lendemain, nous pourrions acheter des fleurs et les porter au cimetière. Est-ce que vous êtes d'accord ?

Laurie retrouva aussitôt son visage enjoué, mais Guillaume avait gardé un air triste. Elle les prit tous les deux dans ses bras et les serra très fort contre elle. Soudain, elle éprouva un désir violent de s'éloigner du château.

— Et si on allait se promener et manger en ville ? Filez prendre un blouson et un bonnet pendant que je sors la voiture du garage ! ajouta-t-elle devant leur enthousiasme.

Moins d'une demi-heure plus tard, Mauve quittait Bassan avec les enfants. Elle prit la route de la côte. Depuis longtemps déjà, elle souhaitait faire le tour des offices de tourisme des villes du littoral. C'était l'occasion. Ils s'arrêtèrent à Rochefort, La Rochelle, Royan, puis ils longèrent l'estuaire de la Gironde. Mauve prêta son téléphone portable à Guillaume qui prit des dizaines de photos. Le soleil avait percé le brouillard du matin, toutefois, la température restait basse pour un 22 décembre. On annonçait même de la neige pour la semaine suivante. Mauve se présenta dans les syndicats d'initiative, déserts en cette saison. Elle s'enquit de la marche à suivre pour référencer le château de Bassan dans les circuits touristiques. Dans le fond, c'était assez simple. Mais certaines démarches avaient un coût et elle devrait l'intégrer dans son budget. Pour remercier les enfants de leur patience, elle les invita dans un restaurant italien où ils se régalèrent avec un énorme plat de pâtes fraîches au parmesan.

— On peut aller se promener dans les magasins ? demanda Laurie tandis qu'ils achevaient leur coupe de fromage blanc aux fruits.

— D'accord ! Mais auparavant, nous devons encore visiter un dernier office de tourisme. C'est très important pour vendre notre cognac.

Le visage de Laurie s'illumina.

— Si tu vends ton cognac, on aura de l'argent pour acheter plein de jouets !

Mauve éclata de rire en prenant la note et son sac. Elle ne pensait pas pouvoir rire à nouveau comme cela un jour.

À peine de retour au domaine, les enfants se précipitèrent dans le salon déserté par les ouvriers, et s'installèrent devant la télévision. Georges n'était pas là. Mauve en déduisit qu'il avait rendu visite à Emma. Sans doute avait-il ressenti le besoin de se confier à sa vieille amie après leur conversation matinale. Elle jeta un coup d'œil à l'horloge du hall. Elle avait le temps de travailler une heure ou deux avant de s'atteler à la préparation du dîner. Elle s'assura que les enfants n'avaient besoin de rien et leur indiqua qu'elle se rendait aux chais.

Avec l'aide de Carole, la secrétaire, elle avait mis au point une nouvelle grille de rémunération pour les agents commerciaux. Elle ne pouvait pas négliger les ventes en France dans le plan de sauvetage de Bassan. Ce chiffre d'affaires représentait un bon apport de trésorerie. Elle relut ses propositions, corrigea quelques termes qu'elle jugea plus appropriés. Elle hésitait encore à expédier les documents accompagnés d'une carte de vœux, comme le lui avait suggéré Carole. Et si elle invitait ces représentants pour un petit séjour à Bassan ? L'idée la taraudait depuis quelques jours. Au cours de ses années passées à la Commission européenne, Mauve avait pris conscience de l'importance du relationnel. Cette visite au domaine permettrait aux agents de découvrir les chais, les installations, les vignes. André leur servirait de guide, et elle était sûre qu'il apprécierait sa démarche. Certes, bien des problèmes logistiques demeuraient, mais plus elle y réfléchissait, plus elle était certaine que c'était une bonne idée. Elle posa son crayon, repoussa les papiers au fond du bureau et s'arrêta un instant. Malgré tous ses efforts, elle n'arrivait pas à se concentrer, ne pouvant détacher ses pensées de l'impensable vérité que son père venait de lui dévoiler. Elle était une enfant adoptée. Elle ignorait tout de la femme et de l'homme qui lui avaient donné la vie. Soudain, elle se demanda si c'était le secret dont parlait sa sœur dans son message d'adieu. Était-il devenu trop lourd à porter pour elle ? Non, Véronique ne se serait pas suicidée pour cela. Elle sentit venir des larmes qu'elle repoussa de toutes ses forces. Certes, elle était bouleversée. Mais comment expliquer ce vague sentiment de soulagement ? Toutes ces questions ressassées pendant des années... Qu'avait-elle fait pour mériter le désamour de sa famille ? Qu'avait-elle de moins que Véronique pour que son grand-père la tienne à l'écart du domaine ? Désormais, elle avait une réponse qui éclairait tout. Elle n'était ni laide, ni idiote, ni diabolique. Elle n'était pas des leurs, c'est tout.

La sonnerie du téléphone la fit sursauter. Par réflexe, elle chercha l'appareil sur son bureau. Elle était si absorbée par ses pensées qu'elle ne s'était pas rendu compte que le téléphone avait sonné dans le chai. Elle sortit pour aller répondre et tomba sur André qui avait déjà décroché.

— Un employé qui me précise les dates de ses congés pendant les fêtes, précisa-t-il en raccrochant. Vous vous sentez bien, Mauve ?

— Oui, très bien.

Elle avait dû faire un effort pour prononcer ces trois mots. Devant sa mine défaite, André prit l'initiative de la suivre dans son bureau. Elle se laissa tomber dans son fauteuil.

— J'ai l'impression de tenir le coup depuis si longtemps, murmura-t-elle.

Du moins le temps lui avait paru bien long. André prit place en face d'elle.

— Puis-je faire quelque chose ?

Elle secoua la tête en signe de refus.

— Je suis votre employé, Mauve, mais j'espère que je suis aussi pour vous un ami en qui vous pouvez avoir confiance.

— Mes parents m'ont adoptée André, confessa-t-elle après un long silence. Et ils ont mis plus de trente ans à me l'avouer.

Il se garda bien de marquer sa surprise et se contenta de lui dire d'une voix douce :

— Est-ce vraiment si important aujourd'hui ?

— Je ne sais pas. J'ai l'impression de me réveiller, comme si j'étais la seule survivante après un tremblement de terre.

Pauvre petite. Il comprenait ce qu'elle éprouvait. En même temps, le comportement de Joseph à son égard s'éclairait d'un jour nouveau.

— Vous leur en voulez de vous avoir adoptée ?

— Je leur en veux surtout de m'avoir menti durant toutes ces années. Mes souvenirs d'enfance sont enracinés dans le temps et dans des lieux précis. Mais ils ne sont pas marqués par la tendresse ou l'amour. Ma mère ne venait pas me dire bonsoir dans mon lit, nous n'allions jamais nous promener ensemble, dans les magasins ou au cinéma. En aucun cas mon grand-père ne me félicitait pour mes résultats scolaires.

Combien d'efforts désespérés et vains avait-elle faits pour susciter l'intérêt de ses proches ?

— Quand j'étais enfant, je rêvais d'attraper une maladie grave qui les aurait retenus à mon chevet. Je les imaginais penchés sur moi, en larmes, me suppliant de rester parmi eux.

— Je ne connais pas une famille qu'un secret ne vienne assombrir, mais croyez-moi, le pire est encore de ne pas avoir de famille.

Elle lut dans ses yeux une si grande tristesse qu'elle en fut émue. Ce même poids de la solitude qui embrumait le regard d'Emma.

— Votre père vous a-t-il appris quelque chose sur vos vrais parents et les conditions de votre adoption ?

— Il m'a dit qu'il ne savait rien. J'ai l'impression que mon grand-père a fait en sorte de m'adopter peu de temps après ma naissance. Alors que j'étais trop jeune pour comprendre. Comme on s'approprie un chiot ou un chaton. Ma vie n'est qu'un gigantesque mensonge !

Soudain, le téléphone retentit à nouveau. Mauve décrocha et entendit la voix fluette de Laurie à l'autre bout du fil.

— Tu reviens bientôt, tante Mauve ? Papy est rentré et Guillaume dit que c'est l'heure du dîner. Et moi, j'ai très faim !

Elle recommanda aux enfants de ranger leurs jeux et de mettre la table en attendant son retour.

— Je dois y aller, André, dit-elle en reposant le combiné. Les enfants sont affamés. Pourtant, si vous aviez vu la quantité de pâtes qu'ils ont ingurgitées à midi !

Il sourit et lui tendit la main.

— N'est-ce pas là le bon côté des choses qu'il faut retenir ? Si Édith et Georges ne vous avaient pas adoptée, vous ne seriez pas là aujourd'hui pour prendre soin de ces enfants.

23

Comme d'habitude, Georges passa un temps fou à chercher ses clés de voiture. Puis il vérifia dix fois que Laurie était bien assise dans son siège-auto et que Guillaume avait attaché sa ceinture. Mauve se rappelait combien sa lenteur l'avait horripilée autrefois. Aujourd'hui, sa maladresse la faisait sourire. Si, dans un premier temps, elle s'était sentie blessée, connaître la vérité sur sa naissance l'avait finalement rapprochée de son père. Elle savait dans quelle mesure ses aveux lui avaient été pénibles, et à mots couverts, sans pourtant se dévoiler, il avait su lui faire comprendre à quel point il l'aimait.

Mauve regarda la voiture disparaître au bout de l'allée. Emma avait invité les enfants à déjeuner et Georges avait proposé de les conduire chez elle. Maintenant qu'elle était seule, elle s'attarda à inspecter la cuisine et rangea la vaisselle du petit déjeuner dans le lave-vaisselle avant l'arrivée de la femme de ménage. Elle se servit une nouvelle tasse de café. Depuis sa panière d'osier, Framboise la surveillait. Elle étira ses pattes puis se leva et sauta sur ses genoux. Dès que les enfants s'absentaient, la chatte revenait vers sa maîtresse. La jeune femme lui gratta le ventre et le cou tout en sirotant son café. Elle n'avait pas vraiment envie de défier sa tante ce matin. Mais les révélations de son père tourbillonnaient dans son esprit. Que savait Paule au sujet de son adoption ? La seule réponse possible résidait dans une confrontation. Dans le couloir du premier étage, elle croisa sa tante qui regagnait sa chambre, son courrier à la main.

— Bonjour, tante Paule, puis-je te parler ?

— J'ai l'intention d'aller voir ta mère ce matin, et je suis pressée.

— Ce ne sera pas long.

À regret, Paule suivit Mauve dans le bureau. Elle prit place en face de sa nièce et, avec un soupir résigné, croisa les bras sur sa poitrine.

— Papa m'a avoué hier que j'ai été adoptée.

Paule pâlit et se raidit sur son siège.

— Il ne sait pas grand-chose des conditions de mon adoption, poursuivit Mauve, mais il pense que toi, tu pourrais m'en dire un peu plus.

— Certainement pas ! Je ne suis au courant de rien.

— Grand-père n'avait pourtant pas de secret pour toi.

— À ce sujet si ! Tout s'est passé entre ta mère et lui.

Paule devenait nerveuse. Elle s'agitait dans son fauteuil en jetant des coups d'œil sur la pendule. Un rictus de colère déformait son visage. Il était clair que plus de trente ans après, elle en voulait toujours autant à son père et à sa sœur de l'avoir écartée d'un tel bouleversement au sein de la famille.

— Ta mère avait menacé de fuir, d'entrer au couvent. Enragé, Joseph avait fini par céder et il a pris l'affaire en main.

Mauve était surprise d'entendre sa tante employer des mots presque identiques à ceux de son père la veille. Comme s'ils récitaient la même leçon. S'ils jouent un rôle, se dit-elle, ils le jouent bien mal ! Car elle sentait confusément qu'il y avait autre chose qu'on ne lui disait pas. Elle scruta le visage de sa tante. Impossible de distinguer le moindre sentiment sous ce masque de rigueur outragée. Soudain, elle pensa à la lettre d'adieu de Véronique.

— C'est ce secret qui a poussé Véro au suicide ?

— Qu'est-ce que tu racontes ? Quel secret ?

— Ne me prends pas pour une idiote, tante Paule, répliqua Mauve en sortant la lettre du tiroir de son bureau.

En découvrant le message, Paule blêmit et se dressa en hurlant.

— Où as-tu trouvé cela ?

— Je n'ai pas eu besoin de chercher. Les mots s'étaient imprimés sur le bloc du sous-main. Est-ce toi qui as dérobé l'original ?

— Je ne répondrai pas à tes questions.

— Pourquoi ? Elles sont trop gênantes ? Qu'est-ce que tu caches ? Tu crois que je n'ai pas compris que tu empêches ma mère de me parler depuis que je suis de retour.

Soudain, Paule se rua sur Mauve. Elle lui arracha la lettre des mains et la déchira avant de lui jeter les morceaux au visage.

— Je maudis le jour de ton arrivée dans cette maison. Tu as apporté le malheur avec toi.

Elle s'enfuit du bureau en claquant la porte derrière elle. Mauve ramassa les bouts de papier et les recolla avec du ruban adhésif. Elle remit le message à sa place dans le fond du tiroir puis sortit de la pièce. Elle gagna sa chambre, rectifia son maquillage et noua ses cheveux en boucles qu'elle attacha avec de petites pinces.

Son portable émit un bip alors qu'elle quittait le château pour se rendre au chai. C'était un texto d'Anthony la prévenant que sa commande d'huîtres était prête et qu'il pouvait les lui apporter. Elle composa son numéro. Il décrocha aussitôt. Elle le remercia et lui proposa de venir les chercher elle-même.

— Je t'attends aux hangars. Je prépare le café.

En raccrochant, Anthony jeta un coup d'œil à sa montre. Il avait juste le temps de troquer son vieux treillis contre un jean et un pull et de se précipiter à la boulangerie pour acheter des petits pains aux raisins. Les viennoiseries préférées de Mauve.

Lorsqu'il poussa la porte du magasin, Carine était occupée avec une cliente. Il se contenta de lui adresser un geste de la main avant de s'échapper en courant. Il se gara devant les hangars deux minutes après Mauve. Elle l'attendait, debout près de sa voiture, fixant l'horizon. La marée était basse et l'air empreint de relents de vase. En se retirant, la mer avait laissé derrière elle de minuscules ruisseaux qui sillonnaient la plage, emportant les coquillages. Anthony entraîna la jeune femme dans le coin aménagé pour la pause du personnel. Elle semblait perturbée. Il pensa à toutes les tracasseries qu'elle devait surmonter pour redresser Bassan.

— Assieds-toi, je sers le café, dit-il en lui présentant les petits pains aux raisins.

Elle déclina son offre et il s'en étonna. Le contraste entre son sourire et son regard voilé de tristesse l'inquiéta.

— Quelque chose ne va pas?

Soudain, il vit les larmes au coin de ses yeux. Elle prit une longue inspiration avant de lui rapporter les aveux de son père.

— Adoptée! Tu te rends compte, Anthony? Je ne sais pas comment je dois réagir. Je me suis réveillée ce matin avec l'impression de ne pas me connaître. Comme si ces trente-cinq ans de vie n'avaient été qu'une longue parenthèse.

Il s'approcha d'elle, la prit dans ses bras. Elle était venue à lui. Enfin!

— Je suis là, Mauve, et je serai toujours là pour toi, tu le sais.

— Oui, tu es un ami très cher.

— Je suis beaucoup plus que cela.

Son étreinte se resserra, et l'espace d'un instant, le cœur de Mauve s'emballa. Elle respira l'odeur d'Anthony, une odeur masculine et apaisante. Elle se sentit chavirer au creux de ses bras. Puis elle se ressaisit et se dégagea.

— Ça va aller, Anthony, murmura-t-elle. Je surmonterai cela.

Elle tenta de s'éloigner de lui, mais il lui saisit les mains.

— Je t'aime toujours, Mauve. J'ai été si malheureux pendant toutes ces années sans toi. Des années à t'attendre, à t'espérer. Je suis sûr que nous pouvons rattraper le temps perdu.

La jeune femme libéra ses mains et but son café. Comment lui faire comprendre sans le heurter qu'elle avait tourné la page de leurs amours d'adolescents ? Elle regrettait presque son moment de faiblesse qui l'avait poussée à se confier à lui.

— Je suis désolée de te causer du chagrin, Anthony. J'ai beaucoup d'affection pour toi. Surtout, n'en doute pas ! Tu resteras le plus beau souvenir de ma jeunesse. Mais... je t'ai dit qu'il y avait quelqu'un dans ma vie.

— Vraiment ? Et où est-il ton Arlésien en ce moment ? Pourquoi n'est-il pas là pour te réconforter ?

Mauve n'avait pas envie d'en parler, et surtout d'avoir à se justifier. Elle sortit un mouchoir en papier de son sac et s'essuya les yeux.

— Combien je te dois pour les huîtres ?

Anthony réfréna un mouvement d'exaspération et reposa sa tasse.

— Rien du tout, c'est un cadeau. En souvenir de notre jeunesse !

Elle nota le ton sarcastique.

— J'aimerais tant que nous restions amis. Ne me pousse pas à regretter d'être venue te voir ce matin. Je t'apporterai du cognac en échange des huîtres.

— Ce n'est pas la peine...

— Si, j'y tiens. Et merci pour le café.

***

La réfection du salon enfin terminée, Mauve acheta un autre sapin et de nouvelles décorations, et l'arbre retrouva sa place dans le coin de la cheminée. Deux jours avant les fêtes, les enfants achevèrent de décorer la maison. Mauve composa le menu de Noël et demanda l'avis de Guillaume et Laurie. Elle avait invité André à se joindre à eux le 25 pour le déjeuner. Il avait hésité avant d'accepter, lui avouant timidement qu'il n'avait pas l'habitude des mondanités. Elle avait éclaté de rire. Entre son père, Emma et ses neveux, que de mondanités en perspective ! « Tout ce que vous risquez, c'est que ma tante soit là. Mais j'en doute », avait-elle conclu pour le mettre à l'aise. En effet, Paule ne prenait plus ses repas en famille.

Le 24 au soir, celle-ci refusa de quitter sa chambre. Mauve, son père et les enfants se rendirent à la messe de Noël, puis le dîner fut très simple. Guillaume et Laurie placèrent leurs souliers au pied du sapin avant de monter se coucher, anticipant les découvertes du lendemain. Un peu plus tard, Mauve et son père disposèrent les cadeaux sous le sapin. Leur démarche, qui avait des allures de conspiration, les amusa beaucoup. Puis la jeune femme prépara une tisane et ils s'installèrent devant la cheminée. Georges observait sa fille en respectant son silence. D'ailleurs, depuis qu'il lui avait parlé de son adoption, il n'osait plus entamer la moindre conversation.

— J'espère que nous n'avons rien oublié, dit-elle en observant les cadeaux sous le sapin.

— Ce sera parfait, Mauve. Comme tout ce que tu fais.

— Tu le penses vraiment, papa ? J'ai si peur de me tromper avec Guillaume et Laurie, de ne pas faire ce qu'ils attendent de moi.

Son inquiétude était sincère. Georges lui sourit en relevant une mèche de cheveux qui tombait sur son front. Par peur de la vindicte familiale, il avait toujours dissimulé ses sentiments pour elle. Ce soir, pourtant, il sentait qu'il aurait assez de courage pour lui dire.

— Je t'ai toujours beaucoup aimée, ma chérie. Tout autant que Véronique. Et même davantage, parfois.

Bouleversée par cette confession, elle l'embrassa. Plus tard, lorsqu'ils allèrent se coucher, ils s'étreignirent longuement. Une douce étreinte qui contenait tant d'affection retenue. En gagnant la salle de bains, Mauve se surprit à sourire. Elle se fit la promesse de ne jamais oublier cet instant.

Au réveil, la neige était là ! Une couche légère était tombée pendant la nuit, prête à fondre au premier rayon de soleil. Guillaume et Laurie n'y prêtèrent aucune attention. À peine éveillés, ils se ruèrent dans le salon et poussèrent des cris de joie en ouvrant leurs paquets. Ils mirent leur grand-père à contribution pour placer les piles dans les jeux, déchiffrer les notices d'utilisation. Mauve ne décela pas l'ombre d'une tristesse dans leurs yeux et elle en fut soulagée. Un peu plus tard, elle réclama leur aide pour mitonner le repas de midi. Tandis que Georges ouvrait les huîtres, elle confia à Guillaume le soin de battre les blancs d'œuf en neige pour la bûche au chocolat. Laurie emplit des coupelles de confit de figues qui accompagnerait le foie gras, tandis que Mauve accommodait le chapon qu'elle borda de cèpes et de châtaignes. Puis les enfants montèrent dans leur chambre et passèrent un long moment à choisir leur tenue. Ils voulaient être « chics » pour la venue d'Emma et d'André. Pantalon gris et pull jacquard pour Guillaume, robe de velours bleu nuit pour Laurie. Les enfants enfin prêts, Mauve put se consacrer à sa propre toilette. Elle opta pour une robe en lainage blanc et noua ses cheveux en deux longues nattes qui tombaient sur ses épaules. Elle mit un joli collier d'ambre serti à l'or fin, le cadeau de Noël que Liang lui avait envoyé par colis spécial.

Emma arriva à midi pile avec les bras pleins de présents. Mauve demanda à son père de leur servir une première coupe de champagne tandis qu'elle disposait dans un vase le magnifique bouquet qu'Emma lui avait offert. Au bout d'un moment, la jeune femme s'inquiéta du retard d'André. Elle se rendit dans le petit salon pour l'appeler. Mais au moment de décrocher le téléphone, elle vit sa voiture qui remontait l'allée. Il les rejoignit avec un panier d'osier garni de petits cadeaux pour tout le monde et d'une bouteille de saint-émilion grand cru classé.

Georges servit une coupe de champagne au maître de chai et ils trinquèrent tous ensemble avant de passer à table. Emma demanda si Paule les rejoindrait.

— Je ne pense pas, répondit Mauve, elle m'a informée hier qu'elle irait déjeuner avec ma mère.

Comme elle l'avait demandé, le médecin-chef de la clinique Bellevue avait reçu Mauve. Son diagnostic confirmait celui du Dr Mercier. L'état de sa mère était préoccupant et il n'était plus question de la laisser sans surveillance médicale. D'ailleurs, il avait refusé de la laisser sortir pour les fêtes. Mauve lui avait rendu visite la veille et lui avait offert du parfum et des chocolats. Elle l'avait trouvée un peu plus calme, mais visiblement très fatiguée.

Guillaume et Laurie animèrent le repas. Les premiers flocons de neige, leurs nouveaux jeux... Emma et André ne furent pas en reste, multipliant les compliments sur le menu que Mauve avait concocté. Georges, pour la première fois depuis longtemps, semblait heureux et serein, posant quelquefois sur sa fille un regard empreint de fierté.

— Ce collier te sied à ravir, dit-il avec un clin d'œil où brillait une lueur affectueuse.

À la fin du repas, Emma se mit au piano et joua des chants de Noël qu'ils reprirent en chœur. Mauve savait que le piano avait appartenu à sa grand-mère. Elle n'avait jamais vu personne s'y installer. Lorsqu'ils eurent épuisé leur répertoire de chants, les enfants demandèrent la permission de retourner jouer dans le petit salon. Mauve prépara le café et Georges servit un cognac à l'orange. André saisit l'occasion pour annoncer que la distillation serait prometteuse. Puis Georges parla de sa prochaine conférence à l'auditorium de Saintes. Il avait choisi d'évoquer le séjour du marquis de La Fayette à Rochefort, juste avant son départ pour l'Amérique, le 20 mars 1780.

— L'Histoire dit que le premier geste de La Fayette, lorsqu'il entra dans sa cabine à bord de l'*Hermione*, fut d'installer près de sa couchette l'épée d'honneur offerte par Franklin, puis d'écrire à Marie-Antoinette. Avant même de penser à sa femme !

Georges fut soudain interrompu. La porte venait de s'ouvrir sur Paule qui entra sans même prendre le temps d'ôter son manteau de fourrure et son bonnet.

— Quelle charmante réunion de famille ! s'écria-t-elle en les dévisageant tour à tour. Il ne manque vraiment personne. L'intellectuel, le vieux garçon en mal de famille et la merveilleuse vieille amie, dévouée à tous. Enfin, à certains plus qu'à d'autres.

Puis elle posa sur Mauve un regard féroce.

— Sans oublier l'ange de miséricorde, paré de toutes les vertus.

Mauve se leva, blanche de colère, et fusilla sa tante des yeux.

— Ça suffit ! Si tu es là pour cracher ton venin, on se passera aisément de ta compagnie. Tu n'as qu'à te retrancher dans ta chambre, comme d'habitude.

Paule fit quelques pas en arrière et ôta enfin son bonnet.

— Vous me dégoûtez tous. Pendant ce temps, ma sœur décrépit dans une maison de fous.

Elle s'apprêtait à quitter la salle à manger, mais elle se ravisa et se tourna vers son beau-frère.

— C'est le cadet de tes soucis, n'est-ce pas ? Le sort d'Édith ne t'a jamais intéressé. Il y a bien longtemps que tu l'as remplacée.

Éberluée, Mauve vit son père pâlir.

— Comment, tu ne sais pas ? s'étonna Paule en s'adressant à sa nièce. Georges, pourtant si prompt à révéler les secrets, ne t'a donc pas dit qu'il couchait avec Emma depuis plus de vingt ans ?

Mauve n'eut pas le temps de répliquer. Les enfants venaient de faire irruption dans la pièce. Ils étaient bouleversés.

— Pourquoi est-ce que vous vous disputez encore ? demanda Guillaume en regardant Mauve et Paule, tour à tour.

Paule laissa à sa nièce le soin de répondre. Elle leur décocha un regard dédaigneux et sortit. Abasourdis, ils s'observaient avec une gêne pesante. Tout à coup, André se leva et se tourna vers Guillaume et Laurie qui se demandaient, en voyant les adultes muets, s'ils étaient responsables de cette discorde.

— Et si nous allions dans le chai, les enfants ? Je dois régler les chaudières, ensuite nous compterons les grosses bouteilles dans le paradis.

Après leur départ, Mauve ressentit un grand vide, alourdi par le mutisme embarrassé de son père. Elle attendait qu'il réagisse aux accusations délirantes de Paule, auxquelles elle ne croyait pas une seconde par ailleurs. Georges était crispé, croisant et décroisant nerveusement les mains. Il échangea un bref regard avec Emma. Leurs visages, baignés par la douce lumière de la fin d'après-midi, reflétaient tant d'émotion ! De l'attirance, de l'affection et autre chose de beaucoup plus intime. Et Mauve comprit. Qu'était-elle censée faire ?

Gênée, Emma sentait le regard de la jeune femme fixé sur elle. Le silence de Georges accrut son malaise. Décidément, les hommes étaient bien pleutres. Elle prit sur elle de peser chaque mot avant de s'adresser à Mauve.

— Ce que Paule a dit est la vérité. Tant de choses nous rapprochent ton père et moi. Et j'ai toujours su qu'il n'était pas heureux avec ta mère. Pardonne-moi de te dire cela d'une manière aussi abrupte.

Mauve observait son père. Qui ne se laisserait pas attendrir par sa tristesse, son éternel sourire un peu las ?

— Je suis désolé, murmura-t-il enfin, regardant sa fille.

— Tu répètes cela depuis une semaine papa, que tu es désolé !

— Je ne cherche pas d'excuse. Tout ce que je voulais, c'était une épouse, fonder un foyer. Tu ne peux pas mesurer le drame de se retrouver lié à une femme dépressive, prisonnière de sa famille. Je n'étais rien et on me le rappelait chaque jour, au cas où j'aurais eu la moindre velléité de l'oublier. Ma vie ne ressemblait en rien à ce que j'avais imaginé. Avec la déception est venue une sorte de pudeur farouche à exprimer le moindre sentiment. C'est ainsi que naissent les ressentiments, puis l'indifférence. Quand j'ai pris conscience du piège dans lequel je m'étais laissé enfermer, il était trop tard.

Abattu, il n'osa pas continuer. Comment justifier le fait qu'il ait laissé la vie de sa femme se dérouler en parallèle de la sienne ? Parfois, il ne s'apercevait même pas de sa présence.

— À quel moment maman a-t-elle appris votre liaison ? demanda Mauve, rompant le silence.

— Elle ne l'a jamais su. Nous avons toujours été très discrets. Je n'ai jamais voulu lui faire de peine.

— Ce que tu peux être naïf, papa ! Tu crois vraiment que Paule n'en a jamais rien dit à sa sœur ?

Avec un vague désenchantement, Mauve revivait leur longue étreinte de la veille. Comme s'il lui avait offert toute cette tendresse pour la reprendre aussitôt.

— Tu imagines les conséquences de cette situation sur sa maladie ?

Elle se rappelait ses propres émotions lorsqu'elle avait appris la trahison de David. Sa souffrance, son incompréhension. Emplie d'une peine tendue jusqu'à l'épuisement, elle l'avait vu venir à elle, mendier son pardon. Comme pour se rassurer dans sa lâcheté. Elle ne pouvait imaginer la même attitude chez son père.

— Il faut avoir été trompé soi-même pour comprendre, papa, finit-elle par dire d'une voix brisée. Maman a dû ressentir ton infidélité, ton détachement. Et ton attirance pour une autre femme. Car nous, les femmes, nous devinons toujours cela. Votre liaison n'a pu qu'aggraver son état de santé.

Georges ne releva pas les reproches de sa fille. Il refrénait son désir de se précipiter sur elle pour la prendre dans ses bras, lui demander pardon. Il serra si fort le pied de son verre de cognac que celui-ci se brisa. Il chuchota quelques mots d'excuse. Puis il passa les doigts sur son front, comme s'il réfléchissait.

— La maladie de ta mère est bien antérieure à ma relation avec Emma. Je suis fautif ma chérie, c'est vrai. Fautif de n'avoir pas assez prêté attention à la santé de ma femme, à ses sautes d'humeur, ses accès de colère, sa possessivité maladive. J'aurais dû reconnaître les signes de la dépression. J'ai eu la faiblesse de croire que c'était passager, que tout s'arrangerait. Mais cela n'a fait qu'empirer au fil du temps. Tu te souviens du jour où tu m'avais questionné sur la dépression de ta grand-mère Elena ? Je t'avais raconté comment elle avait failli tuer Paule en essayant de la pousser dans les escaliers. En fait, je t'ai menti, ou plutôt je n'ai pas restitué les faits tels qu'ils se sont déroulés. C'est ta mère qui a commis ce geste de démence… Et c'est toi qu'elle a tenté de jeter du haut des escaliers.

Terrifiée par cet aveu, Mauve se tassa dans son fauteuil. Oui, elle se souvenait de ce malaise qu'elle avait ressenti en écoutant le récit de son père quelques semaines plus tôt. Des images floues. Elle criait. Sa mère lui tirait le bras. Quelqu'un était venu, l'avait emportée loin d'elle…

— À partir de ce jour, poursuivit Georges, je n'ai plus regardé Édith de la même façon. Je me suis détaché d'elle, je me suis isolé. Et plus tard, il y a eu Emma.

Ils échangèrent un long regard. Emma posa la main sur le bras de Georges.

— Pour aspirer au bonheur il y a parfois des décisions difficiles à prendre, reprit-il en se tournant vers sa fille. J'ai quand même pris le risque d'être heureux avec Emma. Mais je te jure sur ma vie, Mauve, que j'ai toujours veillé sur toi.

Mauve s'était dérobée, elle regardait par la fenêtre. De gros nuages de neige se formaient au-dessus des vignes. Une insoutenable tristesse l'envahit. Pourtant, au fond de son cœur, bien au-delà des larmes, des sanglots qu'elle retenait, elle savait que son père disait la vérité. Il l'avait toujours aimée.

24

Le lendemain de Noël, l'ambiance était tendue. Mauve et son père osaient à peine se parler, s'épiant à la dérobée. Mauve tint sa promesse de se rendre au cimetière avec les enfants. Elle acheta des fleurs et les emmena sur la tombe de leurs parents. Le chagrin qu'elle put lire sur leurs visages l'affligea. Laurie noua ses bras autour du cou de sa tante et se mit à pleurer, réclamant sa maman. Mauve la serra de toutes ses forces contre elle. Elle sentait son cœur battre contre le sien. Guillaume ne disait rien et fixait la stèle sans ciller, raide sur ses jambes comme un bon petit soldat. Mauve sentit qu'elle devait trouver quelque chose pour les distraire. Elle leur proposa une séance de cinéma et un déjeuner en ville. Ils acceptèrent avec un soupçon d'entrain dans la voix, ce qui la ravit.

Ils quittèrent le cimetière et se dirigèrent vers la voiture. Guillaume et Laurie s'amusaient du crissement de leurs bottes dans la neige fraîche et regardaient les corbeaux passer en rase-mottes au-dessus de leurs têtes. Mauve fut soulagée de les voir penser à autre chose. Un peu plus tard, lorsqu'elle les sentit apaisés, elle suggéra de remettre la petite fête qu'ils avaient prévue avec leurs amis aux vacances de Pâques. Le printemps revenu, ils pourraient plus facilement organiser des jeux dans le parc.

— Ce sera beaucoup plus amusant de jouer dehors, expliqua-t-elle. De plus, nous n'aurons pas le temps de préparer un goûter avant la fin des congés de Noël. Papy Herbert et mamie Louise nous attendent dans le Gers pour le Nouvel An.

Guillaume et Laurie tombèrent d'accord avec elle, et la perspective de revoir leurs grands-parents sembla les réjouir.

Les jours suivants, Mauve passa beaucoup de temps au chai. Carole était absente. Elle profita de cette solitude pour étudier à nouveau l'audit que lui avait remis Élisabeth Ligner et dressa la liste des questions qu'elle lui poserait après le 1er janvier. Puis elle coucha sur le papier les idées auxquelles elle avait pensé afin d'aménager les visites de Bassan à la belle saison.

Chaque matin, Guillaume faisait ses devoirs tandis que Laurie jouait dans le petit salon. Souvent, après le déjeuner, ils accompagnaient Mauve au chai et se livraient à d'interminables batailles de boules de neige avant de rentrer à la maison pour regarder leurs émissions favorites. Guillaume avait perçu les tensions familiales. Il demanda à Mauve si elle était fâchée avec grand-père Georges. Elle le rassura, et à partir de cet instant elle renoua avec son père un dialogue pacifié.

De son côté, Georges avait noté des changements dans l'attitude de sa fille à son égard, même si celle-ci s'efforçait de ne rien montrer. Juste un peu plus de distance. Comment lui en vouloir ? Elle semblait si triste, si désemparée parfois. Il s'appliqua à prendre soin des enfants et Mauve le laissa faire. Un matin, il s'enhardit et demanda la permission de conduire Guillaume et Laurie chez Emma. Devant l'impatience et la joie des enfants, elle n'eut pas le courage de refuser. Au fond de son cœur, elle tentait de se raisonner. De quel droit jugerait-elle la liaison de son père ? Cela ne la regardait pas. Mais il planait autour d'elle un parfum de trahison dont elle ne pouvait se départir. Dans ce climat pesant, elle décida d'avancer leur départ dans le Gers. Elle ne proposa pas à son père de les accompagner, et il ne chercha pas à s'imposer.

Herbert et Louise Perdoux accueillirent Mauve et leurs petits-enfants avec une montagne de cadeaux, des friandises, des vêtements. Pendant quatre jours, une ribambelle de cousins et d'amis se joignit à eux, amenant une folle gaieté dans la maison. Guillaume et Laurie ne virent pas le temps passer, trop occupés à jouer, à rire, et à engloutir de gigantesques goûters. Mauve profita du séjour pour s'entretenir avec les Perdoux à propos de l'organisation de la garde des enfants. Afin de ne pas perturber leur scolarité, il fut convenu qu'ils resteraient à Bassan jusqu'à la fin du mois de juin. Puis, à la prochaine rentrée, ils passeraient leur scolarité dans le Gers. Même s'ils avaient dépassé la soixantaine, Herbert et Louise Perdoux n'étaient pas trop âgés pour prendre en charge leurs petits-enfants. De surcroît, ils étaient emplis d'une sincère bienveillance et adoraient Guillaume et Laurie. Il était clair qu'ils feraient tout pour les rendre heureux. Ils décidèrent également que Mauve les accueillerait en Belgique chaque week-end prolongé et pendant les vacances scolaires. Cette solution enthousiasma le couple qui, par ailleurs, avait exprimé le désir de voir les enfants aussi souvent que possible avant juin. Pour le bien de Guillaume et Laurie, qui devaient apprendre à mieux les connaître avant de venir vivre avec eux. Il en allait de leur équilibre. Mauve reconnut le bien-fondé de leur requête et les invita à Bassan pour les fêtes de Pâques. Ils s'inquiétèrent de la réaction de sa famille mais parurent soulagés lorsque Mauve leur apprit que, désormais, la bonne marche du domaine dépendait d'elle.

Le 1er janvier au soir, Mauve monta embrasser ses neveux comme elle le faisait chaque soir. Ils devaient repartir le lendemain matin et elle avait exigé qu'ils se couchent tôt. Laurie dormait déjà. Lorsqu'elle entra dans la chambre, Guillaume posa son livre sur la table de chevet. Il se blottit contre elle et demanda dans un murmure :

— Est-ce que tu penses souvent à maman, tante Mauve ?

— Oui, très souvent.

— Elle te manque ?

— Bien sûr, mon chéri.

— À moi aussi. Surtout quand je m'endors. Je vois des images d'avant. Quand elle était là, avec papa. Ça me rend triste.

— Tu as le droit d'être triste, Guillaume. Ça arrive à tout le monde.

— Même à toi ?

« Si tu savais », pensa-t-elle.

— Oui, il m'arrive aussi de me sentir triste.

Elle posa des baisers sur son front en caressant ses cheveux.

— Je suis content de rentrer à la maison et de revoir grand-père et Emma. Je crois même que j'ai hâte de retourner à l'école pour retrouver mes copains.

Le cœur de Mauve se serra. En regagnant sa chambre, elle s'abandonna au sentiment de culpabilité qui la tourmentait depuis sa conversation avec les parents de David. Si elle écoutait son cœur, leur accord était loin de la satisfaire. Pourtant, il y a quelques jours encore, elle était sûre d'avoir pris la bonne décision en optant pour la garde partagée. Mais c'était avant les aveux de son père. Depuis, certains mots la hantaient. Adoptée… Abandonnée. Comment ne pas établir un lien entre la situation de Guillaume et Laurie et sa propre enfance ? En outre, elle ignorait quelle serait leur réaction lorsqu'elle les laisserait chez leurs grands-parents. Ils étaient devenus si proches tous les trois. N'était-ce pas à elle de remplir la mission confiée par leurs parents ?

***

Ils étaient rentrés à Bassan depuis l'avant-veille. Ce matin, Mauve se réveilla fourbue. Elle avait dormi par intermittence, tourmentée par un vague souvenir de cauchemar. Elle avait les yeux lourds, les épaules et le cou raides et douloureux. Elle se leva en grimaçant et alla directement à la salle de bains, pensant qu'une douche chaude la détendrait. Elle laissa l'eau couler sur son corps et sur son visage, comme pour effacer les mauvais rêves.

En sortant de la douche, elle se sentit vaciller sur ses jambes. Elle respira profondément, l'étourdissement disparut aussitôt. Ce n'était pas le moment de céder à la fatigue. On était le 4 janvier, les enfants retournaient à l'école ce matin. Carole reprenait son poste au bureau et elles devaient s'atteler au bilan annuel du domaine.

Après avoir déposé les enfants à l'école Sainte-Anne, Mauve se rendit aux chais. André surveillait la mise en bouteille d'une commande de VSOP. Ils s'embrassèrent et se souhaitèrent une bonne année, puis André invita la jeune femme à prendre un café. Il mit la cafetière en marche et revint s'asseoir près d'elle. Toute son attitude, ses traits reflétaient une immense lassitude. Il n'osa pas évoquer la scène de famille à laquelle il avait assisté bien malgré lui. Mais il s'inquiétait. Il lui demanda si leur séjour dans le Gers s'était bien passé, et elle parut encore plus troublée. Devant le mutisme de la jeune femme, il n'insista pas. Après la pause-café, elle fit le tour des chais pour saluer les employés, prenant le temps de discuter avec chacun d'entre eux, leur présentant ses vœux pour l'année nouvelle. Puis elle rejoignit son bureau où une myriade de bonnes nouvelles l'attendait. Avant les fêtes, elle avait envoyé une carafe d'XO à son contact en Belgique. M. Verbooten avait confirmé une commande de mille carafes pour fin janvier et mille autres en option pour la fin du mois de mai. De plus, il lui avait communiqué les coordonnées d'un de ses amis, un acheteur de spiritueux à Boston, en recommandant de lui expédier d'urgence deux carafes d'XO. Cet agent envisageait une dégustation avec ses représentants et M. Verbooten était à peu près sûr que cette démarche aboutirait à une ouverture sur le marché américain.

Mauve alluma son ordinateur et lança des recherches sur cette société installée à Boston. Puis elle ouvrit sa messagerie. Parmi les nombreux courriels, elle découvrit celui de Liang. Ils échangeaient des e-mails tous les jours et il l'appelait au moins deux fois par semaine. Elle attendait ces rendez-vous téléphoniques avec toujours plus d'impatience. Pourtant, il ne lui parlait pas de son retour en Europe. Mais dans son message, ce matin, il lui annonçait que deux importateurs chinois allaient prendre contact avec elle et qu'elle pouvait d'ores et déjà anticiper leurs commandes de vieux cognacs dans les prochains mois. Liang concluait avec des petits mots tendres, ciselés de noms de fleurs, comme lui seul savait les inventer. Et, dans un court post-scriptum, il lui annonçait que sa mission en Chine était sur le point de s'achever.

À midi, Mauve emmena André déjeuner dans un petit restaurant de Saint-Porchaire où elle l'invitait de temps à autre. Elle lui fit part de toutes ces excellentes nouvelles et lui parla des recherches qu'elle avait effectuées pour les visites de la propriété. Elle lui soumit aussi ses dernières idées afin de mettre le projet en place avant l'arrivée du printemps.

— C'est un bon début, Mauve. De mon côté, j'ai consulté des collègues et je me suis documenté pour préparer nos futurs cocktails. Nous pourrions débuter par deux ou trois produits standard, comme un cognac-framboise, un cognac-orange ou encore un cognac-poire. Ensuite, nous pourrions étoffer la gamme avec des cocktails élaborés et beaucoup plus originaux. À base de café, d'amande ou de citron vert, par exemple. Qu'en pensez-vous ?

Le visage de Mauve s'illumina.

— C'est merveilleux, André. Il faut nous lancer !

Il sourit, heureux de la retrouver enjouée et rieuse. Pour la première fois depuis les fêtes de fin d'année.

25

Deux semaines s'écoulèrent. Aidée de Carole, Mauve s'attela au bilan de la société. Tout était nouveau pour elle. Elle emportait les dossiers dans sa chambre le soir et travaillait jusqu'à pas d'heure. Au cours de cette période, elle partagea avec André la fierté d'expédier leur première commande de carafes XO en Belgique. Puis le maître de chai envoya les échantillons à Shanghai et Mauve étudia les ventes de cognac en France pendant le dernier trimestre. Elles avaient augmenté de quinze pour cent par rapport à l'année précédente. Ce résultat la conforta dans son idée d'inviter les agents commerciaux à Bassan. Elle en toucha deux mots à André, qui jugea l'initiative pertinente. Toutefois, il ne pouvait s'empêcher de s'inquiéter. Qu'adviendrait-il du domaine quand elle repartirait ? Avait-elle toujours l'intention de le vendre ?

Mauve avait finalement décidé d'avancer la première visite des agents commerciaux aux 4 et 5 mars. Aussitôt les invitations lancées, trois d'entre eux répondirent favorablement. Ses journées de travail étaient bien rythmées. Chaque matin, elle déposait Guillaume et Laurie à l'école et se rendait ensuite au bureau où elle y passait la journée, de 8 h 30 à 19 heures sans interruption. Dès la rentrée,

Emma avait repris ses habitudes d'avant les fêtes, récupérant les enfants à la sortie de l'école et surveillant les devoirs de Guillaume. Mauve l'avait appelée pour la remercier. Elles avaient échangé quelques banalités. Les révisions de Guillaume, le temps… La neige avait cédé la place à une pluie glaciale qui tombait sans discontinuer depuis une semaine. Mais chacune avait évité d'aborder les révélations de Paule, et la gêne persistait entre elles. En soirée, Georges allait chercher les enfants pendant que Mauve préparait le dîner.

Mauve accueillit le week-end avec soulagement. Elle avait promis à Guillaume et Laurie de les emmener faire des courses à Rochefort le samedi et de les accompagner au cinéma le dimanche après-midi pour voir le dernier Walt Disney. Le samedi matin, elle s'accorda un peu de temps et lut une bonne heure avant de se lever. Puis elle porta un peu plus d'attention à sa toilette et à sa coiffure, avant de trier ses vêtements pour le pressing. En sortant de sa chambre, elle tomba sur les décorations de Noël qui n'avaient toujours pas été rangées dans le grenier. Après les fêtes, elle avait ôté le sapin du salon avec l'aide de la femme de ménage. Elle avait emballé les décorations dans leurs cartons et les avait entreposés sur la première marche de l'escalier conduisant au grenier en se promettant de les monter plus tard. Ce matin, elle avait le temps. Elle effectua plusieurs allers et retours et entassa tous les cartons à l'entrée du grenier. Puis elle essaya de trouver leur place d'origine, quelque part entre les appareils électroménagers défectueux et la bibliothèque encombrée de vieux ouvrages. Quel dommage, pensa-t-elle en voyant les livres exposés à la poussière et à la moisissure. Des œuvres de Dumas, de Victor Hugo et de Steinbeck. Elle sortit *Les Raisins de la colère*. Elle avait adoré ce roman autrefois, elle prendrait plaisir à le relire.

Elle s'arrêta un instant devant la pile de cartons à chapeaux pleins de photos. Elle se dit qu'elle pourrait constituer un album pour Guillaume et Laurie. Ce serait une façon pour eux de garder les repères familiaux. Pourquoi pas ? Leur filiation était facile à établir. Ils étaient les enfants de Véronique. Elle chassa un petit pincement au cœur. L'album pourrait s'ouvrir sur des photos de leurs arrière grands-parents, avec Édith et Paule, enfants. S'il y avait des portraits de Joseph dans toute la maison, en revanche son épouse n'apparaissait nulle part. Mauve laissa de côté le carton qu'elle avait fouillé avant les fêtes, elle ouvrit les autres après avoir enlevé la poussière accumulée sur les couvercles. À l'intérieur, elle découvrit une pile de clichés en noir et blanc dont les coins étaient cornés, parfois déchirés. Elle sélectionna quelques portraits intéressants. Paule et Édith en communiantes, ou lors de remises de prix. Elle trouva encore de nombreuses photos de sa grand-mère, toujours escortée par la même jeune femme, debout à ses côtés. Elle ouvrit un autre carton. Il contenait des cartes postales, des photos de la maison de vacances à Noirmoutier, ainsi que des bulletins scolaires. Les siens, et ceux de Véronique. Elle s'amusa à les consulter, puis les remit en place. Soudain, elle aperçut au fond du carton une enveloppe de papier kraft. Elle l'ouvrit et en retira son carnet de santé, qu'elle feuilleta. Georges et Édith figuraient sur la page réservée aux parents, avec en dessous sa date de naissance. Les espaces relatifs à la période prénatale étaient restés vierges. Tous les examens médicaux, vaccins, graphiques de taille et de poids avaient été complétés à partir de son premier anniversaire. En tournant les pages, elle s'arrêta sur le paragraphe consacré aux antécédents familiaux. Une mention était portée à l'encre rouge dans la marge : « Asthme-Mère ». Il lui fallut un peu de temps avant de réaliser que le risque lié à cette maladie venait de sa mère biologique. Elle eut beau chercher dans sa mémoire, elle ne se souvenait pas avoir souffert de la moindre crise d'asthme pendant son enfance. Mais elle fut soudain consciente qu'elle ignorait tout des antécédents médicaux de ses vrais parents, et combien il était préjudiciable de ne pas connaître ce genre de choses. Pour elle, pour les enfants qu'elle aurait un jour. Une lâcheté de plus à l'actif de sa famille. Que lui avaient-ils dissimulé encore ? Elle refoula la colère qu'elle sentait monter en elle et continua de fouiller parmi les photos entassées dans les derniers cartons. Toujours sa grand-mère, et cette inconnue... L'un des clichés la montrait de près. Mauve se sentit troublée en voyant son visage, ses cheveux tressés. Elle mit la photo de côté, en choisit quelques-unes encore avant de refermer les cartons qu'elle rangea dans un coin, près de la vieille bibliothèque. Puis elle descendit retrouver Guillaume et Laurie, qui l'attendaient pour se promener en ville.

En début d'après-midi, Mauve confia les enfants à son père et elle partit à Saintes. Elle avait prévu de se rendre à la clinique Bellevue. Elle s'arrêta au centre-ville pour acheter un bouquet de fleurs et des religieuses au chocolat nappées de crème. Sa mère en raffolait. Il y avait peu de monde sur le parking de la clinique. Sans doute la faute à ce week-end humide et froid. Mauve gagna directement la chambre de sa mère. Malgré les volets grands ouverts, la pièce était plongée dans la pénombre. Une lampe éclairait le coin salon. Assise devant la fenêtre, emmitouflée dans un châle noir, Édith feuilletait des revues féminines. Tout à coup, elle se tourna vers sa fille et lui sourit. Mauve fut émue en voyant son visage si terne, ses cheveux blancs ramassés sur sa nuque. Elle semblait avoir encore vieilli depuis sa dernière visite. Lentement, les traits d'Édith se transformèrent. Mauve sentit qu'elle la reconnaissait et qu'elle s'apprêtait à lui dire quelque chose. Mais de longues secondes s'égrenèrent avant qu'elle ne se décide à parler.

— Mauve, je ne t'ai pas entendue entrer, murmura-t-elle.

La jeune femme se pencha pour l'embrasser. Édith tendit les mains et les posa avec délicatesse sur les épaules puis sur le visage de sa fille. Mauve savoura ce moment de douceur. Comme une caresse inachevée surgie de l'enfance.

— Comment vas-tu, maman ? Regarde, je t'ai apporté des fleurs.

Elle se dirigea vers la salle de bains attenante à la chambre, dénicha un vase qu'elle emplit d'eau. Puis elle y arrangea les fleurs et les posa sur la table de chevet.

— Elles sont belles. Merci, Mauve.

Son regard s'arrêta sur l'emballage de la pâtisserie. Mauve l'ouvrit et lui présenta les religieuses.

— Je vais demander qu'on t'apporte une assiette.

— Non, j'aimerais mieux en manger une tout de suite.

Mauve posa un gâteau sur un mouchoir en papier plié en quatre et le lui tendit. Édith le dévora à pleines dents avec une délectation tout enfantine. Un instant, la jeune femme retrouva le visage et les mimiques de Laurie devant ses friandises préférées.

— Pourquoi ton père ne vient-il pas me voir ? demanda Édith lorsqu'elle eut mangé la pâtisserie.

— Je suis très occupée avec le domaine et papa m'aide beaucoup. Il garde les enfants, il va les chercher à l'école.

— Paule dit que vous la tenez à l'écart.

Mauve ne voulait surtout pas troubler ce moment de quiétude entre elles. Mais elle n'accepta pas cette vérité tronquée.

— Ce serait plus exact de dire que c'est elle qui nous ignore.

— Tout est toujours si compliqué dans cette famille.

Édith ne quittait pas Mauve des yeux, comme si elle attendait de sa part un commentaire. Mauve hésitait, craignant de rompre le fragile équilibre que sa mère semblait avoir retrouvé.

— Et comment vont les enfants ? demanda Édith.

— Du mieux possible dans ces circonstances. Ils sont très courageux.

— Toi aussi, ma fille, tu es courageuse. Tu l'as toujours été.

Mauve pensa qu'elle n'aurait peut-être plus l'occasion d'aborder avec elle le passé. Elle prit une longue inspiration.

— Maman, pourquoi tu ne m'as pas dit que j'étais une enfant adoptée ?

La stupeur se dessina sur le visage d'Édith.

— Qui te l'a dit ? Paule ?

— Non, c'est papa.

— Il n'aurait jamais dû. Il m'avait promis !

Bouleversée, Édith perdit contenance et commença à s'agiter. Mauve redouta une crise de panique. Elle lui prit les mains, les porta à ses lèvres et s'efforça de la rassurer.

— Ne t'inquiète pas, maman, ce n'est pas si grave, au fond. Je regrette simplement de ne pas l'avoir su plus tôt.

— Ce n'était pas un aveu facile.

Mauve ne comprenait pas pourquoi. La vérité lui avait toujours paru si simple, tellement préférable à toute forme de mensonge. À présent qu'elle avait commencé à interroger sa mère, elle devait continuer.

— Que sais-tu de mes parents biologiques ?

— Je ne me souviens plus. C'est si loin. Puis-je manger un autre gâteau ?

— Ce n'est peut-être pas recommandé.

— On ne mange que de la compote et des œufs en neige, ici.

Mauve sourit et céda à la gourmandise de sa mère qui engloutit une seconde religieuse avec la même délectation. Puis Mauve humecta un linge qu'elle avait récupéré dans la salle de bains et lui essuya les lèvres et les mains. Édith se laissa faire. Elle semblait avoir recouvré son calme, de nouveau attentive aux gestes de sa fille. Elle demanda un verre d'eau, Mauve s'inquiéta de savoir si elle n'avait pas froid. Elle attendit encore un moment, puis elle sortit les photos de son sac.

— Maman, tu connais cette jeune femme ? J'ai trouvé de nombreuses photos d'elle dans le grenier. Toujours en compagnie de grand-mère Elena.

Édith tendit la main et se figea aussitôt, posant sur le portrait un regard affolé. Elle se recroquevilla au fond de son fauteuil, terrifiée.

— Non, pas elle... Pas elle ! s'écria-t-elle.

— Maman, calme-toi, répondit Mauve en remettant les clichés dans son sac.

Elle regrettait de les avoir sortis, mais c'était trop tard. Édith s'agitait sur son siège, en la dévisageant d'un air navré.

— Pourquoi me demandes-tu qui c'est ? Tu sais très bien que c'est ta mère ! Je suis désolée, ce n'était pas ma faute, je te jure.

Elle prit les mains de Mauve et les serra avec une force prodigieuse.

— C'est ton grand-père... Le chantage !

Elle lui broyait les doigts. Mauve ne put retenir une grimace et elle essaya de se dégager. Édith se mit à sangloter.

— Tu n'imagines pas ce qu'on peut faire sous la contrainte.

Elle se laissa glisser en avant, mit la tête dans ses mains et articula quelques mots que Mauve eut du mal à comprendre.

— Dieu ne peut pas pardonner cela... Pauvre petite.

Tout à coup, elle fut saisie de convulsions et se mit à hurler. Mauve se précipita dans le couloir à la recherche d'une infirmière. Elle intercepta l'une d'elles qui sortait d'une chambre avec un plateau garni de seringues et de flacons.

Le temps qu'elles regagnent la chambre, Édith avait retrouvé sa position assise, le visage figé, le regard vide, suivant le mouvement du vent dans les arbres du parc.

— Il vaut mieux la laisser maintenant, conseilla l'infirmière.

Mauve se pencha vers sa mère et l'embrassa sur le front.

— Au revoir, maman.

— Est-ce que tu aimes ton prénom ?

— Oui, beaucoup, répondit Mauve, surprise.

— Alors c'est bien, chuchota Édith.

Puis elle se mit à fredonner, le visage toujours tourné vers la fenêtre.

26

L'infirmière de sa grand-mère, sa mère biologique… Mauve eut conscience de conduire trop vite sur ces routes de campagne détrempées. Sa ceinture de sécurité lui broyait la poitrine. Elle s'efforça de retrouver une respiration plus calme et, lentement, les battements effrénés de son cœur s'apaisèrent. Elle ne pouvait détacher de son esprit le sourire de sa véritable mère, debout près de sa malade. Gardienne de la folie des Carreau.

De retour à Bassan, elle se précipita dans le grenier et retourna les cartons sans rien trouver de nouveau. Il restait ce meuble fermé à clé, encastré tout au fond de la soupente. Elle tourna le cadenas dans tous les sens. Il tint bon. Où trouver la clé ? Elle avait toujours la solution de fracturer la porte. Elle fut tentée de courir chercher des outils, mais elle se ravisa. Pas maintenant, se dit-elle. Elle ne pouvait pas faire cela en présence des enfants et de son père.

Elle rongea son frein pendant tout le week-end, et le lundi, elle avait un plan dans la tête. Elle demanda à son père de conduire les enfants à l'école et le chargea de faire quelques courses. Le connaissant, elle était sûre que cela lui prendrait au moins deux heures. En revanche, il était difficile de chasser sa tante de la maison avec autant de facilité, aussi décida-t-elle de l'ignorer. Elle se rendit au chai et choisit plusieurs outils. Intrigué, André lui proposa son aide.

— Merci, André, si j'ai un problème, je vous appellerai.

— N'hésitez pas Mauve, je suis là ! se contenta-t-il de lui dire.

En quittant les chais, elle croisa sa tante au volant de sa voiture. En la voyant prendre la direction de la départementale, Mauve en conclut qu'elle se rendait à Saint-Porchaire. La voie était libre. Dix minutes plus tard, elle s'attaqua au cadenas qui fermait le buffet rustique à double battant. Le parquet du grenier gémit sous ses efforts. La serrure céda enfin. Le meuble abritait surtout des papiers : classeurs, chemises reliées par des élastiques, valisettes. Mauve s'assit à même le sol et étala les documents devant elle au fur et à mesure qu'elle en prenait connaissance. Elle découvrit des actes notariés, l'acquisition de parcelles de vigne, des rachats de droits de plantation à des vignerons locaux. Des actes de ventes, aussi, bois, champs, et autres terrains impropres à la culture de la vigne. De nombreuses chemises contenaient des déclarations de récolte et de distillation qui déroulaient plus de trente ans d'activité viticole à Bassan.

Mauve s'étira puis attrapa un objet enfoui au fond du buffet. C'était un porte-documents fermé par un ruban de toile effiloché. La couverture cartonnée était passablement défraîchie, mais deux noms apparaissaient sur la page de garde : « Jena-Mauve ». Avec précaution, Mauve écarta les rabats du porte-documents et son regard s'arrêta sur une déclaration de naissance portant l'entête de la maternité de l'hôpital Pellegrin à Bordeaux, datée du 22 octobre 1977, ainsi que la mention : « Enfant sexe féminin – Née sous X ». Une photo était juxtaposée au papier officiel. C'était l'infirmière de sa grand-mère, assise sur un lit d'hôpital et tenant entre ses bras un bébé âgé de quelques heures à peine. Mauve sentit son cœur se serrer. C'était sans doute le seul portrait d'elle en compagnie de sa vraie mère. Toutefois, elle ne comprenait pas pourquoi ses parents adoptifs avaient pris cette photo. Pensaient-ils lui révéler un jour les conditions de sa naissance ? Et pourquoi ne l'avaient-ils pas fait ? Elle continua de fouiller dans les papiers. Suivait tout un dossier juridique consacré à son adoption. Une adoption plénière qui coupait tout lien avec sa famille d'origine. Comme toujours, Joseph savait ce qu'il faisait... En avançant dans ses recherches, elle découvrit une enveloppe cachetée et collée au recto de la dernière page du porte-documents. Elle l'ouvrit et sortit deux feuilles couvertes d'une élégante écriture. Elle dut relire plusieurs fois avant de comprendre.

Moi, Jena Leroy, avoue avoir entretenu une liaison avec Louis Bérard et attendre un enfant de lui. Cette aventure a duré huit mois, de juillet 1976 à février 1977. Je reconnais, en outre, que Louis Bérard était mineur au moment des faits.

La déclaration était datée et signée. Le second message était beaucoup plus personnel.

Mon amour, je ne peux rien t'expliquer mais je dois te quitter. Sache que j'y suis contrainte. Ne me demande pas pourquoi, je ne peux rien te dire. Il ne s'agit pas de me préserver. J'affronterais la prison s'il nous était possible de nous retrouver après cette épreuve. Mais je n'ai même pas ce choix-là. Et j'ai si peur de ce qui pourrait t'arriver à toi, au bébé que j'attends. Ne cherche pas à me revoir, Louis. Jamais. Il y va de ton avenir et du bonheur de notre enfant. Pourtant, ne doute jamais que je t'aime. Et je t'aimerai toujours.

Jena.

Mauve sentit un grand froid l'envahir. Elle étendit ses jambes engourdies et s'appuya contre le buffet. Autour d'elle, le parquet était jonché de papiers épars qu'elle repoussa dans un coin. Elle éprouvait un vague malaise, une douleur de plus en plus sourde. Les aveux de sa mère, sa lettre d'adieu. Et sa naissance sous X. À partir de ces documents qu'elle tenait toujours entre ses mains, elle comprit ! Trois éléments se superposaient pour former un tout. Une tragédie qu'elle se refusait encore à croire. C'était trop horrible. Pourtant, toutes les preuves étaient là, sous ses yeux. Édith avait parlé de chantage l'avant-veille. Ainsi, Joseph avait fait chanter Jena pour qu'elle abandonne son bébé. « Pour qu'elle m'abandonne et qu'Édith puisse m'adopter », se répétait-elle. Et les mots résonnaient, comme si on lui enfonçait violemment la tête à grands coups de maillet. Elle fut saisie d'une immense colère. Pendant quelques instants, elle demeura interdite, presque hébétée. Elle aurait voulu que son grand-père soit encore vivant pour lui jeter sa rage et son mépris à la figure. Elle réalisa combien elle le haïssait. Elle l'avait toujours détesté d'ailleurs. Elle essuya les larmes qui ruisselaient sur son visage et mit le porte-documents de côté. Le buffet renfermait encore une boîte à archives pleine de lettres, reliées par paquets entourés d'un ruban élastique. Les enveloppes étaient de couleurs et de formats différents, les cachets postaux variés : Saint-Étienne, Avignon, Colmar, Albi. Mais elles étaient toutes destinées à la même personne : Mauve Guyon, Château de Bassan, 17, Saint-Porchaire.

Où était sa mère aujourd'hui ? Mauve se promit de tout faire pour la retrouver. Elle voulut extraire la première lettre, mais le ruban élastique cassa et les enveloppes se répandirent sur le parquet. Elle les ramassa, les classa par date et ouvrit la première enveloppe.

Ma petite fille chérie, j'espère qu'un jour tu pourras lire mes lettres. Mais quoi qu'il en soit, ma vie entière je ne cesserai jamais de t'écrire. Je voudrais tant que tu comprennes qu'au fond de mon cœur je ne t'ai jamais abandonnée. Je t'aime, Mauve. Je t'ai adorée à la seconde où tu es née. J'ai su au premier regard posé sur toi que ma vie serait un enfer. Que je ne me remettrai jamais de t'avoir laissée. Mais nous étions si jeunes ton père et moi lorsque j'ai appris que je t'attendais. Il avait 17 ans, j'en avais 20…

Mauve ne se sentit pas le courage de poursuivre sa lecture. Elle examina les enveloppes sans les ouvrir. Les dates d'expédition s'échelonnaient sur quinze ans, de 1977 à 1992. Puis, au fond de la boîte à archives, elle découvrit une coupure de presse extraite du quotidien régional, *La Dépêche du Midi*.

> Tragique accident de la route dimanche 13 mars. Une collision entre un poids lourd et une automobile conduite par une jeune femme, Jena Leroy, infirmière à l'hôpital de Castres. La jeune femme, grièvement blessée, est décédée pendant son transfert au centre hospitalier d'Albi.

Mauve ne chercha pas à retenir les larmes qui inondaient son visage. En quelques heures elle venait d'apprendre l'existence de sa mère et son décès. Et les conditions de son adoption. Ses jambes, puis tout son corps se mirent à trembler. Elle se leva, traversa la soupente au milieu des toiles d'araignées et du bric-à-brac pour aller ouvrir la lucarne. Elle respira à pleins poumons l'air glacé qui finit par lui brûler les yeux. Puis elle rassembla les enveloppes dans leur boîte, prit les documents relatifs à son adoption et quitta le grenier. Elle lirait les lettres de sa mère plus tard. Pour l'instant, elle était anéantie.

Elle descendit dans sa chambre et eut juste le temps de dissimuler les enveloppes dans le bas de son armoire lorsqu'elle entendit claquer une porte. Son père s'était garé devant l'entrée qui menait aux cuisines et descendait les sacs à provisions de sa voiture. Sans réfléchir, elle courut au-devant de lui et se jeta dans ses bras sans dire un mot. Georges ne put réprimer un brusque mouvement de colère.

— Qu'est-ce qui se passe, c'est encore ta tante? J'en ai assez de cette mégère, je vais lui dire deux mots.

— Non, papa, je vais t'expliquer, mais je t'en prie, allons nous asseoir.

Ils s'installèrent dans le salon et elle fut longue à retrouver son calme. Mais ce fut d'une voix plus sûre qu'elle entama le récit de ses découvertes. Elle lui montra les aveux de sa mère, sa lettre d'adieu, son acte de naissance. À son tour, Georges assembla les différents morceaux du puzzle. Et ce qui se dessinait sous ses yeux était monstrueux.

— Tu ne savais rien, papa?

— Je te jure que non, ma petite fille. Je t'en supplie, dis-moi que tu me crois.

— Je te crois, papa.

Elle le rejoignit sur le sofa et blottit sa tête au creux de son épaule. Il referma ses bras autour d'elle. Comment ne se sentirait-elle pas dévastée? Une image surgit dans sa mémoire. Mauve avait 5 ans. Elle était tombée de vélo sur les graviers dans l'allée. Les genoux et les coudes en sang, c'était vers lui qu'elle était venue en pleurant. Il avait posé des pansements sur ses écorchures et l'avait consolée. Comme en cet instant, où il sentait les soubresauts de ses sanglots contre sa poitrine.

Oppressée, Mauve s'accrochait à son père, elle avait l'impression que l'air lui manquait et que lui seul pourrait l'aider à recouvrer le souffle de la vie. Puis, au bout de longues minutes, elle se sentit comme rassérénée dans ses bras. Elle entrevit confusément l'importance de cet instant. Comme s'ils avaient franchi une nouvelle étape qui les rapprochait encore l'un de l'autre. Et elle se jura que rien ne les séparerait, jamais.

— C'est grand-père, dit-elle enfin. Maman savait. Elle m'a parlé de chantage quand je suis allée la voir samedi après-midi. Grand-père a dû menacer ma vraie mère de la dénoncer à la justice.

— Une liaison avec un mineur... Il y a trente-cinq ans ! Non seulement elle était répréhensible devant la loi, mais cela aurait anéanti sa carrière et brisé toute sa vie. Et la tienne aussi.

— Il ne lui a laissé aucune chance.

Abasourdi, Georges garda le silence. Son attention se porta sur la fenêtre. La pluie glissait sur les carreaux en dessinant de petites cascades de perles. Comme des larmes.

— Ton grand-père était pire encore que je ne l'imaginais, reprit-il après un moment de réflexion. Quel vieux salaud ! Je suis désolé de toutes ces souffrances qui t'ont été infligées, Mauve. Les choses auraient dû être différentes.

— Je ne m'étonne plus que maman ait fini par perdre la raison.

Ils étaient toujours enlacés lorsque Paule pénétra dans le salon. Sa coiffure était parfaite, elle tenait dans ses mains des sacs à l'effigie d'une grande marque de vêtements. Aussitôt, Mauve se redressa et l'apostropha.

— J'ai deux mots à te dire.

Elle lui tendit les documents qu'elle avait montrés à son père et fut surprise de déceler sur son visage une vive anxiété, mêlée à de l'affolement.

— Tu savais, n'est-ce pas ?

— De quoi parles-tu ? demanda Paule qui blêmit en parcourant les feuillets.

— Les conditions de mon adoption ! Le fruit d'un ignoble chantage perpétré par grand-père à l'encontre de ma véritable mère.

D'un mouvement brusque, Paule lui rendit les papiers et recula en direction de la porte.

— Tu savais, hein ? répéta Mauve en s'avançant vers elle.

Paule fit un signe de dénégation et haussa les épaules.

— Non seulement je ne te crois pas, rétorqua Mauve, mais je ne serais même pas surprise que l'idée soit venue de toi.

— Tu peux croire ce que tu veux ! Quand donc finiras-tu par comprendre que tu ne comptes pas pour moi. Tu n'es rien, tu n'as jamais rien représenté !

Elle repoussa brutalement sa nièce qui chancela sous la ruade, puis elle s'échappa du salon, oubliant ses paquets. Mauve se précipita derrière elle mais elle fut arrêtée dans son élan par son téléphone qui vibrait dans la poche de sa veste. Elle décrocha. C'était André.

— Mauve, pouvez-vous venir au chai ? Nous avons un visiteur et j'ai besoin de vous.

— Vous avez des ennuis ?

— Je ne peux pas vous en dire plus au téléphone, mais votre présence est indispensable. Venez vite !

En proie à une vive inquiétude, Mauve raccrocha et attrapa son sac et ses clés au vol. Que se passait-il encore ? Le fait qu'André ait refusé de lui parler l'affolait. Elle imaginait déjà les pires situations...

Elle avait pourtant eu son lot d'émotions pour aujourd'hui.

— Il se passe quelque chose au chai, je file ! lança-t-elle à son père.

Elle se gara sur le parking, devant les bureaux. Elle vit tout d'abord deux valises à l'entrée du chai. Puis un homme, de dos, qui s'entretenait avec André. Soudain, elle reconnut la voix si familière, modulée par cet accent mélodieux qu'elle adorait. Elle en eut le souffle coupé. Oubliant qu'elle était couverte de poussière, les cheveux encore emmêlés dans les toiles d'araignées, elle sortit de sa voiture et s'élança vers le chai.

— Liang ! cria-t-elle, et elle se jeta dans ses bras.

27

La stupéfaction passée, Mauve assaillit Liang de questions.

— Mais que fais-tu ici ?

— Je me suis libéré pour trois jours, j'avais tellement envie de te voir.

— Pourquoi ne m'as-tu pas prévenue ? Je serais allée te chercher à l'aéroport ou à la gare.

— Je voulais te faire une surprise.

C'était réussi. Elle n'en revenait pas ! Le cœur battant, elle entassa les deux valises dans le coffre. Avant de grimper dans sa voiture, elle se jeta au cou de Liang et l'embrassa avec fougue. En chemin, il lui expliqua qu'il ne pourrait pas prolonger son séjour à Bassan au-delà du week-end. Il devait impérativement rentrer à Bruxelles lundi matin afin de préparer un séminaire qui avait lieu la semaine suivante.

— Mais je reviendrai mi-mars, ajouta-t-il, et là, je prendrai un mois de congé.

Elle se gara devant le château. Son père, qui l'avait vue partir quelques instants plus tôt, l'attendait sur le perron, un tantinet inquiet. Mauve le rassura et lui présenta Liang, avant de réaliser qu'elle était échevelée et couverte de poussière.

— Papa, peux-tu faire visiter la maison à Liang le temps que j'aille me changer ? J'en ai pour un quart d'heure.

Elle monta dans sa chambre, jeta ses vêtements sales dans la panière à linge de la salle de bains et prit une douche. Puis elle noua ses cheveux encore humides et enfila un jean qu'elle assortit à un pull blanc. Liang était là ! Dans quelques minutes, il viendrait poser ses valises. Affolée, elle fit le tour de la pièce et vérifia que tout était en ordre. Un brusque sentiment de joie l'envahit, elle eut une folle envie de rire et de chanter. L'espace d'un instant, elle oublia tout… Les secrets de famille qui n'en finissaient pas de la blesser, les enfants, le domaine. Elle était tout simplement heureuse.

Liang la rejoignit un peu plus tard. Il suspendit ses vêtements dans l'armoire et posa sa trousse de toilette sur l'étagère au-dessus du lavabo.

— Tu auras assez de place ? s'inquiéta Mauve.

— Mais oui, c'est parfait. Quelle maison magnifique ! s'exclama-t-il, encore émerveillé par la visite qu'il venait de faire avec Georges. Un tel cachet, il n'y a qu'en France que de telles choses existent.

Il était tombé sous le charme de cette vieille demeure, avec ses immenses pièces ornées de boiseries, ses hauts plafonds aux moulures sculptées. Et tous ces meubles anciens, ces tableaux…

— Dommage que tu découvres les jardins et le parc en hiver. Ce n'est pas la meilleure saison pour en apprécier leur beauté.

Lorsqu'ils redescendirent, Mauve s'arrêta devant la chambre de sa tante et frappa un coup léger à la porte. Paule apparut sur le seuil et posa un regard étonné sur l'homme qui se tenait aux côtés de sa nièce. Elle l'examina de la tête aux pieds sans gêne aucune.

— Je te présente Liang, mon compagnon. Il est ici pour le week-end.

Paule lui tendit la main que Liang porta à ses lèvres. Mauve nota le regard hautain de sa tante, ce qui la mit hors d'elle. Cette dernière le remarqua et lui lança un sourire amusé.

— Enchantée, monsieur, susurra-t-elle les lèvres pincées.

Et aussi vite, elle réintégra sa chambre en refermant brutalement la porte. Surpris, Liang se tourna vers Mauve.

— C'est sans importance, dit-elle en riant, je t'expliquerai.

En fin de journée, Mauve téléphona à André pour l'inviter à dîner. Après un moment d'hésitation, elle décida aussi de convier Emma. Cette dernière accepta, au grand bonheur des enfants, et de Georges qui gratifia sa fille d'un sourire reconnaissant. Paule refusa de descendre et le repas se déroula dans une ambiance joyeuse et détendue. Liang se plia au jeu des questions avec gentillesse, répondant à la curiosité de Georges et d'Emma qui l'interrogèrent sur son pays d'origine, ses études, son travail. André ne disait rien mais observait avec attention l'ami de Mauve qui, manifestement, fascinait son auditoire. Comment Mauve n'aurait-elle pas été séduite ? André comprenait maintenant sa hâte de régler les problèmes du domaine pour repartir vivre avec lui. Au début, Guillaume et

Laurie avaient dévisagé Liang avec circonspection. Mais quand Mauve apporta le poulet qu'elle avait découpé dans la cuisine, Laurie se dérida et s'esclaffa en pointant un doigt vers le jeune homme.

— J'ai compris, c'est ton amoureux !

Tous éclatèrent de rire. Heureux, Georges contemplait sa fille. Elle rayonnait à la lumière vacillante des bougies qu'elle avait disposées au centre de la table. Ce climat d'insouciance et de gaieté perdura jusqu'au dessert. Puis Mauve décréta qu'il était temps pour Guillaume et Laurie d'aller se coucher.

— Demain, il y a école mes chéris... Alors vite, au lit !

Elle se leva pour les accompagner dans leur chambre, mais Laurie la retint par le bras.

— Et ton amoureux, il peut venir pour nous souhaiter bonne nuit ? lui glissa-t-elle à l'oreille.

Liang se tourna vers Mauve qui lui répondit par un clin d'œil complice.

— Allons, montrez-moi votre chambre ! dit-il, se levant à son tour.

Les enfants enfilèrent leurs pyjamas, puis Mauve borda Laurie en l'étouffant de gros câlins tandis que Guillaume montrait à Liang ses bandes dessinées. Le jeune homme lui révéla qu'il possédait chez lui une grande collection d'albums. Le gamin n'en croyait pas ses oreilles. Mais Mauve coupa court à leur conversation passionnée et envoya Guillaume au lit. Elle l'embrassa, éteignit la lumière et se retira sur la pointe des pieds, suivie de Liang. Dans le couloir, il arrêta la jeune femme et l'attira contre lui.

— Je comprends que tu te soucies de l'avenir de ces enfants. Ils sont adorables.

Il l'embrassa longuement, tendrement.

— Tu m'as manqué, tu sais…

Et il l'embrassa encore, comme il n'avait pas eu l'opportunité de le faire depuis qu'il était arrivé. Comme il ne l'avait pas fait depuis si longtemps.

Enroulée dans les draps, les paupières mi-closes, Mauve avait l'impression de flotter. Elle sentait la présence de Liang à côté d'elle et apprécia cet instant magique. Après l'amour, ils avaient goûté un long moment de plénitude, blottis l'un contre l'autre sous la couette. Dehors, les rafales de pluie et de neige fondue s'abattaient sur la façade de la maison.

— Écoute, lui avait murmuré Liang à l'oreille, j'adore le bruit de la pluie la nuit.

Elle s'était alors blottie dans ses bras et s'était endormie presque aussitôt. Liang l'avait longtemps regardée, ému de la voir ainsi, vulnérable et fragile, reposant contre sa poitrine. Son visage semblait plus pâle encore sur le satin ocre de l'oreiller. Même dans le sommeil, la tristesse marquait le contour de ses yeux, le pli de ses lèvres. Comme si elle rebattait ses soucis jusqu'au cœur de ses rêves.

Soudain, Mauve sursauta et alluma la lampe de chevet. 8 heures ! Les enfants… Elle se leva et enfila sa robe de chambre avant de se précipiter au rez-de-chaussée. Seuls les miaulements de Framboise troublaient le silence de la maison. La jeune femme trouva un message de son père sur la table de la cuisine. Il s'était occupé du petit déjeuner et était parti conduire les enfants à l'école.

***

— Le vieillissement du cognac doit durer deux ans et demi au minimum, et exclusivement dans des barriques de chêne neuves.

André dévoilait une partie des secrets du cognac à Liang qui le suivait pas à pas dans le chai en buvant ses paroles. Fasciné, il posait mille questions, allant parfois au-devant des explications du maître de chai.

— Deux ans et demi minimum ? Mais quel âge ont les cognacs les plus vieux ?

— À Bassan, nous sommes fiers de posséder des eaux-de-vie vieilles de plus d'un siècle !

Mauve avait déjà remarqué leur sympathie mutuelle. Visiblement, ils deviendraient complices avant longtemps ces deux-là ! Elle décida de les laisser entre hommes et rejoignit son bureau. Carole relançait les factures des restaurateurs et des cavistes. Mauve lut ses messages, puis elle entreprit de contrôler les sorties d'alcool au cours de l'année écoulée. Elle était toujours perdue dans les colonnes de chiffres, lorsqu'André passa la tête par la porte entrebâillée.

— Je prends le véhicule tout-terrain et j'emmène Liang faire le tour du vignoble.

— Prenez garde à ne pas vous enliser !

Les averses avaient succédé aux chutes de neige et les sols étaient détrempés. Toutefois, ce matin, la pluie avait cessé et le soleil avait fait son apparition derrière les collines avoisinantes. Un temps idéal pour une balade. Mauve travailla sans relâche et ne vit pas les heures passer jusqu'au retour d'André et de Liang, un peu avant midi.

— Ce domaine est fabuleux ! dit Liang avec enthousiasme. Je sais déjà que tes cognacs sont divins et qu'ils conviennent tout à fait au marché asiatique. Mais j'avoue que je ne m'attendais pas à découvrir de telles étendues de vignes et de telles installations… Et ce château !

— Il saute d'une idée à l'autre, déclara André avec un sourire amusé, j'en ai le tournis !

Il sortit des verres et aligna une dizaine d'éprouvettes sur le comptoir de dégustation. Elles étaient toutes pleines de magnifiques cognacs aux reflets ambrés.

— Racontez à Mauve ce que vous m'avez suggéré à propos de l'œnotourisme.

Liang avait apporté dans ses valises les coordonnées de plusieurs importateurs chinois qui souhaitaient recevoir des échantillons et les tarifs.

— C'est bien d'exporter tes alcools en Asie, ma chérie, expliqua-t-il, mais ce serait encore mieux d'inviter les acheteurs au château pour des colloques. Je dirais deux ou trois fois par an, avec des visites commentées sur le thème « à la découverte du cognac » par exemple, et des dégustations. Je suis sûr que les importateurs chinois viendront en nombre si tu les invites. Et je peux t'assurer qu'après leur avoir fait découvrir ce cadre extraordinaire, tu les fidéliseras à vie !

— C'est un peu ce que nous sommes en train de mettre en place André et moi, mais à l'échelle du tourisme local destiné au grand public, le but étant de valoriser le potentiel de Bassan.

Mauve croisa le regard d'André et vit qu'il s'était rembruni. Ce n'était pas difficile de lire dans ses pensées. Toutes les initiatives de Mauve avaient un seul but : rehausser la valeur du domaine afin de le vendre au meilleur prix. Liang, qui ne releva pas ce moment de confusion, continua sur sa lancée, débordant d'inspiration.

— Et pourquoi ne pas jumeler tourisme national et tourisme international ?

Elle hocha la tête en souriant, se laissant bercer par le regard qu'il posa sur elle. Elle adorait ses yeux, d'une luminosité profonde, qui précipitaient toujours les battements de son cœur.

Mauve savoura pleinement le week-end qui fila à une vitesse folle. Excepté sa tante, qui resta enfermée dans sa chambre, toute sa famille semblait apprécier Liang et elle en fut heureuse. En particulier Guillaume et Laurie. Avec une candeur touchante, ils n'entreprirent plus rien sans chercher son approbation. Lui-même se prêta au jeu avec beaucoup de gentillesse. Quant à Mauve, elle redécouvrit avec enchantement ce qu'était la vie à deux. S'endormir, se réveiller près de l'homme qu'elle aimait, parcourir le domaine en sa compagnie, les enfants dans leurs pas, jusqu'aux mémorables séances de dégustation avec André ! Pour ne pas altérer ce bonheur qu'elle savait éphémère, elle prit soin d'éviter les écueils. Elle n'aborda pas les secrets qui pesaient sur sa famille, ni ses projets, encore moins la date de son retour définitif en Belgique. Le passé était tabou, l'avenir bien incertain. Le cognac constitua donc leur principal sujet de discussion.

Le lundi matin, Mauve raccompagna Liang à la gare de La Rochelle. Ils s'étaient réservé un peu de temps et allèrent prendre un café en attendant le départ du TGV. Liang la remercia pour ce merveilleux séjour dans sa famille et lui promit de revenir très vite. Au dernier appel de l'hôtesse, ils échangèrent encore un baiser.

— À bientôt, ma chérie. Et n'oublie pas d'envoyer tes échantillons à Pékin ! dit-il au moment de monter dans son wagon.

Mauve ne put s'empêcher de rire. En dépit de l'émotion du départ, il n'en gardait pas moins la tête dans les affaires ! À travers la fenêtre du compartiment, elle le vit chercher sa place, ranger ses valises. Puis elle regarda le train s'éloigner et demeura un moment sur le quai. Elle compterait les jours jusqu'à son retour. Elle regagna sa voiture, désemparée par cette solitude qui lui pesait déjà. Tiraillée par le remords, mais surtout préoccupée, elle se sentait coupable d'avoir choisi la facilité en éludant les questions cruciales qui engageaient la destinée de son couple. L'avenir de ses neveux entre autres. Une grande tristesse l'envahit.

Chaque jour, elle se répétait qu'elle devait parler à Guillaume et Laurie, les préparer à l'idée qu'ils iraient vivre dans le Gers à la rentrée prochaine. Mais à chaque fois, elle repoussait la conversation à plus tard, s'en donnant toutes les bonnes raisons. Soit les enfants n'étaient pas prêts à l'entendre, soit elle ne se sentait pas en mesure de leur parler ce jour-là. En vérité, elle manquait de courage. Elle aurait donné n'importe quoi pour s'épargner une telle épreuve. Car elle savait déjà que c'en serait une. Guillaume et Laurie avaient pris une grande place dans son cœur. Désormais, ils faisaient partie de sa vie. L'idée même de devoir leur annoncer qu'elle les abandonnait lui faisait venir les larmes aux yeux. Comment s'y prendrait-elle pour leur expliquer qu'elle ne pouvait pas rester à Bassan avec eux et qu'ils ne pouvaient pas non plus vivre avec elle en Belgique ?

La pluie s'était remise à tomber. Les essuie-glaces allaient et venaient, rythmés par le clapotis des gouttes d'eau qui s'écrasaient sur le pare-brise. Mauve serra le volant en pensant aux difficultés qui l'attendaient. Durant tout le trajet, elle se concentra sur la ligne à suivre. Elle attendrait les vacances de Pâques pour parler à Guillaume et Laurie. La présence de leurs grands-parents faciliterait les discussions ; elle savait qu'ils la soutiendraient dans sa prise de décision.

28

Mi-mars, la température grimpa de plusieurs degrés et le vent de l'océan se fit plus doux, annonçant un printemps précoce. Mauve avait coutume de passer du temps avec ses neveu et nièce le mercredi après-midi. Ce jour-là, elle les invita à faire une promenade dans le parc afin de profiter de la douceur retrouvée. Ils ne se firent pas prier. Bottes aux pieds, le blouson boutonné jusqu'au col, Guillaume aida sa petite sœur à enfiler son manteau avant de rejoindre leur tante qui les attendait sur le perron. D'un pas alerte, un enfant accroché à chaque main, Mauve s'enfonça dans les bois. Ils longèrent les allées et elle eut un petit pincement au cœur en voyant s'amonceler les ronces, les bruyères et les plantes sauvages. Restriction de budget oblige, le parc n'était plus entretenu. Laurie cueillit quelques primevères mais renonça aux pervenches. Les fleurs étaient encore trop fragiles et les tiges se brisaient entre ses doigts. Loin devant elles, Guillaume livrait un combat imaginaire contre un sombre personnage de BD avec un morceau de bois qu'il avait récupéré au pied d'un arbre. Les joues rouges, il revint en courant vers sa tante.

— Je peux enlever mon blouson ? lui demanda-t-il.

— Non, mon chéri, il ne fait pas assez chaud. Mais tu peux retirer ton écharpe si tu veux.

Ils arrivèrent à l'extrémité du parc, au niveau du mur d'enceinte qui bordait le chemin de terre conduisant à la forêt. Mauve se raidit pour ne pas céder à la vague de panique qu'elle sentit monter en elle. C'était sur ce chemin qu'elle était tombée de cheval. Jamais elle n'avait oublié cet instant. Elle avait tellement souffert dans sa chute, et elle avait eu si peur. Une peur qui ne l'avait jamais quittée depuis cet accident.

Dans ce coin du parc, les marronniers et les tilleuls formaient une voûte abritant un petit kiosque. Les massifs de crocus et de jonquilles qui l'entouraient jadis avaient disparu et le lierre avait grimpé jusque sur la toiture du pavillon. Trois marches menaient à l'intérieur où une table et un banc de pierre étaient fixés dans le sol. Le banc était recouvert de mousse. Mauve y prit place, entourée de Guillaume et Laurie.

— Je venais souvent ici quand j'avais votre âge. J'emportais des livres et mon goûter.

Elle se souvenait qu'elle écoutait chanter les oiseaux en fermant les yeux, persuadée qu'ils chanteraient plus fort si elle ne les regardait pas. Laurie leva la tête vers sa tante et lui prit la main. Un bonbon déformait ses joues et elle souriait.

— Est-ce que maman venait aussi ?

— Quelquefois, répondit Mauve.

C'était une demi-vérité. Et qu'est-ce qu'une demi-vérité, songea-t-elle, sinon un mensonge ? En réalité, Véronique n'y venait jamais, ou seulement pour lui dire qu'on l'attendait pour le dîner et qu'elle devait se changer avant de passer à table.

Laurie avait étalé les fleurs sur ses genoux et recomposait son bouquet. Mauve était assaillie par une foule d'images surgies de son enfance. Les caprices de Véro, les silences de sa mère et les colères de son grand-père… C'était bien de la peur qu'elle ressentait alors, et ce sentiment lancinant de solitude qui lui brisait le cœur. Plus tard, c'était dans ce coin du parc, sur ce vieux banc, qu'elle retrouvait Anthony, au temps de leurs premiers émois amoureux. Elle pensa soudain qu'elle n'avait plus aucune nouvelle de lui depuis un laconique échange de vœux début janvier. Elle en fut attristée. Tant de souvenirs, et tout autant de regrets…

— J'ai faim, murmura Laurie, ce n'est pas encore l'heure du goûter ?

— Tu as tout le temps faim, ricana Guillaume.

Pour couper court à ses souvenirs, Mauve décida qu'il était temps de rentrer. Sur le chemin du retour, ils évoquèrent les fêtes de Pâques et les vacances qui débuteraient particulièrement tôt cette année.

— On pourra inviter nos amis à goûter ? demanda Guillaume.

— Bien sûr, je vous l'avais promis.

— Tante Mauve, on pourrait attendre que papy et mamie Perdoux soient là ? Ils nous aideront peut-être. Tu as remarqué ? Il y a toujours plein d'enfants chez eux, et mamie Louise fait des gâteaux super !

Les grands-parents de Guillaume et de Laurie avaient déjà confirmé les dates de leur séjour, du 25 au 30 mars. Leur présence à Bassan coïnciderait avec la venue de Liang. Il avait annoncé à Mauve qu'il la rejoindrait le 20 pour un mois. Mauve était tiraillée entre son impatience et ses craintes. Elle avait hâte de le revoir, mais redoutait malgré tout son arrivée. Cette fois, elle savait qu'elle devrait aborder avec lui les conflits familiaux, la gestion du domaine, et l'état de santé de sa mère qui s'était détérioré depuis quelque temps. Lors de sa dernière visite, la semaine passée, elle l'avait trouvée changée. Mauve avait tenté de lui parler des enfants, de la vie à Bassan, mais Édith l'avait regardée sans répondre. Et quand elle était enfin parvenue à articuler quelques mots, ceux-ci avaient été d'une totale incohérence. Elle confondait maintenant le présent et le passé, glissant doucement dans une confusion sournoise qui l'isolait chaque jour davantage. Mauve avait remarqué aussi qu'elle ne montrait plus aucun intérêt pour les menus cadeaux qu'elle lui apportait. Mauve était repartie sans pouvoir parler au médecin, et depuis, l'inquiétude et la tristesse ne la quittaient plus. Quant à la véritable raison du séjour des Perdoux à Bassan, elle préférait ne pas y penser pour l'instant.

Lorsqu'ils rentrèrent au château, Georges découpait des articles dans la presse régionale. Quelques jours auparavant, il avait fait la une des pages culturelles, où les chroniqueurs ne tarissaient pas d'éloges sur sa dernière conférence. Avec précaution, il collait les reportages dans son press-book. Cette soirée avait été exceptionnelle. Non seulement il avait fait une bonne prestation, mais il avait eu la surprise et le bonheur de voir Mauve et Emma assises côte à côte au premier rang de l'auditorium. Sa fille avait engagé une baby-sitter pour veiller sur Guillaume et Laurie, ce qui leur avait permis d'aller dîner à Rochefort où quelques amis enseignants les avaient rejoints. C'est Mauve qui avait réservé la table, et le choix du restaurant était parfait. Comme tout ce qu'elle fait, pensa-t-il avec un soupçon de fierté. Alors comment expliquer que depuis quelques jours il s'inquiétait tant pour elle ? Il la sentait crispée, nerveuse. Elle ne s'était pas confiée à lui et il n'osait pas l'interroger sur les raisons de ses silences. Il s'était renseigné auprès d'André, ce dernier lui avait assuré que tout se passait bien au bureau. La situation du domaine s'améliorait au-delà de leurs prévisions et d'excellentes perspectives se profilaient. Georges finit par penser que les soucis de Mauve étaient peut-être liés à son ami chinois, et il se sentit encore moins disposé à lui en parler.

Après avoir rangé son press-book sur une étagère de la bibliothèque et jeté les journaux dans la corbeille à papier, il ouvrit sa messagerie électronique. Encore des félicitations pour sa conférence. Décidément, il ne s'en lasserait jamais. Il interrompit sa lecture, ayant entendu des pas dans le couloir puis sa fille qui l'appelait.

— Papa, je suis ravie que tu sois là, dit-elle en entrant dans sa chambre. Je dois retourner au chai, je te confie les enfants. Peux-tu t'assurer que Guillaume finisse bien ses devoirs avant de regarder la télé ?

— Bien sûr. Puis-je faire autre chose pour toi ?

— Non, ça ira. Je viens de vérifier, nous avons ce qu'il faut pour dîner. J'ai acheté des filets de merlu ce matin et je lancerai le cuiseur pour le riz en rentrant.

Carole ne travaillait pas le mercredi après-midi. Elle avait deux enfants, et comme pour de nombreuses mères, l'organisation de leur garde se posait ce jour-là. Mauve envoya ses dernières traductions à son bureau à Bruxelles, puis elle consulta les messages urgents. La société Schuicheng Group, installée à Shanghai, avait confirmé une première commande de sept cents carafes d'XO et de mille huit cents bouteilles de VSOP. Forte de ce succès, Mauve avait entrepris de longues négociations avec Gellner Limited à Boston. Mark Gellner s'était montré dur en affaires mais elle avait tenu bon, presque surprise de se sentir aussi à l'aise dans ce rapport de force. Durant cette période, elle avait communiqué une partie des éléments du bilan à Élisabeth Ligner à qui elle avait finalement décidé de confier toute l'expertise comptable du château. Mme Ligner n'avait pas manqué de la féliciter, impressionnée par les résultats qu'elle avait qualifiés de « spectaculaires ».

Mauve répondit à quelques e-mails, et à 16 heures, elle rejoignit André dans le chai de vieillissement. La phase de distillation arrivait à son terme. Sur la propriété, les vignes étaient taillées, débarrassées de leurs sarments morts, et labourées. Le chef de culture n'était plus là. André avait joué le maître d'œuvre et tenu tous ses engagements. Elle le trouva en train de contrôler la mise en fûts des derniers alcools distillés.

— Tout se passe bien, André ?

Il se retourna et lui adressa un sourire satisfait.

— La récolte était saine et à bonne maturité, les condensats sont donc excellents.

Mauve regardait le liquide transparent couler dans la bonde des barriques.

— On a du mal à imaginer que cet alcool presque imbuvable va se transformer en cognac !

— Au cours du vieillissement, des échanges se produisent entre le bois de chêne, l'eau-de-vie et l'air ambiant. C'est cette alchimie qui va développer les parfums de l'alcool, lui donner ses arômes et sa belle couleur.

— Quand on achète un cognac de trois ou quatre ans dans le commerce, pourquoi a-t-il la même couleur que nos vieux alcools de vingt, trente ou quarante ans ? Normalement, il devrait être plus pâle, n'est-ce pas ?

— Les producteurs usent parfois d'un petit subterfuge. La législation autorise l'ajout d'une certaine quantité de caramel au moment de la mise en bouteilles, ce qui permet une légère coloration du cognac. N'oubliez pas qu'une fois en bouteilles, il n'évoluera plus !

— Nous n'utilisons pas ce procédé à Bassan ?

— Jusqu'à maintenant, non. Mais peut-être y aurons-nous recours dans l'avenir. Liang m'a expliqué que les Asiatiques étaient sensibles à une certaine normalisation des produits. Même aspect, mêmes arômes.

En l'écoutant, Mauve fixait la pile de fûts sur les chariots élévateurs. Elle repensa à Véronique et à David, à son retour à Bassan. Cinq mois, déjà… Bientôt un semestre qu'elle menait de front la gestion du domaine, l'organisation du quotidien au château, les attentes de Guillaume et Laurie. Et toutes les traductions que lui envoyait régulièrement son supérieur à Bruxelles et qu'elle devait rendre dans les délais. À terme, elle devrait faire des choix et prendre des décisions. Elle se rendit compte qu'André l'observait en silence.

— Excusez-moi, dit-elle, j'étais distraite.

— En allant à Saintes, ce matin, j'ai vu que toutes les pancartes indiquant la direction de Bassan étaient en place.

— Oui, le fléchage est terminé. Je viens aussi de boucler le référencement dans les offices de tourisme et les mairies du littoral. Heureusement, j'avais prévu un petit budget publicitaire. J'ai réservé quelques encarts dans des revues régionales. Il n'y a plus qu'à attendre les visiteurs !

Un autre chariot pénétra dans le chai. André surveilla la manœuvre, et six nouveaux fûts s'entassèrent sur les palettes. Puis il revint vers Mauve :

— J'ai repensé aux conseils de Liang. C'est vrai que le cadre de Bassan est exceptionnel ! Si nous avions une grande salle bien aménagée, nous pourrions la louer pour toutes sortes de cérémonies. Les mariages par exemple ! Il paraît que c'est du dernier chic de se marier dans un château. Beaucoup de nos collègues ont saisi ce créneau, et à les entendre, c'est vraiment rentable.

— Sauf que nous n'avons pas de salle aménagée.

— Et c'est bien dommage ! Vous savez que chaque année Saint-Porchaire célèbre le printemps et la commémoration de son jumelage ?

Mauve se souvenait de grandes cérémonies dans le passé. Elle réfléchit un moment, puis demanda à son maître de chai :

— Nous sommes jumelés avec une ville d'Alsace, n'est-ce pas ?

— Oui, Soultzmatt, près de Colmar.

Les derniers fûts étaient maintenant stockés. André alla donner quelques instructions aux employés. Mauve avait eu le temps de cogiter en l'attendant.

— Je crois que je viens d'avoir une idée. Et si nous profitions de la fête communale pour ouvrir les portes de Bassan ? Nous pourrions organiser une réception et convier toute la presse régionale. Ce serait l'occasion de présenter notre gamme de cognacs et de dévoiler la carafe XO, notre fleuron. Une avant-première, en quelque sorte !

Si elle arrivait à mener à bien ce projet, Liang serait de retour au domaine pour la réception, pensa-t-elle. L'idée la ravit plus encore, car au fond de son cœur elle savait qu'elle faisait tout ça pour lui aussi.

— Je crois qu'il est temps de mettre en avant notre nouvelle stratégie et de souligner l'ouverture de Bassan sur le monde.

André l'approuva avec enthousiasme tandis qu'ils remontaient le chai de vieillissement. En passant près des tableaux où étaient répertoriés tous les millésimes, il récupéra une liasse de documents qu'il avait posée sur le coin d'une table. Songeur, il se caressa le menton en fronçant les sourcils.

— J'ai beau réfléchir… Comment organiser cette soirée ? Nous n'avons pas de salle de réception adaptée.

Mauve haussa les sourcils et sourit d'un air espiègle. Elle avait trouvé la solution et anticipait déjà les conflits titanesques qui l'attendaient. Peu importe, son idée paraissait trop bonne pour qu'elle y renonce.

— Nous allons utiliser la roseraie de tante Paule ! Il suffira de flanquer toutes ses précieuses fleurs dans les réserves, au fond du bâtiment…

29

Agacée, Paule s'écarta et laissa Mauve entrer dans sa chambre. En quelques mots, la jeune femme informa sa tante qu'elle avait décidé de réquisitionner la roseraie pour une soirée.

— Nous remettrons tout en place ensuite, c'est promis.

Une lueur de colère passa dans le regard de Paule. Elle garda les lèvres serrées et ne souffla mot. Un instant, Mauve crut que la rage allait lui remonter à la gorge et l'étouffer. Pourtant, la déferlante de hargne ne se produisit pas. Paule prit un trousseau de clés dans le tiroir de son secrétaire et le tendit à sa nièce.

— De toute façon, tu ne tiendras pas compte de mon avis, n'est-ce pas ? Alors fais ce que tu veux et laisse-moi tranquille !

Et, sans rien ajouter, elle lui claqua la porte au nez. Mauve, qui s'était préparée à une bataille rangée, resta éberluée dans le couloir ! En dépit de la rapidité de l'entretien, elle avait eu le temps de remarquer la tenue négligée de sa tante. Ses vêtements étaient froissés, ses cheveux raides et trop longs avaient bien besoin d'une séance chez le coiffeur. Depuis quelque temps, Paule ne sortait presque plus de sa chambre, à part quelques incursions dans la cuisine pour composer ses plateaux-repas.

Dix minutes plus tard, Mauve enfila sa veste et se rendit à la roseraie à pied. Ce matin, une douce lumière irradiait les vignes en bourgeons. Déjà, les oiseaux piaillaient à pleine gorge. Une vraie matinée de printemps. La jeune femme respira à fond et ces quelques pas lui apportèrent une agréable sensation de calme. La conversation qu'elle avait eue avec sa tante l'avait intriguée. Cette capitulation inattendue restait un mystère. Cela lui ressemblait si peu. Alors qu'elle glissait la clé dans la serrure, Mauve se demanda à quand remontait sa dernière visite dans ce sanctuaire. Elle était incapable de s'en souvenir. Elle ouvrit la porte à double battant et pénétra dans la salle principale de la roseraie. Une pièce immense au décor magnifique. Les murs blancs étaient ornés de fleurs peintes, des mandragores, des bleuets aux tonalités vives. Au centre, une petite fontaine projetait un filet d'eau sur des cariatides de marbre rose. La salle était éclairée par des vitraux finement travaillés. Le plus grand, orienté plein sud, représentait une femme à peine vêtue portant une corne d'abondance qui déversait des grappes de raisins. Sur le sol, les dalles disparaissaient sous une couche de poussière, la saleté recouvrait la cheminée et les vitres. Quel foutoir ! pensa Mauve. Elle se dirigea vers un renfoncement, près du grand vitrail, et ouvrit une porte basse en chêne massif. Aussitôt, un parfum floral, lourd, lui chatouilla les narines. Les étagères étaient pleines à craquer de plants en pots et de matériel de jardinage. Mauve écarquilla les yeux de surprise. Au fond, une superbe bonnetière saintongeaise de style Louis XV voisinait avec des chaises, des banquettes drapées de tissu aux couleurs passées. La pièce s'ouvrait sur une immense réserve éclairée par une verrière. Ce serait l'endroit idéal pour entreposer les fleurs de sa tante. Dans sa tête, la jeune femme visualisait déjà l'agencement de la grande salle pour la fête.

Elle s'apprêtait à appeler André pour lui montrer les lieux, lorsqu'elle vit un vieux coffre en bois encastré dans la cheminée. Elle s'approcha, prête à soulever le couvercle, mais elle se figea, soudain troublée, presque tremblante. La découverte de secrets de famille enfouis dans de vieux meubles ne lui avait guère réussi jusqu'ici. Mais la curiosité l'emporta. Le coffre n'était qu'un bric-à-brac hétéroclite de papiers, d'objets divers. Des cartouchières, des ceintures de cuir usé et des gourdes en métal côtoyaient des besaces en toile kaki ornées d'écussons et des calots aux insignes de différents corps d'armée. Les fameux trésors de guerre de son grand-père ! Cette guerre dont il avait tant rebattu les oreilles de son entourage. Elle tomba également sur plusieurs boîtes de cigares. Mauve ouvrit la première. Celle-ci contenait des médailles et deux montres à gousset au métal noirci, ainsi que des plaques militaires portant des numéros de matricules gravés, des tickets de rationnement et des titres de transport. Un autre coffret débordait de photos aux bords dentelés et jaunis, des soldats debout près des véhicules militaires ou assis à même le sol. Sur la plupart des clichés, Joseph posait avec un air de conquérant. Certains documents portaient le nom de Maurice Dubois, le vieux médecin qui avait soigné toute la famille avant l'arrivée du Dr Mercier. Sous une pile d'uniformes entassés pêle-mêle au fond du coffre, Mauve mit la main sur un cahier d'écolier. Trois mots étaient griffonnés sur la couverture : « *Maurice Dubois – Poésies* », accompagnés de petits dessins. Le tout revêtait un aspect intime, mais Mauve ne put s'empêcher de le feuilleter. Des poèmes de Victor Hugo, d'Alfred de Vigny, et de loin en loin certains vers signés du médecin lui-même. Des mots simples écrits en des temps si difficiles. C'était touchant. Émue, Mauve referma le cahier. Elle sélectionna plusieurs photos, les documents qui portaient le nom du médecin, et elle rassembla quelques souvenirs. Puis elle rangea le tout dans un petit carton avec le cahier de poésies. Elle se promit de l'apporter au Dr Mercier avant la fin de la semaine. Il serait certainement ravi de récupérer tous ces objets. Elle en profiterait aussi pour lui renouveler son invitation à la soirée. Avant de quitter la réserve, elle replaça les vieilleries dans le coffre et le referma. Elle se dit alors qu'elle avait toujours repoussé le moment de lire les lettres de sa véritable mère qu'elle avait rangées dans le bas de son armoire. Mais elle se persuada qu'elle était trop occupée pour l'instant et, qui sait, peut-être trop heureuse. Liang allait bientôt revenir et elle devait préparer sa première grande soirée à Bassan. Tout cela la comblait de bonheur. Quant aux enfants, ils avaient hâte de revoir leurs grands-parents Perdoux. Mauve savait qu'elle remettrait à plus tard les échéances difficiles, les complications et les décisions importantes.

Elle appela André qui la rejoignit presque aussitôt, impatient de savoir si elle avait obtenu le consentement de sa tante. Ils consacrèrent une bonne heure et demie à mettre au point l'aménagement de la future salle de réception.

— Nous allons transporter tous les rosiers dans la réserve du fond, sous le puits de lumière. Quant aux bacs inamovibles, nous les cacherons avec des paravents, proposa Mauve.

— Nous pourrions conserver quelques jardinières pour la décoration, qu'en pensez-vous ?

— Bonne idée. Et je tiens surtout à ce qu'on ramène l'armoire saintongeaise. C'est une merveille ! Elle ira… là, ajouta-t-elle en désignant le pan de mur opposé à la cheminée. Elle est dans un triste état, mais je vais prendre plaisir à la nettoyer moi-même. Elle est si belle.

André notait toutes ses suggestions sur un carnet qui ne le quittait jamais.

— Et si nous disposions une rangée de barriques neuves le long du mur, juste sous les fenêtres ? Nous pourrions les utiliser comme supports pour présenter notre gamme de cognacs ?

— Excellent ! répondit Mauve, et avec un éclairage adapté, ce sera du plus bel effet.

— Je vais déléguer trois personnes à temps plein sur ce chantier. En deux jours, tout devrait être prêt.

La jeune femme s'amusait de l'enthousiasme d'André, qui s'impliquait dans l'organisation de la soirée tout autant qu'elle. À dire vrai, elle avait déjà presque tout prévu. Elle avait envoyé une cinquantaine de cartons à des vignerons de la région, à des proches dont Anthony, Élisabeth Ligner ou le Dr Mercier. Et à Emma, bien sûr, ainsi qu'à certains amis de son père. Sans oublier la presse ! De Cognac à La Rochelle, et même jusqu'en Gironde, de nombreux journalistes avaient d'ores et déjà accepté son invitation. La veille, Mauve avait appelé la boulangerie de Saint-Porchaire. Mme Moraud lui avait expliqué que c'était désormais sa fille Carine qui gérait l'activité traiteur de la maison. Elles avaient rendez-vous cet après-midi pour établir le menu et discuter des tarifs. Mais il restait encore bien des détails à régler.

Mauve et André quittèrent la roseraie. Au moment de se séparer, la jeune femme sollicita encore son maître de chai.

— J'aurais bien besoin de vos conseils, lui demanda-t-elle. J'ai l'intention d'aller faire une petite visite dans la cave de mon grand-père. Voulez-vous m'aider à sélectionner les vins pour notre soirée ?

— Avec le plus grand plaisir ! Prévenez-moi quand vous aurez composé le menu.

Le vendredi suivant, veille des vacances scolaires, Mauve alla chercher ses neveux à l'école. Elle leur avait promis de les emmener à Rochefort pour acheter les œufs de Pâques. Elle était en avance et rien ne s'opposait à ce qu'elle fasse un détour par le centre médical. Arrivée sur place, elle patienta un peu, puis le Dr Mercier la fit entrer dans son cabinet. Elle lui trouva belle allure avec sa chemise bleu pâle, sa cravate de soie bordeaux et son costume à fines rayures. Elle lui rappela la date de la soirée avant de lui parler des souvenirs de guerre de son vieil oncle qu'elle avait dénichés dans la roseraie. Lorsqu'il découvrit les documents, les photos et le cahier de poésies, il posa sur elle un regard ému.

— Mon oncle Maurice évoquait souvent cette époque sombre lorsque ma sœur et moi passions nos vacances ici. Pour ma part, j'étais beaucoup plus fasciné par son métier de médecin et j'écoutais ses faits de guerre d'une oreille distraite. Je le regrette un peu aujourd'hui. En revanche, Nadia était passionnée par ses souvenirs militaires. Je la revois encore. Elle était comme subjuguée, buvant chacune de ses paroles pendant que je feuilletais des revues médicales... Et votre grand-père ? Faisait-il souvent allusion à cette période ?

— Cela dépend. La deuxième division blindée du général Leclerc et la libération de Paris, ça oui ! Mais il parlait très rarement de sa captivité. Je sais que votre oncle et lui avaient été faits prisonniers ensemble.

— C'est vrai. Plus tard, lorsqu'ils se sont évadés, mon oncle a été blessé et votre grand-père lui a sauvé la vie.

À le voir si bouleversé, Mauve mesura combien il avait aimé son oncle.

— Est-ce qu'il vous parlait de mon grand-père quelquefois ?

Il hésita quelques secondes avant de répondre, Mauve le remarqua.

— Non, mais j'ai souvent constaté à quel point ils se ressemblaient tous les deux. Tout comme votre grand-père, mon oncle Maurice détestait les médiocres. Il avouait volontiers ne pas supporter la bêtise.

Le médecin saisit le cahier et tourna quelques pages avant de le reposer dans le carton, parmi les autres objets. Puis il regarda Mauve avec un léger sourire.

— C'est surprenant, je n'imaginais pas mon oncle enclin à écrire des poèmes. Je le voyais plutôt comme un être entier, si fort qu'il générait parfois un sentiment d'invincibilité. Plus tard, lorsque la maladie l'a terrassé, il tolérait que je soigne son cœur, sa surdité, mais il repoussait toutes mes questions concernant son passé, sa vie. J'ai parfois eu l'impression qu'il hésitait à se confier.

Quelle remarque singulière ! Mauve le dévisagea en attendant qu'il s'explique. Mais il n'en dit pas plus. Il la remercia pour sa délicate attention, puis se leva et la raccompagna vers la sortie.

Il était 21 heures lorsque Bruno Mercier rentra chez lui en emportant le carton que Mauve lui avait remis un peu plus tôt. Il avait à peine pris le temps de manger un sandwich à l'heure du déjeuner, pourtant il n'avait pas vraiment faim. Il dénicha des œufs et un reste de fromage râpé dans le réfrigérateur. Tout en préparant une omelette, il repensa aux documents dans le carton. Cela faisait un certain temps qu'il n'avait pas pris de nouvelles de sa sœur. Il s'installa dans le salon avec son assiette et un verre de vin, puis il feuilleta le cahier de poésies de son oncle. Il se dit que Nadia serait ravie de le lire. La dernière bouchée de son omelette avalée, il se rendit dans l'ancien bureau de son oncle et ouvrit le placard mural. « La caverne aux vieilleries »… C'était ainsi que son parent avait baptisé ce vieux meuble vermoulu. Il en sortit plusieurs albums de photos datant de la Seconde Guerre mondiale et les entassa dans une boîte avec tous les souvenirs offerts par Mauve. Parmi de vieux dictionnaires médicaux, le placard contenait aussi des dizaines de chemises soigneusement fermées et étiquetées au nom des patients de son oncle. Le jeune homme sourit. Un jour, il faudrait qu'il se décide à se débarrasser de toutes ces archives. Il s'apprêtait à refermer le meuble, lorsqu'un nom inscrit sur la tranche d'une chemise retint son attention.

***

De petits groupes s'étaient formés autour des tables drapées de nappes blanches, un verre de vin ou une coupe de champagne à la main. Le buffet des hors-d'œuvre chauds et froids et des amuse-bouches était dressé sur une longue desserte. À l'autre bout de la salle, des barriques neuves recouvertes de plaques de verre supportaient les carafes XO, la toute nouvelle cuvée Séduction, et tous les produits de la gamme Bassan. Des appliques murales diffusaient une lumière dorée qui rehaussait les reflets ambrés des cognacs. Mauve prononça quelques mots de bienvenue. Elle était radieuse dans sa robe noire, les épaules à peine couvertes d'une étole de soie bleu indigo. Elle présenta sa famille aux invités, puis Liang, avant de remercier chaleureusement son maître de chai et tout le personnel du domaine. André prit le relais pour commenter la dégustation du XO, de la cuvée « Séduction » et du premier cocktail qu'il avait élaboré, un mélange exquis de cognac et de framboise. Il répondit aux questions techniques concernant les assemblages, l'âge des cuvées. Puis Mauve reprit la parole et, s'adressant plus particulièrement aux journalistes, énuméra les nouveaux débouchés commerciaux de Bassan. Lorsqu'elle évoqua les marchés asiatiques, Liang vola à son secours et leur exposé s'acheva dans un éclat de rire communicatif. Assis entre un vigneron et son amie Élisabeth Ligner, Anthony les observait. Liang était si élégant dans son smoking et Mauve si rayonnante avec ses cheveux tombant sur ses épaules en une cascade de longues boucles auburn. Il se demanda si, une seule fois, il l'avait vue les cheveux défaits. Elle termina son discours sous une salve d'applaudissements. Puis Liang lui prit la main et la guida vers leur table. Il écarta la chaise devant elle et posa un léger baiser sur le bout de ses doigts avant de s'asseoir.

À cet instant précis, Anthony cessa de lutter. Il avait passé tant d'années à attendre Mauve. Incapable de tourner la page, il n'avait jamais réussi à construire sa vie, une famille, et au fond de son cœur il avait toujours différé le moment où il devrait renoncer. À présent, il s'évertuait à refaire le chemin à l'envers, jusqu'à ses amours d'adolescent… C'était comme entreprendre un voyage à deux et revenir seul. Une immense tristesse l'envahit. Une fois encore, le destin l'éloignait d'elle. Et il comprit que sa quête était devenue une chimère, que plus jamais leurs routes ne se croiseraient.

C'était de la rage qu'il éprouvait maintenant. Une énorme bouffée de rage. Que faisait-il à Bassan ? Il n'y avait jamais eu sa place. Cloué sur sa chaise comme un martyr sur son bûcher, il observait les invités autour de lui, les entendait rire, parler… Il était sur le point de se lever et de quitter la salle lorsqu'une main se posa sur son épaule. Carine Moraud se pencha vers lui et remplaça son assiette. Elle l'enveloppa d'un regard appuyé, doux et compatissant, comme si aucun des sentiments qu'il éprouvait depuis le début de la soirée ne lui avait échappé. Et il eut l'impression de la voir pour la première fois. Elle était différente de Mauve. Moins éblouissante, moins sûre d'elle, mais si attentionnée, si disponible qu'il en fut ému. Depuis le temps qu'elle l'attendait… Quelle autre femme, durant toutes ces années, lui avait montré autant de constance, autant de dévotion ? Alors il comprit ce qu'elle représentait. Elle faisait partie de son monde à lui. Elle était cet horizon où il allait peut-être recommencer à vivre.

30

Les éloges de la presse furent unanimes. Mauve reçut des félicitations de toutes parts, saluant les changements survenus à Bassan. Chaque jour lui apportait son lot de petits plaisirs. Les visites du domaine débutèrent deux semaines après la soirée, les premières ventes de cognac suivirent rapidement. Le soir, la famille se réunissait dans la salle à manger pour d'agréables petits dîners. Mauve concoctait les menus et invitait souvent Emma et André à se joindre à eux. Paule les ignorait. C'est à peine si elle sortait de sa chambre pour rendre visite à sa sœur. En rentrant, elle paraissait toujours plus abattue et s'enfermait dans son mutisme. Inquiète, Mauve prenait régulièrement des nouvelles de sa mère ; on lui répondait invariablement que son état était stable. Un jour, Liang décida de préparer des plats chinois. Il passa l'après-midi avec les enfants, enfermé dans la cuisine d'où jaillissaient des fous rires mêlés aux bruits de vaisselle. Le repas émerveilla Guillaume et Laurie mais laissa Georges et Emma dubitatifs.

Le 25 mars, les parents de David s'installèrent à Bassan pour quatre jours. Le samedi, Mauve se réveilla avec l'impression d'avoir dormi trop longtemps. Il était à peine 7 heures pourtant. Elle aurait pu se permettre de rester nichée dans les bras de Liang. C'était si bon d'être allongée près de lui, d'écouter sa respiration lente et posée et de sentir la pression de ses bras autour de ses épaules. Toutefois, l'envie de s'activer fut la plus forte. Elle se leva doucement et gagna la salle de bains. Les vêtements de Liang étaient bien rangés sur la patère. Elle sourit. Pas d'effets jetés en travers de la pièce, pas de frénésie débordante dans leur relation. Et c'était cela qu'elle appréciait chez lui. La sagesse, un certain ordre, réfléchi.

La tête appuyée sur le rebord de la baignoire, Mauve se laissa aller. Prendre son temps, méditer, la sensation aurait pu être agréable, mais elle ressassait de sombres idées. Les Perdoux repartaient le lendemain matin et elle avait établi le programme de leur dernier après-midi en famille. Une balade à Rochefort avec la visite de la Corderie royale et du chantier de l'Hermione. Puis un dîner dans un restaurant typique où l'on servait des coquillages et des poissons grillés. Auparavant, ils devaient avoir une discussion tous les trois. Depuis leur arrivée, c'est à peine si Louise Perdoux avait eu le temps de lui apprendre qu'elle avait trouvé une école privée pour ses petits-enfants où ils seraient demi-pensionnaires et suivraient une étude surveillée le soir. Il était temps que Mauve s'entende avec eux et qu'ils aient une conversation avec Guillaume et Laurie. Dans ce but, Mauve avait invité les Perdoux à faire une promenade dans les jardins en fin de matinée, à une heure où elle savait Guillaume et Laurie assis devant leur programme préféré. En se promenant dans les jardins, ils auraient tout loisir de discuter tranquillement avant de passer à table. Mais depuis ce matin, une impression de tristesse ne la quittait plus. Elle ne parvenait pas à faire taire cette voix intérieure, lancinante, insupportable parfois, qui lui répétait qu'elle allait abandonner Guillaume et Laurie à des grands-parents qu'ils connaissaient si peu. C'est à peine s'ils les voyaient une ou deux fois par an du vivant de Véronique et David. Elle s'accablait de reproches qu'elle minimisait aussitôt en se disant que c'était mieux pour les enfants.

Plus tard dans la matinée, Guillaume et Laurie décidèrent de sortir. Il faisait trop beau pour rester enfermés dans la bibliothèque à regarder la télévision. Le gamin entraîna sa sœur près des balançoires. Laurie y installa ses poupées et les poussa le plus haut possible en riant aux éclats. Adossé aux pierres contre les massifs, Guillaume construisait un mur d'assaut pour ses robots. Soudain, des voix lui parvinrent depuis l'allée qui menait aux chais. Il aperçut sa tante et ses grands-parents. Grâce à la haie de camélias et aux arbustes, les adultes ne pouvaient pas le voir. Il s'approcha et entendit leur conversation. Il n'en crut pas ses oreilles, et très vite, des larmes lui piquèrent les yeux. D'autorité, il empoigna la main de sa sœur et l'emmena avec lui.

À l'heure de l'apéritif, la famille se rassembla dans le petit salon où Georges et Liang servirent des cocktails et des jus de fruits. Emma était présente, mais André avait décliné l'invitation de Mauve, prétextant un travail urgent à achever. Ils trinquèrent, les Perdoux remercièrent Mauve de son invitation. Tout à coup, la jeune femme regarda sa montre.

— Je m'étonne que Guillaume et Laurie ne soient pas là ! D'habitude, ils meurent de faim à cette heure-ci.

Elle alla dans le couloir et les appela. Aucune réponse ne lui parvint de la bibliothèque. Ils étaient certainement dans leur chambre, ou dans la salle de jeux. Elle fit le tour des pièces du premier étage puis regagna le salon, inquiète.

— Quelqu'un a vu Guillaume et Laurie ?

— Je les ai aperçus tout à l'heure près de la balançoire, dit Liang en tendant à Emma le plateau garni d'olives et de biscuits feuilletés.

Georges posa son verre et se leva.

— Reste avec nos invités, ma chérie, je vais les chercher.

Cette belle matinée de printemps embaumée par les arbres en fleurs occupa un instant la conversation. Jusqu'au retour de Georges. Il paraissait soucieux.

— Impossible de trouver les enfants !

— Tu es allé jusqu'aux chais ? lui demanda Mauve.

— Oui, j'ai même suivi la grande allée qui conduit au parc mais je ne les ai pas vus.

Le silence tomba brusquement. Mauve pâlit. Pourvu qu'ils n'aient pas entendu sa conversation avec leurs grands-parents. Affolée, elle téléphona à André. Liang l'observait tandis qu'elle replaçait le combiné sur son support, le visage tendu. Il s'approcha d'elle, posa la main sur son épaule.

— Il doit y avoir une explication. Je suis sûr qu'ils ne sont pas bien loin.

Cinq minutes plus tard, ils étaient tous disséminés autour des chais, de la roseraie et des garages, appelant les enfants à pleins poumons. André les avait rejoints et ils inspectèrent les bâtiments d'exploitation. Les enfants restaient introuvables. Mauve voulait croire qu'ils avaient décidé une partie de cache-cache et perdu la notion du temps. Mais elle avait de plus en plus de mal à respirer. Elle savait au plus profond d'elle-même que Guillaume était un enfant raisonnable et qu'il ne se serait jamais éloigné sans rien dire. En tout état de cause, ils n'auraient pas manqué l'heure du déjeuner. Surtout Laurie ! Mauve ne dit rien, mais la panique s'empara d'elle. Plusieurs scénarios catastrophe lui traversèrent l'esprit, y compris un enlèvement.

— Nous avons eu des visiteurs aujourd'hui ? demanda-t-elle à André.

Il répondit par la négative. Mauve perçut la main de son père qui serrait la sienne. Il lui adressa un sourire qui se voulait rassurant, mais elle lut dans son regard qu'il était aussi inquiet qu'elle. Il y avait une éternité qu'elle n'avait pas éprouvé une telle frayeur. Le cœur battant, elle décida de prévenir la gendarmerie.

— Enfin ! s'écria Georges, ils ne seraient pas partis sans rien dire. Ça ne leur ressemble pas. Ils sont sûrement quelque part dans le parc. Si on les cherchait d'abord ?

— Mais s'ils sont ailleurs, rétorqua-t-elle, nous allons perdre un temps précieux.

Pourquoi ne fut-elle pas surprise de voir André prendre les choses en main ?

— J'ai travaillé au bureau toute la matinée et ma fenêtre donne sur l'entrée de la propriété. La grille était fermée, et je vous jure que si les enfants l'avaient franchie, je les aurais vus.

Sa voix était ferme et douce, avec cette tranquille assurance qu'elle appréciait tant chez lui.

— Nous allons fouiller le parc, reprit-il. Séparons-nous par équipe de deux personnes. Je vais appeler un employé à la rescousse. Et nous communiquerons avec nos portables tous les quarts d'heure.

Il avait raison. Le parc était clos et s'étendait sur à peine trois hectares. Chercher les enfants n'était pas insurmontable. Mais Mauve avait du mal à maîtriser la peur qui pulsait dans tout son corps. Ils se séparèrent sur le parvis devant les chais et se déployèrent dans les allées. Accompagnée de Liang, elle s'orienta vers l'ouest. Ils marchèrent un moment sur le chemin tapissé d'une épaisse couche de feuilles desséchées et d'aiguilles de pin. En même temps, ils scrutaient chaque recoin de bois, s'arrêtant toutes les deux minutes pour appeler les enfants. Pendant plus d'une demi-heure, ils ne relevèrent aucun signe de vie, excepté le chant des oiseaux et un lapin qui détala à travers les buissons. Soudain, Mauve se rappela la promenade qu'elle avait faite avec Guillaume et Laurie jusqu'au kiosque, au fond du parc. Elle prit immédiatement cette direction. En débouchant dans la clairière, elle les aperçut, serrés l'un contre l'autre sur les marches du pavillon. Aussitôt, Liang appela Georges sur son portable pour le prévenir que les enfants étaient sains et saufs. En voyant sa tante, Laurie courut vers elle en larmes.

— Guillaume, tu peux me dire ce qui t'est passé par la tête ? demanda la jeune femme en s'efforçant de rester calme. On vous cherche partout depuis une heure ! Tu m'expliques ?

— Non ! Et je ne veux pas revenir à la maison. Laisse-nous tranquilles !

Elle s'assit près de lui mais il la repoussa et s'éloigna à l'autre extrémité de la marche. Il posa sur elle un regard lourd de reproches.

— Je sais ce que tu vas faire, j'ai tout entendu.

— Il dit que tu vas nous abandonner, sanglota Laurie.

Mauve serra la fillette dans ses bras. Elle regarda Liang, qui était toujours au téléphone, et soudain elle eut peur. Les enfants n'auraient pas dû apprendre ainsi que leur destin se jouait entre adultes. Laurie se frottait les yeux avec ses poings et Mauve put deviner le cheminement de sa crise de désespoir. Les larmes avaient préludé aux sanglots, les sanglots aux hoquets qui agitaient encore sa poitrine.

— Guillaume… il dit que tu ne nous aimes pas.

Mauve prit Laurie par la main et revint s'asseoir près de son neveu. Elle tenta une nouvelle approche.

— Mais enfin, mon chéri, comment peux-tu dire une chose pareille ? Tu sais que je vous aime beaucoup. Tu crois que c'est bien de mettre de pareilles choses dans la tête de ta petite sœur ?

— Tu mens, j'ai entendu ce que tu disais avec papy Herbert et mamie Louise. Je sais que tu vas nous abandonner chez eux.

— Je ne vous abandonne pas, mais il faut que je retourne en Belgique à la rentrée.

— Pourquoi tu ne nous emmènes pas avec toi ? demanda Laurie d'une petite voix.

Incapable de répondre, elle interrogea Liang du regard, comme un appel au secours. Elle vit son visage se crisper. Surpris par le silence qui s'éternisait, il fronça les sourcils. Mauve... les enfants. Puis il glissa son téléphone dans sa poche.

— Je retourne à la maison prévenir tout le monde que vous arrivez, dit-il avant de faire demi-tour.

— Pourquoi tu ne nous emmènes pas avec toi? répéta Laurie après le départ du jeune homme.

— Ce n'est pas facile, ma puce. J'ai un petit appartement en ville. Il n'y aura personne pour vous garder quand je travaillerai. Et parfois, je rentre tard le soir. Mais vous viendrez me voir pendant toutes les vacances scolaires.

— Alors pourquoi tu ne restes pas ici avec nous? demanda Guillaume.

— Ma vie est là-bas, mon chéri. Mon travail est important. Tu sais bien que je ne venais jamais à Bassan avant. Ça veut dire que j'avais déjà une autre vie.

— Tu préfères être avec ton amoureux et nous laisser! répliqua Laurie en éclatant en sanglots.

Elle se détacha d'elle pour se rapprocher de son frère qui lui prit la main.

— T'en fais pas, ce n'est pas grave si personne ne nous aime, je suis là, moi.

Puis, défiant sa tante du regard, il lança:

— Nous n'irons jamais chez papy Herbert et mamie Louise. Ils vont nous mettre dans une nouvelle école, et dans une garderie. Ce sera comme en pension.

Mauve comprit que la seule façon de sortir de l'impasse était d'attendre que les enfants se calment et de reprendre la conversation un peu plus tard.

— Écoutez, mes chéris, je vous propose de rentrer à la maison. Et quand vos grands-parents seront repartis dans le Gers, nous en reparlerons, juste vous deux et moi. Nous trouverons une solution, je vous le promets.

Elle prit leurs mains dans les siennes, mais Guillaume ne bougea pas.

— Viens, mon cœur, il faut rentrer maintenant.

— Il ne veut pas te le dire, murmura Laurie, mais il s'est fait mal au pied en tombant dans les bois.

Mauve lui ôta sa chaussure et sa chaussette. Sa cheville était rouge et enflée. Elle devait l'emmener consulter un médecin au plus vite. Elle saisit le gamin dans ses bras et, sans quitter Laurie des yeux, ils remontèrent les allées du parc jusqu'à sa voiture.

Une demi-heure plus tard, elle patientait avec Guillaume dans la salle d'attente du cabinet, attendant que le Dr Mercier termine sa consultation. Lorsqu'il la fit entrer dans la salle de soins, Mauve lui trouva un air tendu. Tandis qu'il examinait Guillaume, elle croisa son regard à plusieurs reprises. Elle avait bien du mal à déchiffrer l'éclat sombre dans ses prunelles et son sourire crispé. Il diagnostiqua une petite entorse et posa un bandage sur la cheville de l'enfant. Puis il rédigea une ordonnance pour une pommade et un antidouleur léger. Il avait bien remarqué l'inquiétude de Mauve, ses yeux rougis comme ceux d'un enfant qui avait pleuré. Il n'avait rien dit sur l'instant, mais en la raccompagnant vers la sortie, il se ravisa.

— Si quelque chose ne va pas, appelez-moi ou venez me voir. Je serai au cabinet jusqu'à 20 heures ce soir, lui glissa-t-il à l'oreille.

Dès qu'ils furent rentrés au domaine, Mauve exigea des adultes qu'ils n'évoquent pas la fuite des enfants. La journée se déroula comme si rien ne s'était passé.

Le lendemain matin, les Perdoux prirent congé, conscients qu'aucune question n'était réglée. C'est à peine si Guillaume accepta de poser un baiser sur leurs joues avant de s'empresser de retourner dans sa chambre. En les raccompagnant jusqu'à leur voiture, Mauve leur assura qu'elle parlerait aux enfants et que tout s'arrangerait. Apparemment, ils n'en crurent pas un mot. Ils la remercièrent de son accueil mais semblaient bouleversés et inquiets.

Le week-end s'acheva dans le calme, et le lundi matin, les enfants reprirent le chemin de l'école. Laurie s'était rapprochée de sa tante, impatiente de retrouver la tendresse de leurs câlins. Mais Guillaume la battait froid. Même quand elle étalait la pommade sur son pied et resserrait le bandage, il ne se perdait pas en paroles inutiles. Quant à Liang, il ne posa pas la moindre question. Avec sa réserve naturelle, il respecta son silence, mais il la regardait avec une expression anxieuse et elle comprit qu'il attendait qu'elle lui dise enfin comment elle envisageait leur avenir. Mais comment aurait-elle pu apaiser ses inquiétudes alors qu'elle était perdue dans le dédale de ses propres interrogations ?

Très tôt le mardi matin, Mauve se leva en prenant soin de remonter la couverture sur les épaules de Liang. Elle avait l'impression de ne pas avoir relâché sa tension de toute la nuit. Elle avait les muscles du cou raides, la nuque endolorie. Elle se massa du bout des doigts, mais loin de la calmer, le geste intensifia la douleur. Elle quitta la chambre sur la pointe des pieds. La température était encore fraîche à cette heure, le rez-de-chaussée et le salon étaient glacials. Elle alluma la cheminée puis se rendit dans la cuisine pour se préparer un lait chaud. Elle revint dans le salon une tasse à la main et s'installa devant le feu. Les événements du week-end ne lui avaient pas laissé le moindre instant de répit. Elle n'en pouvait plus de réfléchir à la situation. Comment assurer la garde des enfants ? Elle n'avait pas le commencement d'une idée. Mais elle avait au moins une certitude : il n'était plus question qu'ils aillent vivre chez leurs grands-parents. Herbert Perdoux l'avait appelée deux fois depuis leur retour dans le Gers. Elle s'était contentée de lui dire qu'elle réfléchissait à la manière la plus appropriée d'aborder une nouvelle fois la situation avec les enfants.

Liang se réveilla quelques minutes après le départ de Mauve. Il l'avait sentie s'agiter une bonne partie de la nuit, et lui aussi avait mal dormi. Il était perdu dans des conjectures que Mauve seule pouvait clarifier. Depuis son arrivée, la complicité entre Mauve et ses neveux l'avait mis mal à l'aise. Leur relation, certes provoquée par des drames, tenait infiniment plus de place dans le cœur de Mauve qu'elle ne voulait bien l'admettre. Il prit son temps avant de partir à sa recherche. Au rez-de-chaussée, il vit un faible rai de lumière filtrer sous la porte du salon. La pièce était éclairée par les flammes de la cheminée et Mauve se reposait, recroquevillée dans le canapé, les yeux fermés. Elle semblait endormie. Aussi hésita-t-il à s'avancer.

— Tu peux entrer, dit-elle, je ne dors pas.

Au lieu de la rejoindre sur le canapé, Liang alluma le lampadaire et la paire de lampes posées sur la commode. Comme si, par ce geste, il voulait éliminer les zones d'ombre entre eux.

— Je te dérange ?

Elle répondit par la négative et lui fit signe de s'asseoir à ses côtés. Toutefois, il préféra s'installer dans le fauteuil en face d'elle.

— Que fais-tu toute seule dans le noir ? demanda-t-il d'un air grave et triste.

— J'avais juste un peu le cafard, je suis désolée de t'avoir réveillé.

— Tu as parlé aux enfants ?

— Pas encore, j'attends qu'ils aient retrouvé un peu de quiétude.

— Tu ne crois pas que plus tu laisses passer de temps plus ce sera difficile ?

Il avait raison, pensa-t-elle. Elle devait leur parler, elle ne pouvait pas y échapper. Une brusque fatigue l'accabla tout à coup. Elle aurait donné n'importe quoi pour retourner se glisser dans son lit.

— Et que comptes-tu faire ? insista-t-il.

Mauve ne trouva rien à répondre. Elle redoutait qu'ils s'engagent dans une discussion éprouvante qui ne résoudrait rien. Elle cogita longtemps avant de lui répondre.

— Je voudrais tellement rentrer à Bruxelles en septembre.

— Tu en es sûre ?

— Oui, murmura-t-elle.

Elle se leva pour ouvrir les volets. L'aube pointait, atténuée par la lumière bleu sombre de la nuit. Un air frais lui fouetta le visage. Elle sentit peser le regard de Liang dans son dos mais parvint à refouler ses émotions. Liang prit cela pour une marque de distance à son égard.

— Tu ne repartiras pas, n'est-ce pas ?

— Au fond de moi j'ai envie de rentrer. Je t'aime, Liang, mais je suis en plein dilemme.

— Je regrette que ce soit un dilemme pour toi.

Ses neveux comptaient pour elle, et c'était naturel. Mais pas au point de sacrifier leur propre destin. Ils ne pouvaient pas rester éternellement amants-amis. Lui, aspirait à autre chose, une union, des enfants. Des enfants à eux. Et elle, qu'attendait-elle ?

— Guillaume et Laurie, la propriété, je sais que tout cela est important pour toi. Mais ça ne l'est pas au point de renoncer à ta propre vie, tout de même ?

Elle détourna la tête sans répondre, se retenant de lui crier que sa vie était dorénavant ici, à Bassan.

— Je ne comprends pas ce qui t'arrive, poursuivit-il, tu as toujours vécu éloignée de ta famille. Et même si tu ne m'en as jamais rien dit, je sais que tu as souffert par leur faute. Alors pourquoi ce dévouement aujourd'hui ?

— Les enfants, mon chéri. Je ne peux pas les abandonner.

Il ne connaissait rien de sa famille, de sa vie à Bassan. Elle aurait tant aimé lui expliquer qu'elle savait mieux que personne ce qu'était une enfance sans amour.

— Et que devient notre vie de couple dans cette histoire ? Tu ne crois pas qu'il est temps de définir tes priorités ?

Lui posait-il un ultimatum ? Qu'allait-elle choisir ? Quel rêve allait-elle sacrifier ? Liang devina ce qu'elle éprouvait. Partagé entre déception et compassion, il eut une brusque envie de fuir. À son regard, Mauve comprit que quelque chose venait de se briser entre eux.

— Je crois que tu as encore besoin de temps avant de savoir ce que tu veux, dit-il, et tu réfléchiras mieux sans moi. Je vais faire mes bagages... Je partirai cet après-midi.

Il s'approcha d'elle et l'enveloppa d'un regard douloureux, comme si elle l'avait agressé physiquement. Puis il posa un baiser au coin de ses lèvres et il quitta le salon. Elle ne fit rien pour le retenir. Quelques minutes plus tard, elle réalisa simplement qu'il n'était plus là. Depuis trois ans il était sa joie, sa lumière. Et elle venait de le perdre. Mauve reprit sa place devant la fenêtre. Elle l'entrouvrit et respira le parfum des fleurs de seringat qui planait dans la brise du petit matin. Elle resta ainsi, immobile, à regarder le jour se lever sur les vignes. Il y avait si longtemps qu'elle n'avait pas admiré un printemps à Bassan. Puis elle revint s'asseoir dans le fauteuil que Liang occupait un peu plus tôt. Elle appuya sa tête sur le dosseret et s'enivra de son odeur. Les larmes qui lui brûlaient les paupières depuis un moment ne vinrent pas. Sans doute les avait-elle retenues trop longtemps.

31

Mauve ne reçut pas le moindre message de Liang pendant plusieurs semaines. Chaque matin, elle ouvrait son ordinateur et consultait aussitôt sa messagerie, espérant qu'elle lui manquait et qu'il se manifesterait. L'attente lui parut interminable et l'espoir s'estompa au fil des jours. Elle ne pouvait s'empêcher de revivre leur dernier tête-à-tête à Bassan. Les mots qu'ils avaient échangés et qu'elle avait peut-être mal interprétés. Elle se refusait à croire que tout était fini. Elle avait besoin de lui, de sa voix, de ses caresses. De ce merveilleux abandon qu'elle ressentait dans ses bras. Penser à leurs moments de bonheur la réconfortait. Il lui arrivait souvent de décrocher le téléphone et de composer les premiers chiffres de son numéro. Mais elle raccrochait presque aussitôt, n'osant pas faire le premier pas. Que pouvait-elle lui dire ? Incapable de se libérer de son carcan de culpabilité, elle avait choisi de faire son devoir.

Elle souffrait, mais elle tenait le coup. Dans son entourage, personne ne lui posait de questions. Mais elle surprenait les regards que lui jetait son père à la dérobée. Emma, elle, avait redoublé de gentillesse à son égard. Même les enfants avaient compris. Laurie cessa d'évoquer son « amoureux » tandis que Mauve s'efforçait de donner le change. Mais le sentiment de vide qui l'habitait la déconcertait parfois, et elle lutta durant des jours pour surmonter ce désarroi.

Le 20 mai, elle appela son supérieur à la Commission européenne et convint avec lui de prolonger son absence jusqu'en septembre. D'ici là, elle organiserait sa vie, celle de Guillaume et Laurie, l'avenir du domaine, et elle continuerait d'assumer les traductions les plus importantes depuis son bureau à Bassan. Mais elle savait pertinemment que cette situation ne pouvait pas s'éterniser. Mauve raccrocha le téléphone avec une pointe de nostalgie. Son travail aussi lui manquait. L'agitation qui régnait dans les services, les poussées d'adrénaline avant les colloques, les conférences, ses collègues... L'effervescence quotidienne d'un métier qu'elle avait choisi et qu'elle aimait.

C'est auprès d'André que Mauve trouvait le plus de réconfort. Comme elle, il croyait à la vertu thérapeutique du travail. Quand elle arrivait au chai le matin, il était déjà à l'œuvre. Ils se saluaient, buvaient leur premier café en peaufinant le planning de la journée. Il ne lui demandait jamais comment elle allait. Un mot, un sourire suffisaient à exprimer son amitié. Après la découverte des mystères du cognac qui s'affinait à l'ombre des chais, Mauve se familiarisa avec les cycles de la vigne. Et cette fois encore, André fut le plus merveilleux des professeurs. Ils étudièrent ensemble le « débourrement », la naissance des premiers bourgeons sur les ceps. Durant cette transition subtile entre le printemps et l'été, la vigne s'était transformée. Le feuillage et les rameaux s'étaient développés à vue d'œil. Puis, avec ce mois de mai ensoleillé et doux, étaient apparues de minuscules grappes vertes.

— Ce sont les fleurs de la vigne, expliqua André. Dans quelques semaines, elles s'épanouiront et produiront les grains de raisin. Et ces inflorescences seront la première indication qui définira l'importance de la future récolte !

Au bureau, les commandes affluaient. Les visites du domaine se multipliaient, surtout le week-end. André se chargeait des commentaires. Au début, Mauve s'était contentée de le suivre sans prendre part aux explications. Mais peu à peu, elle s'enhardit et prit l'habitude d'intervenir pour apporter un éclaircissement sur la commercialisation des cognacs aux quatre coins du monde.

À la fin du mois de mai, elle rencontra le banquier qui, pour la première fois, se montra attentif et courtois. Face aux substantielles rentrées d'argent de ces derniers mois, il s'était fait une raison. Dans l'immédiat, il n'était plus question de la vente de Bassan. Mauve se sentit beaucoup plus légère en quittant la banque. Elle regagnait sa voiture garée sur la place de la mairie lorsqu'elle aperçut Anthony. Il avait arrêté son véhicule tout-terrain devant la boulangerie et poussait la porte de la boutique les bras chargés de bourriches d'huîtres. Elle fut tentée de le rejoindre pour prendre de ses nouvelles, mais elle y renonça. Elle avait hâte de retrouver André et de se remettre au travail. Lorsqu'elle rentra au château, il était dans la salle de dégustation et semblait perplexe face aux flacons alignés devant lui. Il l'invita à goûter son nouveau cocktail.

— Je crois que ça va vous plaire, dit-il en lui tendant un verre, un délicat mélange de cognac et de café, avec une touche de gingembre.

Elle trempa les lèvres dans la liqueur et essaya d'exprimer les impressions que lui procura cette première gorgée. L'amertume du café se fondait avec finesse aux arômes moelleux et boisés du cognac. Et cette pointe d'épice apportée par le gingembre… C'était délicieux. Elle s'excusa de sa maladresse, mais il l'arrêta avec un sifflet admiratif.

— Bravo, Mauve ! Vous allez devenir une pro de la dégustation !

— Pensez-vous que ce cocktail est adapté au marché britannique ?

Ils se regardèrent et éclatèrent de rire. Mi-mai, Mauve avait réservé un stand dans un salon viticole à Londres. Elle s'était renseignée, le London Trade Wines, qui s'étalait sur deux jours, jouissait d'une excellente réputation. Mais elle avait eu un mal fou à convaincre André de l'accompagner, même avec les meilleurs arguments. « J'aurai besoin de vous pour les explications techniques, vous ne pouvez pas me lâcher ! » lui avait-elle fait remarquer. En maugréant, André avait fini par céder. Mauve avait dû s'organiser en véritable mère de famille pour la garde de Guillaume et Laurie. Elle avait demandé à Emma de s'installer à Bassan le temps de son absence. D'abord un peu gênée, Emma avait fini par accepter. Sereine, Mauve avait pris plaisir à organiser le salon. André s'était chargé d'expédier les échantillons par transporteur spécial, de son côté elle avait déterminé les tarifs et rédigé de petits dossiers de presse en anglais. Puis, un matin, André et elle avaient pris le TGV jusqu'à Paris, l'Eurostar ensuite. Elle s'était laissé emporter par l'ambiance du salon, ravie de retrouver des collègues vignerons et de participer à des discussions commerciales qui la rapprochaient de sa vie à Bruxelles. André ne connaissait pas Londres, il lui avait même avoué ne pas vraiment apprécier les Anglais.

— Mais ils aiment notre cognac, avait-elle objecté.

Finalement, il s'était laissé gagner par l'enthousiasme de la jeune femme et la distinction courtoise des Britanniques. Et, surtout, leur engouement pour le cognac ! En tant que créateur des eaux-de-vie de Bassan, il avait apprécié les éloges. À la fin du salon, ils avaient quitté Londres avec une quinzaine de demandes d'échantillons et trois commandes fermes. Dès leur retour, Mauve s'était occupée des documents administratifs d'exportation, et cet après-midi, le transporteur devait prendre livraison de la première commande à destination de Manchester.

— Il n'empêche, quelle aventure ! admit Mauve en tendant son verre à André afin qu'il lui serve une nouvelle rasade de cocktail au café.

— Vous méritez ce succès, Mauve, vous avez travaillé dur, et nos cognacs sont les meilleurs au monde.

— Bien sûr, vous êtes tout à fait objectif en affirmant cela, répliqua-t-elle avec malice.

Elle s'inquiétait toujours de ce qu'il pouvait déchiffrer sur son visage. Se rendait-il compte de sa confusion, de ses conflits intérieurs ? Ce qu'André voyait de son côté, c'était ses battements de paupières, ce rictus un peu las parfois, sa voix plus basse, et cette façon qu'elle avait de mordre sa lèvre inférieure, comme si elle souhaitait faire barrage au moindre sentiment. Pendant qu'ils dégustaient leur cocktail, il se demanda si un jour elle retrouverait cet air joyeux qu'elle arborait quelques semaines auparavant. Il lui sourit avec un regard amical, presque paternel. Elle lui rendit son sourire et l'invita à déjeuner dans leur petit restaurant préféré à Saint-Porchaire.

Mauve avala deux comprimés d'aspirine avec un verre d'eau, mais rien ne semblait pouvoir atténuer la migraine carabinée qu'elle endurait depuis son retour du restaurant. Guillaume et Laurie étaient chez Emma où elle devait les récupérer à 18 heures. Elle avait un peu de temps devant elle et elle décida de rentrer à la maison pour se reposer un peu. À peine arrivée, elle se rendit dans le petit salon et décrocha le téléphone pour prévenir Emma qu'elle serait peut-être en retard. La ligne était déjà occupée. C'était sa tante. « Moi aussi j'ai des révélations à faire, criait-elle, apparemment hors d'elle. J'ai toujours su que vous étiez son amant. Vous êtes responsable de sa mort ! » Avec précaution, Mauve reposa le combiné. À qui Paule s'adressait-elle ? Elle aurait peut-être reconnu le mystérieux inconnu si elle n'avait pas raccroché un peu trop vite, gênée de son indiscrétion. Elle monta dans sa chambre pour changer de vêtements et tomba sur les lettres de sa mère entassées dans le bas de l'armoire. Pourquoi pas maintenant ? se dit-elle. Après avoir troqué son tailleur contre un jean et un tee-shirt, elle s'installa sur son lit. Elle dénoua délicatement le ruban et retira la première lettre du paquet. Sa mère lui avait écrit avec une constante régularité. Pour son anniversaire, pour Noël, et au moins cinq ou six fois au cours de chaque année. Dans les premières missives, elle s'inquiétait de la scolarité de sa petite fille, de ses centres d'intérêt, de ses cadeaux. Et ceux qu'elle aurait aimé lui envoyer si elle en avait eu le droit. Plus tard, elle essaya d'expliquer pourquoi elle l'avait abandonnée.

À dix-sept ans, ton père était déjà bachelier. Il se destinait à la médecine, comme son propre père et tous les hommes de sa famille depuis quatre générations. C'est vrai qu'il était mineur au moment de notre liaison. À six mois près…

Elle reprenait les mêmes arguments que Georges. Si elle avait été jugée, le tribunal l'aurait condamnée.

Dans tous les cas, je n'avais pas le choix, je devais te laisser. Et j'ai préféré te confier à des personnes que je connaissais bien. J'étais sûre qu'Édith saurait t'aimer. Elle avait tant espéré être mère. Et toi tu avais tellement besoin d'amour et d'une sécurité que je ne pouvais pas te donner.

Elle regrettait de ne pas avoir obtenu un acte d'adoption simple qui lui aurait permis de la rencontrer plus tard. Mais Joseph Carreau était resté intraitable. Il avait exigé qu'elle coupe tout lien avec elle.

Un instant, Mauve interrompit sa lecture et descendit au rez-de-chaussée pour se préparer une tasse de thé. Elle mit la bouilloire en marche et regarda par la fenêtre de la cuisine. Le ciel azur s'étirait jusqu'à l'horizon avec, çà et là, quelques cumulus. Le spectacle immuable de ces paysages charentais à la luminosité exceptionnelle la fascinait déjà lorsqu'elle était enfant. Mais aujourd'hui, ses pensées étaient ailleurs. Elle tenta de dessiner un sourire sur le visage de sa mère, de lui prêter une voix. Elle essaya d'imaginer la vie qu'elle avait menée. Dans certaines lettres, elle parlait un peu d'elle. Orpheline très jeune, elle avait travaillé comme garde-malade pour financer ses études. Ce n'est qu'après avoir laissé Mauve et quitté le Sud-Ouest qu'elle était entrée dans les hôpitaux publics. Parfois, elle s'ouvrait davantage. Elle aimait Mozart, Debussy, et le jazz… Adolescente, elle était folle amoureuse de Steve McQueen. Elle dévorait aussi les livres sans avoir vraiment de genre favori. Plusieurs fois, elle évoqua les différents hôpitaux où elle travaillait, les cas parfois désespérés qui la traumatisaient. Elle devenait bouleversante à chaque fois qu'elle s'efforçait d'imaginer Mauve grandissant sans elle. Était-elle une fillette sage ? Studieuse ? Comment occupait-elle ses loisirs, jouait-elle d'un instrument de musique ?

Le dernier courrier datait de deux semaines avant son tragique accident de voiture. Mauve sélectionna quelques lettres qu'elle relut une seconde fois. Surtout les passages qui concernaient son père biologique. Elle se laissa aller en arrière, la tête appuyée sur le montant du lit. Elle ne voyait qu'une personne capable de lui donner des conseils pour retrouver les traces de son père. Mais pouvait-elle s'adresser à lui ? Au fond, elle ne le connaissait pas beaucoup. Pourtant, vingt minutes plus tard, elle se garait sur le parking du centre médical. Le Dr Mercier l'accueillit en affichant un air courtois. Mais il semblait préoccupé. Peut-être était-il tout simplement fourbu. Elle lui fit un bref résumé de ce que lui avaient appris les lettres de sa mère, et pourquoi elle faisait appel à lui.

— Mon père se destinait à la médecine. D'après ce qu'a écrit ma mère, il semblait appartenir à une longue lignée de médecins. Pensez-vous qu'il soit possible de retrouver sa trace par le biais du corps médical ? Un annuaire ?

— Je ne vous promets rien. Les faits datent de trente-cinq ans, et il n'y avait pas Internet à l'époque !

Avant de prendre congé, Mauve lui demanda s'il avait vu sa mère récemment. Elle-même lui avait rendu visite la veille et l'avait trouvée très affaiblie. Le Dr Mercier lui avoua qu'il n'était pas allé à la clinique Bellevue depuis un certain temps, mais il promit de s'y rendre dès le lendemain. Sur le seuil de la porte, il lui tendit la main qu'il garda un instant dans la sienne.

— Je vais me renseigner au sujet de votre père biologique, et je vous tiendrai informée.

Il la rappela au bout d'une semaine. Toutes ses recherches étaient demeurées infructueuses et il était désolé. Il suivait encore une ou deux pistes, mais sans grand espoir. De son côté, Mauve avait jugé préférable de taire sa démarche à Georges, et à présent, elle s'en félicitait. Elle l'aurait peut-être blessé et il ne le méritait pas. Comme elle, il avait subi la volonté de son grand-père et le poids des intransigeances familiales.

Devant la glace de son armoire, Mauve vérifia sa tenue. Chemisier de soie grège, pantalon de toile vert malachite, c'était parfait pour la visite de l'après-midi. Un groupe de touristes irlandais en séjour à Royan avait projeté de s'arrêter à Bassan. André l'attendait. Et ce soir, son père avait prévu de préparer des grillades. Elle rapprochait souvent la présence de Georges de celle d'André. La même affection à son égard. Une double présence paternelle qui la comblait. Combien d'enfants n'auraient jamais cette chance ? Guillaume et Laurie entre autres.

Elle se rendit au chai à pied en longeant les allées qui croulaient sous les camélias et les clématites. Les parterres de rosiers débordaient de fleurs. Que ce mois de mai léger, aérien était agréable ! Elle passa près de la roseraie où les ouvriers avaient dressé un échafaudage afin de nettoyer les pierres de la façade. La veille, elle avait convoqué un artisan local qui lui avait promis un devis pour l'aménagement d'une cuisine et la réfection des sanitaires. Le projet de la grande salle de réception prenait forme.

Elle s'arrêta devant un massif d'hortensias. À quel moment l'idée de rester à Bassan lui avait-elle traversé l'esprit pour la première fois ? se demanda-t-elle soudain. Et si, tout compte fait, c'était son destin ? Même si sa vie était aux antipodes de celle qu'elle avait imaginée. Elle n'aurait jamais cru avoir un jour la charge de Bassan, et c'était pourtant le cas aujourd'hui. Et alors qu'elle ne voulait pas d'enfants, elle avait accepté de devenir la tutrice de Guillaume et Laurie.

Les véhicules des Irlandais étaient déjà garés sur le parvis, devant les chais. Mauve imaginait André commençant la visite dans la langue de Shakespeare… Elle hâta le pas. Au moment d'entrer dans le chai de vinification, elle entendit un petit signal sonore dans sa poche. Elle sortit son mobile pour lire le SMS qui s'affichait. « Tu me manques. Je ne peux pas vivre sans toi. Je t'appelle ce soir. Nous devons parler. Liang. »

Elle se retourna un instant pour admirer les jardins, les vignes à flanc de collines, noyées dans l'azur du ciel. Elle respira longuement. Elle eut soudain une folle envie de laisser exploser sa joie.

32

— Je t'aime, Mauve. Je ne peux pas vivre sans toi.

Liang répétait ces mots pour la troisième fois. Mauve percevait le bruit de son cœur qui s'emballait. Il l'avait enfin appelée ! La gorge nouée, elle l'écoutait, incapable de proférer le moindre son.

— J'aurais dû comprendre ce que tu endurais, reprit-il, j'aurais dû être à tes côtés. Au lieu de cela, j'ai fui, convaincu que tu trouverais les solutions toute seule. Je suis désolé, ma chérie. Excuse-moi.

Mauve devina que leur avenir commun incluant le devoir d'élever deux enfants l'avait sans doute effrayé. Et poussé à réfléchir. Mais il lui assurait qu'il comprenait, qu'il l'aimait.

— Tu dois garder tes neveux, dit-il. Et quoi que tu décides, je serai là pour toi, et pour eux.

Il était sûr qu'ils pouvaient construire une famille. Ils auraient des enfants qui seraient les frères et sœurs de Guillaume et Laurie. Mauve buvait chacune de ses paroles, emplie d'un merveilleux soulagement. Les larmes perlaient au coin de ses paupières. Des larmes de joie, légères comme le frisson des tilleuls en fleurs qu'elle apercevait depuis son bureau. Une odeur d'herbe humide montait jusqu'à elle par la fenêtre ouverte sur les jardins. Elle se sentit grisée.

— Je dois attendre les vacances d'été avant de décider quoi que ce soit pour les enfants.

— D'accord, répondit-il d'une voix grave. Mais nous n'allons pas patienter aussi longtemps avant de nous revoir. Je viendrai à Bassan les 15 et 16 juin.

***

Mauve imprima les deux demandes d'échantillons pour la Finlande et les déposa sur le bureau d'André. Le dimanche matin, les bureaux étaient déserts et elle en profitait pour expédier les affaires courantes. Elle ajouta quelques lignes aux notes qu'elle avait rédigées à l'intention de Carole. Puis elle mit de l'ordre dans les papiers et les classa dans des chemises.

Fonder une famille. Elle ne l'avait jamais envisagé jusqu'à maintenant. Depuis sa conversation avec Liang lundi dernier, elle pensait souvent aux plans qu'elle avait élaborés quelques mois plus tôt, juste après le décès de David. Et elle mesurait combien ses sentiments avaient évolué. Elle ne partagerait plus la tutelle de Guillaume et Laurie, et si elle pouvait l'éviter, elle ne vendrait pas la propriété. Mais comment concilier sa vie en Belgique, son couple, ses neveux et le domaine ? Et avoir d'autres enfants ? La famille était quelque chose de primordial pour Liang. Après tout, pourquoi pas ? Mais ils allaient brusquement passer du statut de couple sans enfants au statut de parents d'une famille nombreuse. Et cela ne se déroulerait pas sans heurt. Elle avait peur de s'engager, de ne pas prendre la bonne décision. Pourtant, aujourd'hui, elle ne fuirait pas comme elle l'avait fait douze ans plus tôt, après sa rupture avec David. Elle devait mettre toutes ses pensées à plat. La veille, elle avait appelé son amie Fanny à Bruxelles et lui avait confié ses craintes. Et si elle n'était pas une bonne mère pour Guillaume et Laurie ?

— On ne naît pas mère, on le devient. La formule n'est pas de moi, mais je n'ai de cesse de la répéter à mes patientes. Et c'est une chance que vous vous installiez à Bruxelles. Si tu es d'accord, je pourrai voir les enfants de temps à autre et m'assurer que tout va bien.

— Merci, ma belle, mais il n'empêche, j'ai franchement peur.

— C'est normal ! Mais ces enfants n'ont que toi, et ils le savent. Je suis sûre qu'ils sont attachés à toi, comme tu l'es toi aussi à eux. Et l'amour est le meilleur atout pour commencer une vie commune. Ne t'inquiète pas, je suis sûre que tu seras à la hauteur et que tout se passera bien.

Mauve ne s'était pas sentie rassurée pour autant.

C'était assez pour un dimanche. Elle éteignit son ordinateur et quitta le bureau. Elle avait ses comptes personnels à mettre à jour et elle devait répondre aux e-mails de quelques collègues à Bruxelles. Mais en traversant les jardins, elle jugea qu'il faisait trop beau pour travailler. Son père était absent toute la journée, elle ne savait pas où était sa tante et elle s'en moquait. Elle trouva Guillaume et Laurie sur la terrasse, occupés à disputer une partie de ping-pong.

— Que diriez-vous d'une promenade à Talmont ?

— C'est où, Talmont ? demanda Guillaume.

— Au bord de la mer. Vous n'y êtes jamais allés avec maman, ou papy Georges ?

— Non, jamais.

Mauve était étonnée. Georges les emmenait souvent là-bas, Véronique et elle, à la découverte de cette bastide du Moyen Âge. Elle n'avait d'ailleurs pas pris le temps d'y retourner depuis qu'elle était revenue en Charente-Maritime.

— Alors on y va ! Vous avez cinq minutes pour vous préparer.

Pendant ce temps, elle examina le contenu du réfrigérateur et prépara des sandwiches et des œufs durs. Avec des fruits et quelques biscuits, ce serait parfait pour un pique-nique.

La température frôlait les 28° en ce début du mois de juin. Une belle journée limpide et ensoleillée, propice à une balade sur la côte. Mauve se gara sur le parking extérieur. Ancienne bastide médiévale bâtie sur un promontoire dominant l'embouchure de la Gironde, Talmont était un village classé qu'on ne pouvait visiter qu'à pied. À l'entrée, Guillaume piocha dans les dépliants offerts par l'office de tourisme.

— Tante Mauve, c'est écrit que c'est le roi d'Angleterre qui a fait construire l'ancien château et les remparts. Est-ce que c'est vrai ?

Grâce à son père, Mauve connaissait l'histoire de la ville sur le bout des doigts.

— La région appartenait aux Anglais à cette époque-là. Par son héritage, le roi d'Angleterre était aussi duc d'Aquitaine.

Tout en discutant, ils longèrent les ruelles bordées de maisons anciennes aux murs blancs et aux toits de tuiles roses. Elles étaient très basses pour limiter la prise au vent du large. Au sommet, ils s'arrêtèrent devant l'église Sainte-Radegonde, édifiée comme une figure de proue sur son socle rocheux qui surplombait les flots tumultueux de l'estuaire.

— Elle a été construite au XIIe siècle par les moines de l'abbaye de… Saint-Jean-d'Angély, récita Guillaume, le nez dans ses dépliants touristiques.

Partout, des haies de roses trémières aux multiples couleurs se dressaient le long des maisons. Laurie marchait devant son frère et sa tante, et Mauve eut toutes les peines du monde à l'empêcher de cueillir les fleurs.

— Si tu savais lire, se moqua Guillaume un brin agacé, tu arrêterais de faire tes bêtises. C'est écrit sur les pancartes qu'il est interdit de cueillir les fleurs.

— Je ne sais pas lire parce que je suis petite !

— Du calme, mes chéris, s'écria Mauve, je connais une petite boutique où on vend des graines. Nous allons en acheter et on pourra les semer dans les jardins autour de la maison.

— Je les sèmerai toute seule ! décréta Laurie, tout excitée.

— Ça m'étonnerait, répliqua Guillaume, tu n'es même pas capable de creuser un trou.

— Ah, si ! De toute façon, je demanderai à André.

Mauve s'amusait en les écoutant. Ils étaient adorables à se chamailler ainsi, mais prêts aussi à faire front au moindre danger. Elle eut alors une idée. Et si c'était elle qui se rendait à Bruxelles mi-juin, avec Guillaume et Laurie ? Ce serait l'occasion de voir leurs réactions lorsqu'ils découvriraient l'agitation de cette grande cité. La cohabitation avec

Liang serait aussi un véritable test. Et elle inviterait Fanny à dîner avec son mari et leurs deux enfants. Plus elle y réfléchissait, plus elle était sûre que c'était une bonne idée.

Derrière l'église et le cimetière marin, ils prirent la promenade des remparts, à l'origine l'ancien chemin de ronde. Là, ils trouvèrent un coin tranquille et s'installèrent à l'ombre avant de sortir la nappe et le pique-nique.

— Si vous vous tenez correctement, nous irons distribuer les restes aux mouettes après le déjeuner.

Ils approuvèrent, les yeux pétillant de joie. Pendant la pause, ils se tinrent sages comme des images, mais Guillaume abreuva sa tante de questions sur Talmont.

— Tu crois que je pourrai faire un exposé pour l'école ? La maîtresse nous a demandé de raconter une sortie pendant nos vacances.

— Bien sûr, mon chéri. Tu devrais même demander à papy Georges de t'aider. C'est lui qui m'a appris l'histoire de la ville quand j'étais petite.

Elle se souvenait d'une de ses conférences sur Talmont où elle l'avait accompagné. Son père lui avait confié la mission d'actionner le projecteur de diapositives et de distribuer ses documents aux participants. Elle n'était pas peu fière. Elle devait avoir douze ans à l'époque, et cela restait un merveilleux souvenir. Elle en avait gardé si peu de son adolescence à Bassan.

Après le déjeuner, repus de sandwiches et de cerises, ils prirent le sentier qui débouchait sur l'escalier menant au-dessus du port. Guillaume et Laurie jouèrent à lancer des cailloux dans l'eau.

La mer montait et se glissait entre les varechs, léchant les pierres recouvertes d'algues. Mauve distribua les restes du repas aux enfants. Appuyés contre le parapet, ils jetèrent des morceaux de pain par-dessus. Aussitôt, l'air vibra de piaillements, de bruits d'ailes, et une volée de mouettes descendit en piqué vers l'écume des vagues. Un peu plus tard, la jeune femme donna le signal du départ.

— C'était une belle promenade, tante Mauve, dit Guillaume en lui prenant la main.

Laurie lui prit l'autre main en sautillant sur le sentier.

— On pourra revenir ?

— C'est promis, mais je vais vous demander quelque chose à mon tour : vous voulez bien m'aider à préparer le dîner en arrivant ?

— D'accord, s'écria Laurie. Si tu veux, je pourrai remuer les pâtes dans l'eau chaude. Ça, je sais bien le faire.

Ils avaient atteint le parking. Mauve rangea les sacs dans le coffre et s'installa au volant après avoir vérifié que les enfants avaient bien bouclé leurs ceintures.

— Après les sandwiches que vous avez dévorés à midi, répondit-elle en enclenchant la marche arrière, il n'est pas question de manger des pâtes ce soir.

Mauve s'était équipée d'un tablier blanc dont le cordon s'enroulait deux fois autour de sa taille. Les enfants tournaient autour d'elle alors qu'elle sortait les ustensiles pour préparer le dîner. Ce soir, elle avait prévu des escalopes aux champignons, accompagnées de courgettes et d'aubergines grillées.

— Tu es sûre qu'on ne peut pas faire des pâtes ? insista Laurie pour la troisième fois.

— Tout à fait sûre, ma puce, les légumes verts sont excellents pour la santé, répliqua Mauve, bien décidée à tenir bon.

Elle para les escalopes et confia à Laurie le soin de couper les pieds des champignons de Paris. Hissé sur un tabouret devant l'évier, Guillaume tranchait les courgettes en s'appliquant pour tailler des rondelles de même épaisseur. Soudain, ils entendirent des éclats de voix venant du premier étage. Mauve ôta son tablier et intima l'ordre aux enfants de rester dans la cuisine. Elle grimpa les escaliers quatre à quatre et se trouva nez à nez avec sa tante et le Dr Mercier. Elle n'avait pas entendu le médecin arriver et se demanda ce qu'il faisait au château. Il avait dû garer sa voiture devant la maison, sur le terre-plein réservé aux visiteurs. Ils se tenaient au milieu du couloir, dressés l'un contre l'autre. L'espace d'un instant, Mauve crut qu'ils allaient en venir aux mains.

— Je ne savais pas que vous étiez là, docteur. Que se passe-t-il ?

Le jeune médecin la regarda, puis il s'adressa à Paule d'une voix cinglante.

— Alors, vous allez vous décider à parler ?

Paule ne prit même pas la peine de répondre, elle courut jusque dans sa chambre et ils entendirent le bruit de la clé dans la serrure. Elle s'était enfermée. Abasourdie, Mauve se retourna vers le médecin qui se dirigeait déjà vers les escaliers. Elle lui emboîta le pas.

— Vous pouvez m'expliquer? Est-ce qu'il s'agit de ma mère?

Ils étaient arrivés devant la porte d'entrée. Le Dr Mercier se retourna, il semblait furieux et bouleversé.

— Non, il ne s'agit pas de votre mère. Je ne peux pas vous parler maintenant, Mauve, ce n'est ni le moment ni le lieu. Et je crois que j'ai encore besoin de temps. Je vous appellerai.

***

Trois jours s'écoulèrent pendant lesquels Bruno Mercier vécut un enfer. Depuis sa découverte des dossiers médicaux de son oncle et sa dernière visite à la clinique Bellevue, il exhortait Paule à prendre une décision. Mais cette vieille garce tenait bon, il avait compris qu'elle ne parlerait pas.

Il en avait assez de ce milieu, de cette région. Et cette lassitude durait depuis un certain temps. Une lassitude que le récent message de Mélodie avait rendue plus prégnante encore. Mélodie, une ravissante jeune femme au prénom prometteur. Sa meilleure amie durant l'internat. Elle avait des sentiments pour lui à l'époque. Il le savait. Des allusions, des petits gestes qu'il s'était efforcé d'ignorer, trop occupé à terminer sa thèse. Aussitôt après leur internat, la jeune fille était partie en Afrique pour une mission humanitaire. Elle venait de rentrer et avait accepté de reprendre un cabinet au fin fond de la Lozère. « Il nous manque un praticien, lui avait-elle écrit, alors si tu te lasses de ta clientèle huppée, des cocktails mondains, viens me rejoindre. Je te jure qu'ici, tu te sentiras utile ! Je t'attends toujours, tu sais… »

Aujourd'hui, où en était-il de son désir d'indépendance et de réussite ? Était-il réellement indispensable ici ? Une seule certitude, il n'avait pas envie de finir sa vie comme son oncle Maurice. Mais il savait qu'il ne pourrait rien décider avant qu'il n'ait trouvé le courage d'alléger sa conscience. Il prit le téléphone et appela le château de Bassan. Lorsque Mauve décrocha, il lui donna rendez-vous le lendemain soir au cabinet médical.

33

À 19 heures sonnantes le lundi soir, Mauve gara sa voiture sur le parking du centre médical. Le Dr Mercier l'attendait. Mais au lieu d'ouvrir son cabinet, il la guida au fond du couloir vers une entrée privée qui donnait dans une petite salle de repos. Des fauteuils entouraient une table basse, la pièce était équipée d'un four à micro-ondes, d'un frigidaire et d'un petit bar. Le médecin lui désigna un siège.

— Vous prendrez bien un doigt de porto avec moi ? lui proposa-t-il d'une voix douce.

Elle s'installa dans un fauteuil pendant qu'il remplissait deux verres. Ils n'avaient pas échangé dix mots jusqu'ici, et Mauve était de plus en plus intriguée. Il la rejoignit et lui tendit l'un des verres.

— Buvons, d'abord. Ce que j'ai à vous dire est assez délicat…

Il laissa glisser un long silence, comme si les mots lui manquaient. Mauve ressentit une violente appréhension. Son instinct l'avertissait d'un danger et un sentiment de frayeur lui serra la gorge.

— Je ne sais pas par où commencer. Ces révélations sont tellement… difficiles. Depuis que vous m'avez évoqué les souvenirs de guerre de mon oncle, j'ai cherché ses albums photo, avec l'idée de tout envoyer à ma sœur. Et je suis tombé sur de très vieux dossiers médicaux qu'il avait entassés au milieu d'un tas d'objets inutiles. Un de ces dossiers portait votre nom…

Il hésita, ouvrit la bouche, puis se ravisa tandis que ses ongles heurtaient le bois du fauteuil.

— Cela fait des semaines que je presse votre tante de vous dire la vérité, reprit-il enfin, mais elle n'en fera rien. Il m'appartient donc de vous révéler ce que je sais. Mon oncle a joué un rôle dans tous les drames qui ont frappé votre famille. Et pas des moindres, votre adoption en étant le premier acte.

Elle s'apprêtait à lui demander ce que son adoption avait à voir avec son oncle. Mais il l'arrêta d'un geste de la main.

— Je vous en supplie, Mauve, laissez-moi aller jusqu'au bout sans m'interrompre, c'est déjà bien pénible. Vous savez que Joseph avait accepté cette adoption à contrecœur. Apprendre ensuite que votre mère attendait un enfant l'a mis hors de lui. D'après mon oncle, il n'a pas décoléré pendant des mois. Il se trouvait confronté à la pire des situations. Il allait avoir enfin l'héritier qu'il avait tant souhaité pour Bassan, seulement vous, vous étiez là aussi !

Il but une gorgée de porto, le temps de recouvrer son souffle. Spontanément, Mauve l'imita. L'alcool lui brûla l'estomac. Elle n'avait pas eu le temps de déjeuner à midi, à peine avait-elle grignoté un yaourt et une pomme, installée sur le coin de son bureau. D'un léger sourire, elle encouragea le Dr Mercier à poursuivre. Mais il hésita longtemps avant de continuer son récit.

— Joseph s'en voulait, d'autant plus qu'il avait exigé une adoption plénière afin que votre mère n'ait plus jamais aucun droit de regard sur votre existence. Mais en même temps, cet acte faisait de vous une héritière à part entière, au même titre que l'enfant qui allait naître. Il a dû se ronger les sangs pendant des années et envisager toutes les solutions possibles pour vous écarter de la lignée.

Mauve imaginait la rage de son grand-père constatant qu'il ne pouvait pas la rayer de son héritage.

— Et je suis sûr que ce fut pire encore pour votre tante. Elle vous voyait grandir, parée de toutes les qualités qui, elle devait bien le reconnaître, faisaient défaut à Véronique. Mon oncle a tout consigné par écrit en annexe de votre dossier médical. Un peu comme une confession. Il raconte les griefs que Paule et votre grand-père ont accumulés à votre encontre. Et avec votre caractère bien trempé, votre penchant pour la rébellion, vous ne leur avez pas facilité la vie. L'apothéose, ce fut le jour où ils ont découvert l'existence de votre petit ami. « Le fils d'un marchand d'huîtres. » Pour votre grand-père, c'était intolérable. À partir de ce jour, Paule et lui ont cherché tous les stratagèmes pour vous écarter de la famille.

Le téléphone sonna dans la pièce à côté. Il jeta un bref coup d'œil à sa montre mais ne bougea pas. Il avait gardé la bouteille à portée de main et se versa une nouvelle rasade de porto. Il proposa de la resservir mais elle refusa d'un signe de tête. Le récit prenait une tournure inquiétante et elle avait hâte de comprendre où il voulait en venir.

— Un jour, sans le savoir, vous avez servi leurs desseins. Vous vous souvenez de votre chute de cheval ?

Des images remontèrent brusquement à sa mémoire. Le choc, ses cris, les hennissements de l'animal au-dessus d'elle, puis le coup dans son bas-ventre, et le trou noir… Avec cette acuité que procure le sentiment imminent d'un danger, elle se raidit.

— Oui, murmura-t-elle, je me rappelle. J'avais 16 ans.

— C'est mon oncle qui a décidé votre transfert à l'hôpital.

Il se leva et s'empara d'une liasse de documents posée sur le bar.

— J'ai retrouvé ces papiers classés dans les archives de mon oncle. Je me sens le devoir de vous les communiquer, même si, en vous révélant ces faits, j'ai l'impression de transgresser les règles déontologiques de ma profession.

Mauve tendit la main pour se saisir du dossier, mais elle comprit qu'il n'avait pas l'intention de le lui remettre dans l'immédiat. Le sentiment de malaise qu'elle éprouvait depuis le début de l'entretien s'aggrava encore. Elle sentit les battements de son cœur s'accélérer, la moiteur perler sur son front et au creux de ses mains. Elle se résigna à boire une autre gorgée de porto.

— À l'hôpital, on m'a opérée je crois.

— Une légère descente d'organes. Enfin au début, c'était cela.

— Pourquoi, c'était plus grave ? demanda-t-elle, oubliant sa promesse de ne pas l'interrompre.

Elle le vit prendre une longue inspiration avant de poser sur elle un regard désespéré.

— Joseph a joué de son emprise sur mon oncle pour que ce soit lui qui vous opère. Il avait été chirurgien au début de sa carrière, mais il avait renoncé à opérer à la suite d'un accident. Il avait perdu une part de dextérité dans sa main gauche. Il s'est alors installé comme médecin de campagne. Dans le fond, je crois qu'il préférait cette vie plus calme.

— Pourquoi mon grand-père tenait-il à ce que ce soit votre oncle qui m'opère ?

— L'idée a germé dans l'esprit tordu de votre tante. Vous savez que Joseph avait sauvé la vie de mon oncle pendant la guerre alors qu'ils tentaient de s'échapper d'un camp de prisonniers en Allemagne. Pour prix de sa dette, il a obtenu de mon oncle qu'il pratique une salpingectomie sur vous.

— Une... quoi ?

— Une ablation des trompes de Fallope, de telle sorte que vous n'ayez jamais d'enfant.

Mauve ne lui demanda pas de répéter, pourtant elle ne pouvait pas croire un seul instant ce qu'elle venait d'entendre. Une seule question lui vint à l'esprit.

— Et c'est irréversible ?

— J'aimerais tellement vous formuler un diagnostic différent, mais j'ai bien peur que oui. L'opération a été pratiquée il y a des années. Au bout d'un certain temps, quand les ovaires ne sont plus stimulés, ils s'atrophient et cessent de fonctionner.

À quoi bon lui donner le moindre espoir ? Une procréation assistée avait une chance sur dix mille d'aboutir, au prix de multiples opérations et de beaucoup de souffrances. Et elle avait atteint un âge où les femmes sont déjà moins fécondes naturellement. Mauve aurait pu hurler, bondir de son siège. Mais elle resta pétrifiée, les yeux étrangement fixes. Stérilité. Mutilation. Les mots résonnèrent dans sa tête avant de tracer leur chemin dans sa chair. Puis la réalité la transperça d'un coup, de part en part, comme une déchirure. Elle comprenait. Elle n'apporterait pas ses propres héritiers à la famille. Pas de sang impur dans la lignée de Bassan. Le silence dura longtemps. Le médecin la dévisageait, attentif au moindre de ses gestes, comme s'il redoutait qu'elle ne s'écroule. Elle se mordit les lèvres jusqu'à la douleur. Elle devait retrouver ses esprits, ne pas se laisser emporter par cette épouvantable terreur qui était en train de l'anéantir.

— Personne d'autre n'était au courant ? chuchota-t-elle enfin.

— Au moment des faits, votre mère sans aucun doute.

— Et Véronique ?

— Je pense qu'elle l'a su, mais beaucoup plus tard. Aujourd'hui, je comprends mieux certaines de ses allusions… Nous étions très proches.

Tout à coup, Mauve se rappela la conversation qu'elle avait surprise entre sa tante et ce correspondant inconnu quelques jours auparavant.

— Vous aviez une aventure ?

Elle posa la question, mais en découvrant l'ombre de tristesse sur le visage du médecin, elle sut qu'elle avait déjà la réponse.

— C'était beaucoup plus qu'une aventure. Nous étions amoureux, passionnément amoureux.

— Depuis combien de temps durait votre liaison ?

— Un peu plus de deux ans. Tout avait débuté après la mort de votre grand-père. Véronique était effrayée à l'idée de gérer le domaine sans lui. Elle avait peur de ne pas prendre les bonnes décisions au bon moment.

— Mais David était là, tout de même !

— Joseph avait appris à sa petite-fille à ne faire confiance à personne. Elle venait me voir afin que je calme ses insomnies, ses angoisses. Peu à peu, elle s'est confiée à moi, et de fil en aiguille…

Soudain, Mauve se rappela la lettre d'adieu de sa sœur.

— Elle voulait quitter David pour vous ?

— C'est ce que je souhaitais. Mais je ne sais pas si elle l'envisageait sérieusement. Elle prétendait que David avait une arme redoutable contre sa famille si elle divorçait. À l'époque, je ne l'ai pas crue. Mais je l'aimais. Tout en sachant que c'était sans espoir. On ne divorce pas dans votre famille. En tout cas pas pour un petit médecin de campagne. Je ne pouvais plus supporter cette situation, alors j'ai rompu.

Mauve se demandait si finalement sa sœur ne s'était pas suicidée à cause de cette liaison sans lendemain et de tous ces secrets de famille qui pesaient sur sa conscience.

— Je n'ai jamais cessé depuis de penser que je ne l'ai pas assez soutenue, que j'aurais peut-être pu empêcher ce qui s'est passé. Et ce doute me poursuivra jusqu'à la fin de ma vie.

— David m'avait assuré qu'elle était malade, qu'elle souffrait de cette névrose dépressive qui touche les femmes de la famille.

— Elle souffrait surtout de son incapacité à affronter la vie, ce qu'elle en attendait... C'était quelqu'un de fragile, que votre grand-père a écrasé sous le poids de son intransigeance, des responsabilités qu'il lui a imposées sous la contrainte. Au contraire de vous, elle n'était pas faite pour diriger Bassan. Elle prenait des cachets pour dormir, des pilules pour se réveiller. J'ai tout fait pour l'extraire de ce cycle infernal. Et j'ai échoué.

Atterrée, Mauve reposa son verre sur la table et s'adossa au fauteuil. Un voile glissa devant ses yeux et une violente crispation lui broya la poitrine. Elle devait se lever à présent, prendre congé. Mais elle était sûre de tomber si elle tentait le moindre mouvement. Un nouveau silence s'installa entre eux, plus pesant encore, à peine perturbé par une sonnerie au loin. Le téléphone ou la porte.

— Je suis tellement désolé, Mauve. Je maudis le sort qui m'oblige à vous apprendre ces horreurs moi-même. Vous auriez pu les découvrir toute seule, par la force des choses. En souhaitant des enfants, ou à travers une banale intervention chirurgicale.

— Je ne suis jamais malade, docteur. Et la vie de famille n'a guère eu d'attrait pour moi... Enfin, jusqu'ici, ajouta-t-elle, et sa voix se brisa.

Il lui remit son dossier médical sans lui préciser qu'il avait détruit la confession qui l'accompagnait.

— Je suis désolé, répéta-t-il. Une dernière chose, vous devriez exiger de votre tante qu'elle vous en raconte un peu plus sur la mort de David.

— Que voulez-vous dire ?

— J'ai vu votre mère récemment. Et j'ai eu la chance d'arriver à un moment où elle était tout à fait lucide, comme cela ne s'était pas produit depuis bien longtemps… Comme un ultime éclair avant la nuit noire. Je n'ai pas le droit de vous en dire plus. Vous devez parler à Paule. Elle vous doit la vérité.

Sa voix aussi tremblait. Il semblait bouleversé, effondré. Le crime de son oncle, son amour pour Véronique. Mauve comprenait. Elle aurait voulu éprouver de la compassion, du chagrin. Tout sauf cette vague de méfiance et d'indignation. Et cet obscur besoin de vengeance. Au bout d'un temps qui lui parut interminable, elle sentit enfin les larmes couler sur son visage, mais elle ne fit rien pour les repousser. Muet, Bruno Mercier l'observait. Il aurait voulu se précipiter vers elle, la prendre dans ses bras. Lui avouer à quel point il avait honte des agissements de son oncle. Il ne dit rien de tout cela. De toute façon, il n'avait plus rien à dire, et surtout pas ce que son oncle avait consigné en annexe du dossier de la jeune femme :

C'est vrai que Joseph m'a manipulé, et j'ai payé mon dû. Plus tard, lorsque le cancer l'a abattu, je l'ai encore soigné et j'ai veillé sur lui. Mais un jour, j'ai exagéré la dose de morphine... Et en le regardant mourir, j'ai eu alors la certitude que je m'acquittais d'une autre dette. Ma dette à l'égard d'une jeune fille meurtrie.

Le Dr Mercier soupira. Ce dernier aveu, son oncle l'avait emporté dans sa tombe, et il resterait un secret à jamais. Il se contenta de regarder cette jeune femme anéantie qui le fixait de ses grands yeux marine. Et qui pleurait.

34

Mauve roula longtemps au hasard avant de reprendre la route de Bassan. De l'incrédulité à la colère, les sentiments se bousculaient dans son esprit. Comment avaient-ils pu lui faire cela alors qu'elle n'était qu'une adolescente sans défense ? La départementale serpentait au milieu du vignoble. Elle entendait encore Joseph vanter ses vignes à Véronique. « C'est beau un paysage de vignes, c'est riche ! » Mais cette richesse valait-elle de sacrifier son corps et de briser sa vie ? Elle garda une main sur le volant et porta l'autre sur son ventre où une effroyable douleur nouait ses entrailles. Elle imaginait les coups de bistouri au fond de son sexe et se retint pour ne pas hurler. Elle refusait de croire que son père ait pu être complice d'une telle horreur. C'était sa tante qui avait tout manigancé. Et quel rôle avait-elle joué dans la mort de David ? Sa rage explosa d'un coup. Qu'elle aille au diable ! Il n'était pas question qu'elle accepte sa présence à Bassan une seule journée de plus. Elle s'exhorta au calme et réfléchit à la conduite à adopter. Puis elle sut ce qu'elle allait faire.

En remontant l'allée du château, elle se sentait plus sereine. Elle prit tout son temps pour garer la voiture, et d'un pas presque tranquille, elle longea les allées fleuries. Elle entra dans la maison et, toujours aussi impassible, posa son sac et ses clés dans le hall avant de monter au premier étage. Elle s'arrêta devant la chambre de sa tante et frappa énergiquement à la porte. Lorsque Paule apparut sur le seuil, elle ne put retenir un mouvement de recul.

— Je dois te parler, allons dans mon bureau, lui lança Mauve avec autorité.

Paule la suivit, visiblement contrariée. En pénétrant dans le bureau, Mauve ouvrit les volets et un léger courant d'air gonfla les rideaux avant de s'engouffrer dans la pièce. Paule s'apprêtait à prendre un siège, mais Mauve l'arrêta.

— Inutile de t'asseoir, ce que j'ai à te dire tient en quelques mots. Le Dr Mercier m'a raconté les suites de ma chute de cheval à 16 ans et ce que vous m'avez fait subir grand-père et toi, avec la complicité de son oncle.

Raide, les mains appuyées sur le dosseret d'un fauteuil, Paule n'en menait pas large. Mais elle ne protesta pas.

— C'était une idée de ton grand-père, et…

— Ça suffit ! Je ne veux rien entendre de plus. Je sais que tu es prête aux mensonges les plus éhontés pour te défiler. De toute façon, même si, dans cette histoire, grand-père était le principal responsable, toi tu as été sa complice. Tu ne vaux pas mieux que lui. Le Dr Mercier prétend aussi que tu sais quelque chose sur les circonstances du décès de David.

Paule perdit soudain contenance. Elle se mit à trembler et jeta autour d'elle des coups d'œil affolés.

— Je ne sais rien…

— Dis-moi la vérité, ou je te jure que je vais monter la garde au chevet de ma mère jusqu'à ce qu'elle soit en état de me raconter ce qu'elle a confié au docteur.

— Je… C'est…

— Mais tu vas parler, sacré nom d'un chien !

Paule se ressaisit, et, défiant sa nièce du regard, elle avoua :

— C'est moi qui l'ai fait tomber de son échelle. Mais c'était un accident, ajouta-t-elle précipitamment. Nous nous sommes disputés. Il voulait que tu t'associes à lui dans la succession de Véronique et il s'apprêtait à te révéler la vérité au sujet de ton opération… Je n'arrivais pas à lui faire entendre raison. Alors j'ai bousculé l'échelle. Tout s'est passé si vite ! J'ai essayé d'amortir sa chute, mais je n'ai rien pu faire. Il était là, sur le sol, il ne bougeait plus, et…

— Tu n'as pas appelé les secours ? Il était peut-être vivant.

— J'ai vérifié, il ne respirait plus…

— Et tu as été assez stupide pour raconter la scène à maman alors que tu connaissais sa fragilité mentale ?

— Elle était avec moi lorsque l'accident s'est produit. Je voulais qu'elle m'aide à convaincre David de ne rien te dire. Elle a tout vu, et elle n'arrêtait pas de hurler, cette idiote. Alors je l'ai entraînée à la maison et j'ai fait en sorte qu'elle se taise. Puis, nous avons attendu…

Tant de détails devenaient plus clairs dans l'esprit de Mauve. La brusque dégradation de la santé de sa mère, entre autres. Et le comportement de Paule, qui avait tout fait pour qu'elle ne se retrouve jamais seule au chevet d'Édith.

— Comment David était-il au courant de ce que vous m'aviez fait ?

— Il avait surpris une conversation entre Véronique et ton grand-père. Joseph avait cru judicieux de prévenir ta sœur qu'elle n'aurait pas à redouter tes héritiers dans la succession de Bassan.

À présent, Paule avait retrouvé toute sa morgue. Elle fixait sa nièce d'un air méprisant. Mauve dut faire un gros effort pour ne pas se jeter sur elle et la rouer de coups. Elle prit une longue inspiration. Le moment était venu.

— Si je me réfère au testament de grand-père, la villa de Noirmoutier te revient de droit dans le cas où tu survivrais à maman. Mais je ne vois pas ce qu'elle pourrait faire d'une villa au bord de la mer aujourd'hui, alors tu vas t'y installer. Tu as jusqu'à demain matin pour rassembler tes affaires et foutre le camp d'ici.

— Pardon ?

— Tu as très bien entendu. Demain matin, je ne veux plus te voir à Bassan. Et n'essaie surtout pas de te rebiffer ! Je pourrais porter plainte pour ce que tu m'as fait il y a dix-huit ans. Et j'avoue que l'idée de demander la réouverture de l'enquête sur l'accident de David ne me déplairait pas. Mais les enfants ont assez souffert comme ça. Alors disparais, et ne reviens jamais. Tu recevras tes dividendes chaque année après le bilan de la société, ça devrait te suffire.

— Tu n'as pas le droit de me traiter comme ça ! s'écria Paule en la toisant d'un regard plein de sauvagerie.

— Et toi, avais-tu le droit de disposer de mon corps, de me mutiler ?

Sans se laisser démonter, Mauve ouvrit la porte du bureau et lui fit signe de s'en aller.

— Nous n'en avons pas fini, ma petite ! hurla Paule.

— Toi, peut-être pas, mais en ce qui me concerne, c'est fini.

Paule lui saisit le bras et la secoua violemment. Mauve eut l'impression qu'une griffe de rapace enserrait sa chair. Elle pensa en un éclair à toutes les blessures qu'on lui avait infligées. Et sa tante était là, devant elle. Une étrangère. Une criminelle. Son bourreau. Elle céda à une brusque impulsion et lui assena une gifle retentissante.

— J'ai dit demain matin, espèce de vieille sorcière ! Et ne m'oblige pas à faire tes valises moi-même.

Paule se raidit sous le coup. Elle lutta contre l'envie de répliquer mais préféra sortir dans ce qu'elle imagina être une allure digne. Mauve s'accorda quelques instants pour retrouver son calme. Elle s'en voulait de s'être laissé emporter, mais cette vieille sorcière l'avait bien mérité. Et si elle était encore là demain, elle se ferait une joie de la jeter dehors, comme elle le lui avait promis.

Elle redescendit au rez-de-chaussée afin d'embrasser Guillaume et Laurie. Elle eut du mal à contenir son émotion en les voyant sagement assis dans la cuisine où Georges avait entrepris de préparer le dîner. Encore des pâtes ! Il avait sorti le jambon sec du cellier et taillé de magnifiques tranches. Elle lui demanda de s'occuper des enfants ce soir.

— J'ai eu une journée épouvantable et la migraine ne m'a pas quittée depuis midi.

— Ne te fais pas de souci, ma chérie, repose-toi. Le repas est presque au point.

— Soyez sages, mes chéris ! Et je veux que vous alliez vous coucher de bonne heure. Il y a école demain.

Guillaume noua ses bras autour de son cou, il paraissait inquiet.

— C'est toi qui nous accompagneras ?

— Bien sûr, mon cœur.

C'était la première fois qu'elle les laissait dîner seuls, et son neveu mourait d'envie de lui poser des questions. Visiblement, son père aussi semblait préoccupé. Elle aurait juré qu'il avait deviné qu'il était arrivé quelque chose de grave.

— Puis-je t'être utile en quoi que ce soit ? demanda-t-il.

Elle se pencha pour l'embrasser et lui pressa l'épaule avec légèreté.

— Ça va aller, papa, je suis vidée. J'ai seulement besoin d'une bonne nuit de repos.

Les nerfs en capilotade, Mauve monta dans sa chambre. Si elle était restée trois minutes de plus à la cuisine, elle n'aurait pas pu se contenir. Et s'effondrer devant les enfants était bien la dernière chose qu'elle souhaitait. Elle ferma la porte de sa chambre à double tour et s'assit au pied de son lit. Du bout des doigts, elle se massa le front. Son entretien avec le Dr Mercier et le face-à-face avec Paule l'avaient littéralement épuisée. Elle se rendit dans la salle de bains et avala deux comprimés d'aspirine avec une gorgée d'eau. En rangeant les médicaments, elle surprit son reflet dans le miroir. Avec ses cheveux en désordre, les lèvres exsangues et cette expression hébétée, elle était à faire peur. Elle se déshabilla, prit une douche et enfila un pyjama. Elle suspendit ses vêtements dans l'armoire, et de nouveau elle se regarda dans la glace. Ses pensées ne pouvaient se détacher de son corps qu'on avait mutilé à son insu. Elle sentit un vide, quelque chose qu'elle ne parvenait pas à définir. Jamais elle ne serait mère, et cette déficience remettait toute sa vie en cause. Elle avait parié sur l'amour, sa vie avec Liang, des enfants. Elle avait perdu d'avance. Quelque chose se brisa en elle, comme des amarres brusquement rompues. Elle ne connaîtrait pas les joies de la maternité dont lui avait tant parlé Fanny. Sentir naître la vie en elle, donner naissance à un petit être nourri de sa chair. Le regarder grandir, faire des projets pour lui. Ce ravissement ne se réaliserait jamais parce qu'un jour elle avait eu cet accident de cheval. Si elle avait pu revenir en arrière… Ne pas monter cette maudite bête. Mais elle savait que Joseph et Paule auraient trouvé un autre moyen pour arriver à leurs fins.

Elle s'adossa à la porte de l'armoire et se laissa glisser sur le tapis. Au moins, elle ne tomberait pas plus bas. Elle se mit à pleurer. Quelques larmes d'abord. Puis des sanglots mêlés à des désirs de révolte et de vengeance. Il lui semblait plus facile de se laisser submerger par la rage que d'accepter la peur qui s'insinuait jusque dans le moindre recoin de son corps. Elle venait de perdre Liang pour la seconde fois, en quelques jours seulement. Comment lui demander qu'il s'implique dans l'éducation de Guillaume et Laurie alors qu'elle ne pourrait jamais lui donner les enfants qu'il espérait tant ?

La nuit était tombée. La pièce était plongée dans l'obscurité. Mauve n'avait aucune idée du temps qu'elle avait passé recroquevillée par terre. Mais elle était toujours sous le choc, comme si on l'avait frappée et frappée encore, jusqu'à la briser. Elle pensa à Anthony, à David, à d'autres hommes aussi. Liang était l'amour de sa vie, le seul être auquel elle tenait. Et elle devait se séparer de lui. Pire que la mutilation de son corps, son cœur qu'elle sentait éclater lui arracha des gémissements. Elle devait rompre leur vie commune et lui dire la vérité. Il méritait de savoir. Elle se sentait incapable de lui parler, aussi jugea-t-elle préférable de lui écrire. Courbatue, anéantie, elle peina à se relever.

Elle s'installa à la petite table d'angle et alluma son ordinateur portable. Elle résista longuement à l'envie de frapper « grossesse » sur un moteur de recherche. Elle savait déjà qu'elle verrait défiler des images, des mots qui cristalliseraient tout ce qu'elle ne connaîtrait jamais. Non… Ne pas tomber dans ce piège. Elle serra les poings jusqu'à sentir ses ongles s'enfoncer dans ses paumes. Puis elle ouvrit sa messagerie et rédigea une longue lettre pour Liang. Elle avait pensé que ce serait plus facile de lui écrire, même si, au fond, cela apparaissait comme une faiblesse. Cependant, seule face à son écran, elle eut du mal à trouver les mots pour décrire sa douleur, les mensonges qui avaient jalonné son existence depuis tant d'années. Mais elle lui raconta tout, sans omettre le moindre détail. En pressant la touche pour expédier son message, elle eut l'impression d'une cassure définitive dans sa vie. Son cœur lui parut aussi vide que son ventre le serait à jamais.

Le lendemain, Mauve descendit en retard. Elle avait un peu forcé sur le maquillage pour atténuer les dégâts de sa nuit blanche. Les enfants l'attendaient dans le hall. Laurie s'était habillée seule et avait enfilé une petite robe d'été à fines bretelles.

— Monte prendre un gilet, ma puce, dit Mauve en l'embrassant.

— Mais je vais avoir trop chaud !

— Tu pourras toujours l'enlever. Il fait encore frais le matin.

La fillette remonta dans sa chambre en faisant la moue. Mauve profita de ces quelques instants pour se servir un café qu'elle but à la hâte. Guillaume l'observait, les sourcils froncés. Il semblait aussi inquiet que la veille, mais il ne dit rien. Un peu plus tard, en sortant la voiture du garage, Mauve constata que le coupé de sa tante n'était plus là. À peine attachés à leur siège, les enfants ouvrirent les fenêtres. Laurie tapota sur l'épaule de sa tante.

— Tu vois, je te l'avais dit qu'il faisait chaud !

La température avait déjà grimpé de plusieurs degrés, les rayons du soleil semaient des grains de poussière dorée dans l'air. Mauve déposa les enfants devant l'école Sainte-Anne une dizaine de minutes plus tard. Guillaume lui plaqua un baiser sur la joue avant de lui glisser au creux de l'oreille :

— Tu n'oublies pas ? Ce soir on doit acheter mes nouvelles baskets.

Elle promit de ne pas oublier et le regarda entrer dans la cour de récréation avec Laurie. De retour au domaine, Mauve s'arrêta rapidement au bureau et discuta de deux ou trois tâches urgentes avec Carole. Puis elle retourna à la maison pour enfin parler à son père. Elle le trouva installé dans le salon avec un grand bol de café et son journal. Elle s'assit près de lui, devant la baie qui ouvrait sur le parc.

— J'ai à te parler, papa. J'ai demandé à Paule de quitter les lieux.

— Bon débarras !

Devant sa repartie spontanée, Mauve se retint de sourire. Elle poussa un long soupir.

— Il faut que je t'explique, c'est…

— Ce n'est pas la peine, ma petite fille, Paule m'a tout raconté.

— Quand ?

Il posa la main sur celle de Mauve.

— Hier soir. Tu n'étais vraiment pas dans ton état normal et j'étais sûr qu'elle y était pour quelque chose. Après avoir couché les enfants, je suis allé la voir et je l'ai obligée à me dire toute la vérité.

Il resserra la pression sur la main de sa fille, incapable d'exprimer ce qu'il avait ressenti en écoutant les aveux de sa belle-sœur. Il l'aurait volontiers étranglée. Inutile que Mauve lui demande s'il était au courant de tout, jusque dans le moindre détail. Son visage décomposé en disait long.

— J'ai frappé à ta porte à deux reprises. J'étais tellement inquiet pour toi. J'avais besoin de savoir comment tu allais après un tel choc. Mais comme tu ne m'as pas répondu, j'en ai déduit que tu te reposais.

Il ne lui dit pas qu'il était venu écouter à la porte de sa chambre régulièrement durant la nuit. Et il n'avait cessé de trembler pour elle. Il ne lui posa pas de question et Mauve lui en fut reconnaissante. Il avait compris que ce serait trop pénible pour elle d'évoquer le récit du Dr Mercier, l'ultime dispute avec sa tante. Il avait vu Paule charger trois grosses valises dans sa voiture ce matin et se contenta de demander à Mauve si elle était partie pour toujours.

— J'espère bien ! Je lui ai ordonné de s'installer dans la villa de Noirmoutier, et surtout d'y rester !

Au-dessus des arbres, une légère brume de chaleur se levait sur un ciel limpide. Neuf coups sonnèrent à l'horloge du hall. Mauve sursauta. Lorsqu'elle se tourna vers son père, celui-ci vit les larmes qui roulaient sur son visage.

— J'ai rompu avec Liang. Il mérite de fonder une véritable famille, avec des enfants à lui. Et je ne pourrai jamais lui donner cela.

Elle se laissa aller contre sa poitrine et éclata en sanglots. La tête de sa fille nichée au creux de son épaule, Georges se sentait profondément malheureux pour elle. Il savait combien cette rupture devait être douloureuse.

— Es-tu sûre que c'est ce qu'il veut lui ? Liang t'aime, ma chérie, c'est indéniable.

— Et je l'aime moi aussi.

— L'amour arrange bien des choses. Tu devrais au moins lui parler.

— Tu as sans doute raison. Je l'appellerai plus tard. Pour l'instant, c'est au-dessus de mes forces.

— Qu'est-ce que tu comptes faire maintenant ?

— Pour l'heure, je vais aller au bureau. J'ai une tonne de travail en retard et nous avons un groupe de touristes allemands cet après-midi.

— Tu n'as pas envie d'un solide petit déjeuner avant cela ?

Une odeur alléchante de pain grillé persistait dans tout le rez-de-chaussée. Elle n'avait rien avalé depuis plus de vingt heures, et elle s'aperçut qu'elle mourait de faim.

35

Le cocktail s'était éternisé après le séminaire et Liang attendait le moment propice pour s'éclipser. Quarante kilomètres séparaient l'aéroport Arlanda de la capitale suédoise, il n'avait plus de temps à perdre s'il ne voulait pas manquer son vol. À peine installé dans le taxi, il essaya d'appeler Mauve, mais il avait oublié de recharger son mobile et la batterie était presque à plat. Il lui enverrait un e-mail depuis l'avion. Une heure et demie plus tard, Liang put enfin ouvrir son ordinateur portable. Il découvrit le message de Mauve. Effondré, il dut le relire plusieurs fois. Il mesura alors l'ampleur du calvaire qu'elle avait enduré durant des années, cette blessure dans sa chair, sa détresse. Et sa terreur. « Ce n'est pas facile de t'avouer ma peur, Liang… » Elle, d'apparence si forte, affichant toujours un sourire affirmé, avec cette espièglerie dans son regard. C'était la femme qu'il aimait. Éperdument. Il comprit qu'elle allait le quitter, et il s'en voulait du dilemme qu'il lui avait imposé. Avoir leurs propres enfants n'était pas si important. Comment pouvait-elle lui dire qu'elle préférait garder de lui les souvenirs heureux plutôt que de lui infliger un futur incertain ? Ce qu'il voulait, lui, c'était bâtir un futur heureux. Et vivre avec elle. Après tout, ils s'adoraient, et leur famille, ils l'avaient déjà ! Jamais il ne renoncerait à elle.

***

Mauve vérifia une dernière fois les colonnes de chiffres puis elle lança l'imprimante. Les ventes avaient encore progressé au mois de mai. Une nouvelle qui lui remonta le moral. Elle donna plusieurs coups de fil importants. Et entre chaque communication, elle laissa libre cours à ses pensées. Mais c'était beaucoup trop difficile. Même le silence de son bureau avait quelque chose d'oppressant. Elle n'avait pas vu de récépissé de lecture sur sa boîte mail, cela signifiait que Liang n'avait toujours pas lu son message. Que pouvait-elle faire ? Plus elle y réfléchissait, plus elle était convaincue que son père avait raison. Elle devait lui parler. Elle regrettait cette lettre expédiée au milieu de la nuit. C'était indigne de leurs trois années de vie commune. Elle regarda l'heure à la pendule du bureau. Elle avait hâte d'accueillir les touristes allemands pour enfin penser à autre chose.

Elle s'apprêtait à fermer le logiciel des ventes lorsqu'un signal s'afficha sur sa boîte électronique. Elle reconnut aussitôt l'adresse e-mail de Liang. Son cœur se serra. Le message était bref. « Mauve chérie, je ne peux pas te téléphoner dans l'immédiat, je suis dans l'avion. Mais je t'appelle dès que ce maudit vol atterrit. Je t'aime. » Mauve avait complètement oublié ce voyage éclair qu'il devait faire en Suède. Il ne pourrait pas la contacter avant la fin de l'après-midi. Elle relut son message, se laissant pénétrer de chaque mot, et sentit peu à peu la panique la gagner. Elle n'était pas prête à lui parler. Elle fut tentée de lui répondre en le suppliant d'attendre un peu avant de l'appeler. En proie aux sentiments les plus contradictoires, elle se disait aussi qu'il valait mieux en finir rapidement. De toute façon, elle ne reviendrait pas sur sa décision.

— Si tu raccroches, je prends le premier vol ! J'ai déjà consulté les horaires. Tant pis, j'annulerai mon colloque prévu demain. Mais je ne te laisserai pas me quitter sans discuter.

— Il n'y a rien à dire, Liang, ma vie est détruite et je ne veux pas détruire la tienne aussi.

— Ne sois pas stupide. Si tu me quittes, ma vie aussi sera détruite ! Et puis je ne te comprends pas, ne m'avais-tu pas dit que tu ne tenais pas vraiment à avoir des enfants ?

— Mais toi, si ! Et je ne pourrai jamais t'en donner.

— Je m'en remettrai.

— Tu dis cela aujourd'hui, mais à plus ou moins longue échéance, ce sera un sujet de discorde entre nous, et tu le sais. A fortiori parce que je suis contrainte de t'imposer Guillaume et Laurie. Et il n'est pas question que je les abandonne.

Il se racla la gorge, sa voix devint plus rauque sous le poids de l'émotion contenue.

— Je le sais, Mauve. J'ai su bien avant toi que tu garderais tes neveux. Il suffisait de vous observer tous les trois pour comprendre. Et je t'approuve. Je suis prêt à les aimer comme mes enfants.

Pendant leur conversation, Mauve regardait distraitement son écran d'ordinateur où défilaient des bulletins d'inscription à des salons, accompagnés de tarifs.

— Et que diront tes parents qui eux sont si impatients d'avoir des petits-enfants ?

— Mes parents te vénéreront pour avoir adopté tes deux neveux orphelins. La famille, c'est sacré chez nous.

Mauve sentit sa volonté chanceler. Et s'ils avaient encore une chance ? Liang devina qu'il était en train d'ébranler sa détermination.

— Que tu le veuilles ou non, je sais que nous formons déjà un couple et que nous formerons une vraie famille avec Guillaume et Laurie. Je l'ai su à la première seconde où je t'ai vue. Aujourd'hui encore, je me souviens combien j'ai eu envie de t'enlever au beau milieu de ce cocktail à l'ambassade d'Allemagne, de faire n'importe quoi pour chambouler ta vie.

— Mais tu l'as fait... Tu m'as dit que tu étais heureux.

— Et ça n'a jamais cessé d'être le cas. Chaque instant passé avec toi depuis trois ans fut un enchantement. Et je ne veux pas renoncer à ce bonheur.

Mauve sentit les larmes inonder ses joues, elle les essuya d'un revers de main.

— Je ne sais pas, bredouilla-t-elle d'une voix brisée, je ne sais plus. Je suis perdue. J'ai besoin d'être seule et de réfléchir.

— Je suis avec toi, ma chérie, je veux faire partie de ta vie. À la place que tu voudras... Compagnon, mari, père de tes neveu et nièce. Mais sache que je n'abandonnerai pas. Si tu ne me dis pas que tu es d'accord, je prends l'avion et j'arrive !

— Laisse-moi au moins deux ou trois jours… S'il te plaît !

— Deux jours, pas un de plus.

Et il lui murmura encore une cascade de mots doux avant de raccrocher.

Mauve resta rivée à son bureau, incapable d'ordonner ses pensées. Elle n'aurait su dire combien de temps s'écoula ainsi. Elle essuya ses larmes, se moucha. Puis, après un interminable soupir, elle reprit son travail là où elle l'avait laissé. Elle avait reçu diverses offres de sociétés qui organisaient des salons viticoles en France et en Europe. Les cognacs Bassan devaient être représentés dans certaines de ces expositions, mais il fallait les sélectionner selon les périodes, les lieux, et surtout les coûts.

À 17 heures, Carole passa la tête par la porte entrebâillée.

— À demain, Mauve, je file ! Je suis déjà en retard pour récupérer mes enfants à la sortie de l'école.

Mauve n'avait pas vu le temps passer. Il était convenu que son père se chargerait des enfants ce soir. Mais elle avait promis à Guillaume de faire un saut à Saintes avec lui, après qu'il aurait fini ses devoirs. Elle éteignit son ordinateur et ferma les bureaux. Elle avait du temps devant elle et un immense besoin de solitude. Elle grimpa dans sa voiture, quitta la propriété et se dirigea vers la côte. Elle se gara à proximité des parcs à huîtres et fit quelques pas vers les bassins. Au loin, les berges s'éparpillaient en minuscules criques que sillonnaient de petites barques. Elle repéra un coin ombragé et s'assit sur un rocher, face à la mer.

Sans relâche, elle ressassait sa conversation avec Liang. Il paraissait si sûr de lui, du destin qu'il leur avait déjà tracé. Elle était loin d'avoir les mêmes certitudes. Elle redoutait de s'engager dans cette voie. Elle avait du mal à s'imaginer débarquant à Bruxelles avec Guillaume et Laurie, les installer dans son appartement, leur trouver une école. Et si elle échouait ? Face au bleu-vert de l'océan, elle se sentait loin de tout et de tout le monde. Elle finit par se laisser aller à ce moment de sérénité, à ses désirs aussi changeants que le bruit du vent ou la lumière du soleil. Parfois, elle était sûre qu'elle devait accepter la proposition de Liang, leur laisser une chance, et l'instant d'après, elle se disait que c'était perdu d'avance.

— Je te dérange ?

Elle sursauta. Anthony était debout, tout près d'elle.

— Tu es là depuis longtemps ? demanda-t-elle.

— Un petit moment. Je t'observais. Je peux m'asseoir ?

Elle acquiesça et se recula pour lui laisser une place sur le rocher. Elle fut touchée par son sourire affectueux et le léger baiser qu'il posa sur sa joue.

— Quelle coïncidence de te trouver là ! Je voulais justement t'appeler. Je suis désolé de ma maladresse.

Il semblait un peu gêné et attendit avant de poursuivre.

— Au fond, c'est toi qui as raison. C'était idiot de ma part de n'avoir pas su tirer un trait sur nos amours d'adolescents.

Les yeux perdus sur l'horizon, Mauve l'écoutait en pensant à ce qu'avait dit son grand-père à son sujet. « Le fils d'un marchand d'huîtres... » L'amour de ses quinze ans. Dans l'esprit diabolique de sa tante, l'horreur qu'elle lui avait réservée était sans doute partie de cette amourette. Il fallait l'empêcher d'apporter un héritier de condition inférieure à Bassan. Anthony la ramena brusquement à l'instant présent.

— Je vais me fiancer avec Carine Moraud.

Il avait suivi ses conseils et tourné la page à son tour. Elle en fut heureuse pour lui. En organisant la soirée au domaine, elle avait eu l'occasion d'apprécier les compétences et la gentillesse de la jeune femme.

— Mes félicitations ! Elle est délicieuse, et je suis sûre que vous serez très heureux.

— Toi aussi tu mérites d'être heureuse. Et ton ami m'a paru un type bien.

— Oh, moi ! répondit-elle au bord des larmes.

Il remarqua son trouble qu'il associa à sa présence ici, seule au beau milieu de l'après-midi. En la voyant tout à l'heure, il l'avait trouvée bizarre, triste. Elle n'avait plus rien de l'éblouissante jeune femme lors de la soirée à Bassan.

— Quelque chose ne va pas ?

— Ma vie avec Liang n'est plus vraiment à l'ordre du jour. On vient de me faire de terribles révélations et je mesure aujourd'hui le degré de nuisance de ma famille. Je ne sais plus du tout où j'en suis.

— Tu veux m'en parler ?

Elle hésita. La vérité pourrait le blesser, voire le culpabiliser. Et avait-elle encore le droit de le considérer comme son confident ? Pourtant, elle finit par tout lui raconter. Anthony ne la quitta pas des yeux alors qu'elle lui faisait le récit des événements qui avaient remis toute sa vie en question en l'espace de quelques heures. C'était tellement horrible qu'il ne trouva rien à dire. Il avait peine à contenir son dégoût pour cette famille. Des odieux parvenus. C'était donc cela qui se cachait derrière la façade ? Une fausse famille dans un vrai château ? Il posa sa main sur le bras de Mauve, puis sur son épaule, et finalement elle se blottit contre lui.

— Si tu as la certitude que ce garçon est le bon, dit-il enfin, alors ne le laisse pas s'échapper. S'il t'aime, il t'acceptera telle que tu es.

— J'ai si peur de l'avenir. J'ai l'impression de ne plus rien maîtriser.

— N'est-ce pas toujours le cas quand on construit une vie de couple ? Crois-moi, il est préférable d'affronter des difficultés plutôt que des regrets. Écoute tes sentiments, Mauve, tu as assez souffert comme cela.

Il avait raison. Elle devait saisir la chance qui s'offrait à elle.

— Lorsque tu as appris que tu étais une enfant adoptée, tu m'as dit que tu percevais ta vie comme un vaste mensonge, une longue parenthèse. Tu ne penses pas qu'il est temps de la refermer, cette parenthèse, et d'en ouvrir une autre ?

Elle voulait le croire de toutes ses forces et de tout son cœur. Elle aperçut à l'horizon des bateaux de pêche qui rentraient au port. Comme ce devait être rassurant de retrouver un havre de paix chaque soir. Le clocher d'une église sonna quelque part. Il était temps qu'elle rejoigne Guillaume. Elle se détacha d'Anthony et l'embrassa en ébouriffant sa tignasse.

— Je dois y aller, Anthony. Merci du fond du cœur. Je ne t'oublierai jamais, tu sais. Notre amitié est la plus belle chose qui me soit arrivée au cours de ma jeunesse.

Il la regarda tandis qu'elle marchait vers sa voiture d'un pas léger. Sa silhouette se détachait dans les premières lueurs du soleil déclinant. Ses cheveux dansaient sur ses épaules, sa jupe de toile tourbillonnait autour de ses jambes... Une autre image surgit dans sa mémoire, celle d'une adolescente aux yeux d'améthyste qui secouait frénétiquement sa barque pour le faire chavirer et qui riait à perdre haleine.

Épilogue

— Je crois que j'ai un peu peur, tante Mauve !

— Mais non, ma chérie, je suis là. Tu verras, c'est amusant de voler au-dessus des nuages.

Guillaume et Laurie prenaient l'avion pour la première fois. Guillaume était curieux, et comme d'habitude il posait des questions. Laurie était plus inquiète. Mauve vérifia que leurs ceintures de sécurité étaient bien attachées. Ils suivirent chaque geste des hôtesses qui comptaient les passagers, contrôlaient la fermeture des porte-bagages.

— On part quand ? demanda Guillaume avec un soupçon d'impatience.

— Dans un quart d'heure à peu près, répondit Mauve en posant son sac à main à ses pieds.

Elle avait attendu la fin de l'année scolaire pour planifier ce séjour en Belgique. Et elle avait mis ces trois dernières semaines à profit pour poser les jalons de leur future vie. Ses plans arrêtés, elle avait eu une longue conversation avec André. Il assumait déjà le contrôle de toute l'activité viticole du domaine, l'élaboration du cognac, elle avait eu quelque scrupule à lui demander de superviser le personnel et les expéditions en son absence.

— J'ai tout à fait conscience que ce sera encore plus de responsabilités, mais je vous promets que nous recruterons un assistant dès que possible. Et je ne laisserai pas un mois s'écouler sans revenir au domaine.

Il aurait accepté n'importe laquelle de ses requêtes en apprenant qu'elle ne vendrait pas Bassan.

— Non seulement nous garderons le domaine, mais je vais ouvrir un bureau à Bruxelles où je transférerai toute l'activité commerciale.

Elle s'était entretenue avec son supérieur à la Commission européenne et il avait consenti à ce qu'elle continue son activité d'interprète, mais en tant que consultante. Puis, au fil d'interminables journées de travail, de réunions avec les intéressés, elle avait mis au point la répartition des tâches. Ce qui reviendrait à André et Carole, ce qui serait délégué au cabinet d'expertise comptable Ligner, et ce qu'elle assumerait depuis Bruxelles. Tout s'était mis en place avec une facilité surprenante.

Chaque jour, elle avait eu de longues conversations avec Liang. Il attendait impatiemment son arrivée et celle des enfants et il échafaudait déjà mille projets. Ils avaient tant de choses à se dire ! Il leur arrivait souvent de parler en même temps, et ils finissaient toujours par éclater de rire. Mais sans doute devinait-il son inquiétude. Et il la rassurait. Les enfants, le domaine, il promit qu'il serait là pour l'aider.

L'idée d'aller vivre dans un autre pays préoccupait Laurie mais fascinait Guillaume, même s'il avait regretté un temps de quitter ses copains d'école. Georges, lui, accueillit leur départ avec une grande tristesse, qu'il eut d'ailleurs du mal à dissimuler. Mauve et lui étaient devenus si proches au cours de ces huit derniers mois… Il s'était accoutumé à sa présence, à leurs baisers échangés matin et soir, aux confidences qu'ils se faisaient autour d'un verre de vin ou d'une tasse de café. Et aux rires de Guillaume et Laurie depuis qu'elle prenait soin d'eux. Mais il avait compris que tout s'était arrangé avec Liang et il s'en était réjoui pour elle. De son côté, Mauve avait deviné qu'il était affecté à l'idée de les voir partir. Elle s'était jetée dans ses bras, elle avait su aussi trouver les mots pour atténuer sa tristesse.

— Je ne pourrai pas tout gérer à distance, je reviendrai très souvent. Et j'ai promis aux enfants que nous passerions toutes les vacances scolaires à Bassan. Et ce n'est pas moi qui t'apprendrai qu'il y a des congés toutes les six semaines.

Il n'avait pas semblé rassuré pour autant. Elle lui avait alors rappelé qu'ils étaient restés douze ans sans se voir, et l'un et l'autre surent que cela ne se reproduirait plus jamais.

— Tu pourras venir à Bruxelles quand tu voudras, avec Emma par exemple.

Un peu plus tard, elle lui avait proposé d'inviter Emma à s'installer au domaine. Il ne savait pas si elle accepterait, mais rien que la proposition de Mauve l'avait enchanté.

Un matin, elle s'était enfin décidée à aller voir le Dr Mercier. Elle lui avait demandé d'abandonner les recherches pour retrouver son père biologique. Remuer le passé l'avait fait suffisamment souffrir comme cela. Il n'avait fait aucun commentaire, mais il avait semblé approuver sa décision. À son tour, il lui avait appris qu'il quittait le Sud-Ouest pour une petite commune de Lozère. Un de ces endroits perdus où l'on accoste comme en terre de mission. Ils avaient laissé le silence les entourer, avec dans leurs yeux tant d'émotion contenue. Avant de se séparer, ils avaient échangé des vœux. Des vœux pour des lendemains heureux.

Quant à sa mère, Mauve avait hésité avant de lui rendre une ultime visite. La veille du départ, elle avait enfin trouvé le courage d'aller à la clinique Bellevue. Elle avait découvert Édith clouée dans son fauteuil, le visage livide, le regard éteint. Celle-ci ne s'était même pas aperçue de la présence de sa fille. Bouleversée, Mauve s'était penchée pour l'embrasser et lui avait murmuré à l'oreille : « Sois tranquille, maman, je t'ai pardonnée. »

— On part ! cria Guillaume.

L'avion roula doucement jusqu'au bout de la piste d'envol. Puis, après quelques secondes d'attente, il décolla. Terrorisée par la position ascendante, Laurie se blottit contre sa tante par-dessus les accoudoirs. Mauve l'entoura de son bras, et du bout des doigts elle caressa la joue de Guillaume.

— N'aie pas peur, mon chéri, l'avion va retrouver sa position normale dès qu'il aura atteint sa vitesse de croisière.

— Je n'ai pas peur, répondit-il en regardant par le hublot, au contraire, c'est marrant, on monte dans les nuages !

Mauve sourit. Elle sentait la tiédeur de son visage sous sa main. Ce petit bonhomme lui avait montré de si belles leçons de courage du haut de ses 7 ans ! Toujours aussi effrayée, Laurie se serra contre elle.

— Je t'aime, tante Mauve, chuchota-t-elle dans son cou.

— Moi aussi, ma puce, je t'aime. Je vous aime très fort tous les deux.

Guillaume ne répondit pas mais elle put lire sur son visage l'amour qu'il lui portait aussi lorsqu'il se tourna vers elle. Avec toute la cruauté dont ils étaient capables, sa tante et son grand-père avaient décidé qu'elle n'aurait jamais d'enfants. Et le destin, par un bouleversement singulier, lui avait offert ceux de sa sœur. Ce serait comme une adoption, car il n'y avait pas de lien du sang entre elle et Véronique. Mais cela, les enfants l'ignoreraient. Elle resterait toujours leur « tante Mauve ». En arrivant, elle les installerait dans son appartement. Ils visiteraient la ville, chercheraient une école pour la rentrée. Et pendant quelques jours ils apprendraient à vivre avec Liang, avant de revenir tous les quatre à Bassan pour les vacances d'été.

Son ascension achevée, l'avion semblait flotter dans un océan de soleil. Mauve pensa à Liang qui devait déjà surveiller l'heure avant de partir à l'aéroport. À son père et Emma, qui eux aussi faisaient sûrement des projets. Très vite, elle chassa de son esprit l'image de sa tante. Elle refusait de s'accrocher au passé.

Elle s'apprêtait à faire un grand saut dans l'inconnu et elle n'avait pas les réponses aux questions qui la taraudaient. Mais elle savait que Liang l'attendait et elle était sûre que son amour l'aiderait à surmonter les difficultés. Anthony avait raison, elle avait assez souffert. Désormais, elle avait une vie à construire. Sa vie. Et rien ne l'empêcherait de croire au bonheur.

Composition :
Soft Office – 5, rue Irène Joliot-Curie – 38320 Eybens

Achevé d'imprimer par GGP Media GmbH, Pößneck
en mars 2015
pour le compte de France Loisirs,
Paris

N° d'éditeur : 80237
Dépôt légal : décembre 2014